QUARTO DE HÓSPEDES
ONDE MORA O PESADELO

DREDA SAY MITCHELL

QUARTO DE HÓSPEDES

ONDE MORA O PESADELO

TRADUÇÃO DE **Raquel Nakasone**

Copyright © 2021 Dreda Say Mitchell
Publicado em acordo com Lorella Belli Literary Agency em parceria com a Villas-Boas & Moss Agência Literária.

Título original: *Spare Room*

Todos os direitos reservados pela Editora Gutenberg. Nenhuma parte desta publicação poderá ser reproduzida, seja por meios mecânicos, eletrônicos, seja via cópia xerográfica, sem a autorização prévia da Editora.

EDITORA RESPONSÁVEL
Flavia Lago

CAPA
Alberto Bittencourt

EDITORA ASSISTENTE
Natália Chagas Máximo

DIAGRAMAÇÃO
Christiane Morais de Oliveira

PREPARAÇÃO
Bia Nunes de Sousa

REVISÃO
Fernanda Simões Lopes
Claudia Barros Vilas Gomes

Dados Internacionais de Catalogação na Publicação (CIP)
(Câmara Brasileira do Livro, SP, Brasil)

Mitchell, Dreda Say
    Quarto de hóspedes / Dreda Say Mitchell ; tradução de Raquel Nakasone. -- São Paulo : Gutenberg, 2021.

    Título original: *Spare room*.
    ISBN 978-65-86553-87-1

    1. Ficção policial e de mistério (Literatura inglesa) I. Título.

21-73580   CDD-823

Índices para catálogo sistemático:
1. Romances : Literatura inglesa 823

Cibele Maria Dias - Bibliotecária - CRB-8/9427

A **GUTENBERG** É UMA EDITORA DO **GRUPO AUTÊNTICA**

São Paulo
Av. Paulista, 2.073, Conjunto Nacional
Horsa I . Sala 309 . Cerqueira César
01311-940 . São Paulo . SP
Tel.: (55 11) 3034 4468

Belo Horizonte
Rua Carlos Turner, 420
Silveira . 31140-520
Belo Horizonte . MG
Tel.: (55 31) 3465 4500

www.editoragutenberg.com.br
SAC: atendimentoleitor@grupoautentica.com.br

"Nada é senão o que não é."
Macbeth, William Shakespeare

Prólogo

Desta vez, ele realmente quis.

Na mesinha de cabeceira, havia uma garrafa de conhaque fechada e um copo. Mas ele não precisou do entorpecimento do álcool ou dos tranquilizantes que tomou das tantas outras vezes que ele também quis. Em suas mãos, estava a carta que explicava sua decisão. Ao longo dos anos, ele escreveu muitas delas. Algumas eram curtas, outras mais longas. Algumas eram diretas e retas. Outras eram cheias de divagações e imploravam a compreensão e a empatia de quem pudesse se interessar ou não. Muitas dessas cartas ficaram inacabadas quando ele percebia que não queria mesmo fazer aquilo.

Mas, desta vez, ele quis. Ele realmente quis.

Ele não queria olhar, mas se forçou a encarar a corda amarrada acima. Abaixo dela, havia uma cadeira. Era tudo tão simples. Suba na cadeira. Coloque o laço em volta do pescoço e o aperte. Pise para fora. Aguarde alguns minutos de sofrimento e pânico enquanto a corda faz seu trabalho, espremendo a vida para fora do seu corpo. A maioria das pessoas ficaria grata se enfrentasse apenas alguns minutos de sofrimento antes de morrer. E ele vira muitas mortes em sua juventude. Uns minutinhos de agonia não eram nada. Ele lera que, durante os momentos finais, pendurada ali, quando o cérebro parasse de receber oxigênio, a dor ia embora e a pessoa ficava flutuando, sem preocupações, pairando no nada. E era isso o que mais desejava.

O nada.

No interior da casa, as vozes ficaram mais altas de novo, engajadas em uma discussão feroz. Podia ouvi-la gritando e o outro gritando de volta. Queria que eles parassem. Por que não eram capazes de lhe oferecer os preciosos minutos de paz que merecia antes de partir deste mundo?

O silêncio envolveu a casa de novo.

Ele se sentou na cama e pegou a garrafa de conhaque. Uns tragos não fariam mal nenhum. Desta vez, ele não precisava da falsa coragem do álcool – só queria que a bebida esquentasse seu corpo frio. Encheu um copo e, em seguida, ficou encarando a corda enquanto virava a bebida ardente de uma vez. Encheu mais um copo. Só no terceiro percebeu o que estava fazendo. O mesmo que todas as outras vezes. Estava se embebedando até o estupor. Fazendo qualquer coisa para evitar fazer o que pretendia. Então, colocou a garrafa e o copo na mesinha de cabeceira, pousou a carta ao lado com cuidado e se levantou.

Oscilando de leve sob efeito do álcool, deu alguns passos em direção à cadeira e subiu nela, trôpego. Pegou a corda com firmeza e passou o laço pela cabeça. Apertou o nó como se fosse uma gravata. Fechou os olhos, respirando fundo. Concentrado, tentou afastar da mente qualquer dúvida e fez menção de dar um passo para a frente. Recuou. Depois, desta vez mais perto da ponta da cadeira, deixou o pé flutuar por uns instantes antes de recuar de novo.

Engasgou, desesperado. Por que não conseguia fazer essa coisa tão simples quando tudo o que desejava era o nada?

A coisa certa. A única coisa.

As vozes no andar de baixo começaram mais uma discussão. Por que não conseguiam calar a boca? Só calar a maldita boca.

Afrouxou o nó e desceu da cadeira. Cambaleando, correu de volta para a cama e se serviu de mais uma dose de conhaque. Pegou a carta e, com um sorriso sombrio, rasgou-a em pedacinhos, colocando-os no saco plástico que fazia às vezes de lixeira.

A quem possa interessar? Que piada. Qualquer um que se interessasse estava morto ou já tinha partido havia tempos. Ninguém estava interessado nas suas explicações ou justificativas, nem mesmo ele. Jogou o copo na cama e pegou a garrafa. Talvez, se ele bebesse tudo, não hesitaria quando estivesse em cima da cadeira, assim como um motorista bêbado não hesita quando está ao volante. Engoliu de uma vez o tanto que conseguiu antes que a garganta começasse a queimar e, depois, pousou a garrafa na mesa.

Mais uma vez, foi até a cadeira e subiu nela. Apertou a corda no pescoço, fechou os olhos e se abraçou, como se tentasse abraçar o nada.

Ficou parado ali por muito tempo antes de abrir os olhos de novo. Seu corpo estava embriagado, mas ele, não. Estava sóbrio e lúcido, com uma corda em volta do pescoço.

Era tudo uma mentira. Ele não queria isso desta vez, também não ia querer da próxima. Preferia estar entre os mortos-vivos que fazer a coisa certa. Fraco, fraco, fraco. Isso é o que ele era. Fraco e patético. Foi essa fraqueza que trouxe a desgraça, em primeiro lugar.

Ele agarrou a corda, presa sob a mandíbula. Lutou contra o nó enquanto seu corpo bêbado se balançava e, frustrado, acabou tropeçando. O laço se apertou em seu pescoço. Em pânico e desesperado, tentou recuperar o equilíbrio, mas os pés escorregaram da cadeira, que tombou para o lado. Oh, Deus. Ficou suspenso no ar, agitando os braços e as pernas, gritando. Não havia mais ar entrando nem saindo dos pulmões. Não havia mais gritos, apenas gorgolejos desesperados e engasgados. Agarrou o laço e tentou soltá-lo. O instrumento de sua própria morte se comprimiu ao redor do pescoço.

Em choque, ele se esforçou para se segurar na corda acima da cabeça com os dedos fracos, enquanto tentava se erguer para se salvar. Por um breve momento, conseguiu. Os pulmões sugaram o ar precioso. Mas então não havia mais ar. As mãos exaustas soltaram a corda, queimando as palmas e os dedos. Ele caiu, e o laço jogou sua cabeça para trás quando a corda o espremeu. Seus braços e pernas se contorceram enquanto o que restava de vida se dissipava.

Então, havia apenas o nada.

CLASSIFICADOS

✓ Quarto para alugar
✓ **Ótimo quarto duplo para uma pessoa**
✓ **NOVO HOJE!**
✓ Lindo quarto em uma casa grande e maravilhosa no norte de Londres.
✓ Espaçoso, aconchegante e bem iluminado.
✓ A combinação perfeita da Londres histórica com a vida moderna.
✓ Recentemente decorado e mobiliado.
✓ Contas inclusas.
✓ A poucos minutos a pé do metrô.
✓ Fácil acesso ao centro da cidade.
✓ Wi-fi grátis.
✓ Os atuais moradores são os proprietários, que procuram alguém que também
   ame a casa deles. 😊

Um

Perco o ar ao olhar para a casa. É enorme, majestosa até. Tem três andares, provavelmente um porão também. Contra o sol do fim da tarde de verão, as paredes de pedra parecem ter cor de biscoito e emanam uma alegria calorosa. Convidativa. Trepadeiras se esgueiram pelas paredes da frente em direção a sólidas chaminés, onde um grupo de pássaros se empoleira, espiando o mundo. Nenhum deles está cantando. É fácil imaginar a casa em outros tempos, quando foi o lar de algum respeitável cavalheiro vitoriano em busca de espaço para a família que estava crescendo e onde ainda podia acomodar os criados no último andar.

Obviamente, a casa é afastada; nenhum pai vitoriano gostaria que as aulas de piano da filha perturbassem os vizinhos ou que eles, por sua vez, o ouvissem reprimir uma empregada que teve a audácia de lhe servir peixe queimado.

A avenida é ladeada por volumosas árvores verdejantes que servem de cortina para as casas ao fundo. Claramente não era uma área vistosa no passado e, mesmo agora com sua prosperidade evidente, ela continua agradável e acolhedora, ainda que algumas das casas tenham sido divididas em apartamentos e dormitórios. Quartos para alugar.

A única coisa que destoa do cenário perfeito está parada na entrada da casa. Uma van branca, onde se leem "Jack, o Cara" em letras grandes em um lado e "Fazemos qualquer trabalho doméstico" no outro. Também há um número de celular. Presa com cordas no capô, há uma escada com um pedaço de pano colorido amarrado em cada extremidade. Na época em que os primeiros vitorianos eram os proprietários desse imóvel, "Jack" sem dúvida receberia ordens para estacionar sua moderna carruagem nos fundos.

Seguro as informações que peguei da imobiliária na internet como se fossem meu último testamento e atravesso a rua, sentindo o cascalho cutucar a sola fina dos meus sapatos pretos de salto baixo. Minhas mãos estão suando, o que deixa o papel úmido e borra uma parte da tinta. Conforme vou caminhando, meus olhos são atraídos para uma marca inusitada na parede acima do alpendre: um grande círculo gravado na pedra contendo uma chave, com a data 1878.

A porta da frente é maciça, preta e lustrosa e tem uma aldrava sem graça. Meu sangue vibra dentro de mim quando bato. Não ouço passos, mas depois de um tempo tenho a sensação inquietante de que alguém está me observando. Meus nervos se acalmam quando encontro o minúsculo olho mágico de plástico brilhando na porta. Quem quer que seja, o observador decide que não sou uma ameaça, e a porta se abre.

– Você deve ser Lisa. Da imobiliária?

O homem tem mais ou menos a minha idade, 20 e poucos anos, e a comparação para por aí. Ele está vestido casualmente com jeans desbotados e camiseta, e seu cabelo está preso em um coque alto solto. Pelo brinco dourado de argola e pelas tatuagens competindo por atenção em seus braços, pode-se dizer que este é um homem moderno que gosta de ser notado. Por que as pessoas insistem tanto em marcar a pele? Ela deveria ser perfeita e lisinha, permitindo que apenas a inevitável passagem do tempo deixe marcas. Ele não é de se jogar fora; o único porém em sua beleza padrão e viril ressaltada por seu queixo quadrado são os dentes amarelados de cigarro.

– Eu mesma – finalmente respondo, mantendo um tom confiante e amigável. Preciso muito desse quarto.

Ele olha para o relógio e faz uma cara estranha.

– Bem, você está um pouco adiantada.

Será que ele faria outra careta se soubesse que fiquei perambulando pela avenida pelos últimos vinte minutos?

– Isso é um problema? Devo voltar mais tarde?

Ele faz mais uma careta, mas, desta vez, solta um sorriso radiante marcado pela nicotina e me leva para dentro.

– Claro que não! Não faça cerimônia.

Quase corro para dentro. É como se estivesse chegando em casa. É isso o que essa casa imponente vai se tornar se eu conseguir o quarto: meu lar.

– Entre no meu salão, disse a aranha para a mosca.[1] Meu nome é Jack.

Ele me leva até o corredor, pelo qual fico completamente envolvida. Arregalo os olhos, fascinada. A casa parece ainda maior que do lado de fora. O piso é original em preto e branco, e o corredor dá no que parece ser a sala de jantar. Além dela, vislumbro a cozinha. As outras portas estão fechadas. Devem ser salas que Jack não está interessado em me mostrar. Em vez disso, ele segue direto para a escada, que tem um corrimão ornamentado de madeira e uma passadeira espalhafatosa.

Há um grande tapete no chão da entrada. É impressionante, preto e vermelho, com flores nas bordas e letras arábicas no meio. Ele me faz lembrar dos tapetes e carpetes empoeirados que vi no mercado marroquino em uma viagem de férias com meus pais no final da adolescência. Fico parada ali, respirando no coração da casa. É isso o que é a entrada: o coração de uma casa. Não acredite na conversa dos corretores de imóveis de hoje que dizem que é a cozinha. O coração bate no espaço entre a porta da frente e as escadas, onde em geral não há muito movimento.

– Você vem? – Jack me pergunta, já na metade da escada.

Saio do tapete e o sigo.

É estranho que um jovem como ele tenha uma casa tão magnífica como essa. Deve valer milhões, e fico me perguntando se ele realmente é o proprietário. A imobiliária não informou quem era o senhorio, só providenciou um canal de comunicação para que agendássemos um horário conveniente para a visita.

– Então, você trabalha com o quê, Lisa?

– Desenvolvo programas de computador para um banco.

Jack parece surpreso com a minha profissão.

---

[1] Referência ao poema "A aranha e a mosca", da poeta inglesa Mary Howitt (1799-1888), publicado em 1829, que alerta as crianças inocentes a não caírem em armadilhas. [N.T.]

– Computador? Meio *nerd* para uma garota, não?

Jura que os caras ainda falam coisas assim? Será que ele nunca ouviu falar do movimento #MeToo? Nem me dou ao trabalho de responder. Alex nunca diria uma merda como essa.

De repente, percebo que estou me colocando em risco vindo visitar esta casa sozinha. Esse homem é um estranho. Depois, me pergunto se não estou sendo esnobe. Estudar em escola particular deixa a gente assim. Não tenho motivos para pensar que ele é perigoso. Ele poderia ser "sem graça e sem perigo", como minha mãe diria. Tento me tranquilizar, pensando que esta cidade está cheia de pessoas que não têm alternativa a não ser alugar um quarto na casa de estranhos. Além disso, a imobiliária sabe que estou aqui.

Estamos no primeiro andar. Todas as portas estão fechadas, exceto por uma, oferecendo-me uma fresta do que parece ser um banheiro espaçoso. Sou conduzida através de mais um lance de escadas, mais velhas e estreitas desta vez. Sem passadeira ou carpete, levam para o topo da casa.

Conforme subimos, escutamos rangidos e gemidos vindos das escadas.

– Já foi ver outros quartos? – ele me pergunta.

Balanço a cabeça, mesmo sabendo que ele não vê.

– Não. Este é o primeiro que me chamou a atenção. Já recebeu outros interessados?

– Alguns – ele responde. – Uma atriz veio na semana passada. Ela parecia legal, mas vamos ser honestos: atuar parece divertido e tal, mas não é um trabalho estável. Quando ela não tiver trabalho, não vai pagar o aluguel. – Ele me olha. – Não vamos fazer caridade.

Trato de tranquilizá-lo depressa.

– Meu trabalho é fixo, e estou lá há quatro anos. Tenho referências e atestado de antecedentes criminais.

Ele para no topo da escada e se vira para mim, parecendo muito satisfeito.

– Atestado de antecedentes criminais? Você está mesmo interessada. Gosto disso.

Estou meio ofegante ao terminar de subir.

– Aí está. – Jack aponta para uma porta diante de nós no final de um corredor curto. É branca fosca tipo padrão e me encara como se estivesse me esperando em silêncio por toda a vida.

Estranhamente, perco o ar conforme Jack gira a antiga maçaneta. Ele abre a porta. Entra no quarto.

Continuo parada no lugar, só observando.

– Está tudo bem aí? Você parece estar morrendo de frio. – Ele aponta para a grande trapeira do lado oposto do quarto. – Quer que eu feche?

– Não, estou bem. Acabei de me recuperar de um resfriado. – Dou um passo para dentro.

– Não é como se você não estivesse usando roupas suficientes. – Ele dá um sorriso bem-humorado diante de sua observação aguçada.

Ninguém precisa dizer que minha mais recente referência da moda parece ser *Frosty: o Boneco de Neve*, com meu vestido de malha de mangas compridas que vai do queixo até abaixo dos joelhos e minhas *leggings* grossas. A única pele visível são o dorso dos meus pés, as mãos e o rosto. Deveria estar suando, mas não estou. Além disso, ele vê uma mulher de cabelos curtos, repicados em camadas, um rosto comprido dominado por olhos grandes. Zero maquiagem. Cores e tons artificiais não são a minha praia. E é isso; não há nada mais para ver. Eu me considero uma pessoa simples. E me sinto bem assim.

– Então este pode ser seu novo lar. É ótimo, não é?

Ele está certo. O quarto é mesmo ótimo. O anúncio o descrevia como espaçoso e aconchegante. Fica no sótão da casa, e o teto se inclina para baixo de um lado a outro. Luz natural inunda o cômodo; raios de sol amarelos reluzem através de uma claraboia e uma trapeira com uma vista impressionante da avenida e dos subúrbios do norte de Londres. Há uma pequena lareira preta e ornamentada e uma placa de metal para impedir que as cinzas da chaminé entrem no quarto. Há um espelho de chão oval. As paredes foram recentemente decoradas com papel de parede branco, e o assoalho também foi pintado de branco. A mobília é esparsa e funcional: uma cama de casal com roupa de cama completa, uma mesinha de cabeceira, um armário embutido, uma escrivaninha e uma cadeira. Gosto disso. Não preciso de muita coisa.

Este quarto foi feito para mim.

O único problema é o aromatizador de ambiente – um cheiro artificial doce e enjoativo de álcool. Não importa. Quando esse quarto for meu, vai ser fácil resolver isso. Ainda assim, o cheiro se agarra às minhas cavidades nasais e deixa um gosto amargo na língua.

– Se importa se eu perguntar por que o antigo inquilino saiu?

– Antigo inquilino? – Ele inclina a cabeça para o lado enquanto me observa, abandonando o sorriso. – O que faz você pensar que alguém morou aqui antes?

– Só queria saber por que alguém deixaria um quarto tão incrível como este.

Seu sorriso retorna.

– Não houve nenhum outro inquilino, Lisa. Você é a primeira! Quer ver a cozinha e a sala de jantar?

Quando saímos, não consigo evitar lançar um último olhar bem demorado para o quarto.

* * *

A sala de jantar é sem graça, parcamente decorada, dominada por uma mesa de madeira desajeitada dos anos 1990, cadeiras e um armário. Minha mãe ficaria escandalizada. A sala de jantar dela é seu orgulho e sua alegria. É o lugar onde a família se reúne para ficar junto, rir e se curtir. Para muitos, esse cômodo é uma coisa ultrapassada, mas, para a minha mãe, tradições são importantes.

A cozinha é grande. Parece nova, porém mal construída. Desconfio que tenha sido obra de Jack; ele não parece muito cuidadoso. Ele diz que vai separar um espaço para mim na geladeira. Ele fala sem parar, mas não estou ouvindo de verdade. Estou olhando através do vidro da parte superior da porta dos fundos.

O jardim parece não ter fim. É densamente coberto por árvores, arbustos altos e grama entrecortada por trilhas cobertas de mato. A julgar pela distância até a próxima casa, deve ter uns cem metros de comprimento, mas, em meio à vegetação, é impossível dizer.

Tento abrir a porta.

Jack tira minha mão da maçaneta bruscamente. Dou um passo para trás, surpresa.

– Espere aí – ele solta.

Meu coração acelera. Talvez Jack não seja tão sem graça e inofensivo assim. Talvez seja um *serial killer* sem graça.

Ele ergue as mãos em sinal de paz.

– Não quis assustar você. O jardim é nosso espaço privativo. – Ele ameniza o tom, falando mais suavemente. – Sabe, é bom ter um lugar só para você quando se aluga um quarto na própria casa, não acha?

Então acrescenta, alegre:

– Se gosta de tomar sol, tem bastante espaço na frente. Se bem que você tem pele de bebê, então talvez não curta tanto tomar sol. Faz bem, tem que tomar cuidado com essa coisa de melanoma e tal.

Esfrego o pulso no local que ele agarrou, mesmo que não esteja dolorido. Engulo em seco convulsivamente, com os batimentos enlouquecidos. Tudo o que ele precisava dizer era que o jardim estava fora dos limites. Não precisava ter usado força física. Sei que ele pediu desculpas, mas ainda assim...

– Lisa, certo? – Uma nova voz desvia minha atenção de Jack.

Uma mulher mais velha de estatura mediana está parada na porta. Veste um terninho preto elegante e salto alto e ostenta a magreza sofrida de alguém que se recupera de uma longa doença ou de um relacionamento tóxico com dietas. Deve estar na casa dos 50 anos, embora não pareça que vá encarar a meia-idade numa boa. Seu rosto é a própria perfeição de estrutura óssea, mas a pele tem aquela característica meio esticada e inflexível do *Botox*. Somente seus olhos verdes piscando para Jack, não para mim, sugerem que ela deve ter sido uma mulher muito bonita. E ainda o é, de certa forma.

Respondo e me afasto de Jack. Ainda sinto a urgência das mãos dele sobre mim.

– Sim, vim ver o quarto. – Lanço um olhar para Jack, e fico satisfeita ao ver que ele também está constrangido. – Seu filho estava me mostrando sua casa incrível.

Que estranho, ela não responde. Em vez disso, ouço seus saltos ressoarem contra o piso desgastado conforme ela vai até Jack. Ela se inclina e o beija. Na boca.

Ops! Momento tapa na cara! Fico mortificada e minhas bochechas esquentam. Quero que o chão me engula. Devia ter me lembrado de que o anúncio dizia que a casa é propriedade de um casal, e não de mãe e filho. Pelo amor de Deus, eles nem se parecem. A ansiedade volta com tudo; ela vai me colocar para fora. Não posso perder o quarto.

– Desculpe – digo depressa. *Cale a boca. Cale a boca, você só está piorando as coisas.*

A esposa de Jack faz um aceno, aproxima-se de mim e estende a mão.

– Meu nome é Martha.

Seu aperto é firme, sua pele macia; não é uma mulher que teve que trabalhar duro na vida. O aroma de perfume caro paira com delicadeza à nossa volta.

Ela lança a Jack um sorriso radiante.

– Por que não vai colher umas vagens para o jantar?

Com um simples aceno de cabeça em minha direção, Jack escapa depressa para o jardim proibido.

– Ele não quis machucar você. -- Volto a atenção para Martha. – Só é um pouco possessivo com o jardim. Cultiva todo tipo de coisa ali. – Abaixa a voz para um tom de confidência e fala comigo como se fôssemos amigas. – Que fique entre nós, mas ele não gosta nem que eu vá lá. Posso fazer um chá para a gente bater um papo na sala?

Um chá parece ótimo, mas...

– Desculpe, estou com a agenda apertada. Fica para outro dia.

Ela sustenta meu olhar.

– Vamos ter outro dia? Jack ofereceu o quarto pra você?

– Não chegamos a combinar nada.

– Se eu disser que é seu, você aceita?

Hesito, me lembrando da mão dele em mim. Afasto a lembrança.

– Vou adorar ser a inquilina do seu quarto de hóspedes.

* * *

Saio da casa com um sorriso otimista no rosto, sentindo que Martha está me observando. Assim que a porta se fecha, solto um suspiro e subitamente preciso me apoiar em algo.

– Se divertiu bastante às minhas custas, não é?

Tomo um susto com a voz à minha esquerda. Há uma senhora com um chapéu de lã marrom com uma flor roxa de tricô olhando fixamente para mim do jardim da casa ao lado. Ela está apontando uma tesoura de jardim e parece prestes a usá-la contra mim.

Dou um passo para trás.

– Desculpe?

– Apontando e rindo do meu jardim. E é *meu maldito jardim.*

Fico completamente confusa.

– Desculpe... eu não...

Ela não me deixa terminar e volta para casa, seguida por dois gatos. A porta bate atrás dela.

Dois

Saio da casa de Jack e Martha e entro no carro. Estou tremendo, então agarro o volante na tentativa de me acalmar. Não adianta. Abro o porta-luvas, pego o frasco de antidepressivos e engulo dois de uma vez. Fecho os olhos, esperando a magia fazer efeito. Eu me recosto no banco e pouso suavemente meus dedos na testa. Massageio um pouco. Respiro fundo. Uso minha técnica de respiração para acalmar a mente.

Um, dois, feijão com arroz.
Três, quatro, feijão no prato.
Cinco, seis...

Devagar, vou ficando mais tranquila.

Assim que a tensão interior desvanece, checo as horas. Já são 16h30 e ainda tenho outra visita para fazer. Meus pais estão me esperando em Surrey hoje à noite. Em circunstâncias normais, cancelaria sem nem pensar, mas não são circunstâncias normais. Se eu não for ou não aparecer, eles vão entrar em pânico, avisar a família inteira. Pior ainda, a polícia. A última coisa de que preciso é de um pelotão de familiares ou da lei na minha cola.

Dou partida no carro e vou embora. As ruas estão entupidas e congestionadas, o que é bom. Tenho que me concentrar em dirigir. Não tenho tempo para ouvir os pensamentos desordenados e duvidosos que surgem. Saio da M25, atravesso o Mole Valley e seus enormes campos verdes com vacas e ovelhas roliças. E seus vilarejos abundantes com casarões e grandes 4x4 estacionados do lado de fora. Esta é a Inglaterra onde cresci. E nada poderia ser mais britânico que a casa dos meus pais. É um antigo vicariato, menor que a casa com o quarto de hóspedes, mas igualmente grandiosa a seu modo. E nada poderia ser mais britânico que meus próprios pais me esperando na porta da frente. Eles vão me ver avançando pela rua comprida antes que eu alcance a casa. É esse tipo de lugar.

Meu pai sabe se manter firme como uma rocha, o que lhe confere uma altura que chama a atenção. Minha mãe o chama de raposa prateada de brincadeira, uma referência ao cabelo quase todo grisalho. Antes de se aposentar, ele era um respeitado médico londrino e, no final da carreira, atendia em um consultório particular. É o tipo de homem que não se vê mais por aí: forte e silencioso. Acho que "estoico" é a palavra correta.

Minha mãe é mais baixa, tem cabelo curto, mais branco que grisalho. A idade se assentou bem em seu rosto; manchas e rugas não a assustam, sei disso de primeira mão. Ela também é o tipo de mulher que não se vê mais por aí: a que se orgulha muito das conquistas do marido e da filha única, mas que prefere ficar de lado, torcendo por nós. Certamente não é o tipo de mulher que pode ser confundida com a mãe de seu marido.

Edward e Barbara. Nunca Babs. Ambos usam roupas de campo. Não tenho certeza, mas parecem ser feitas de *tweed*. Formam um casal sólido, casados há quase 35 anos. A solidez que também gostaria de ter com alguém. Sem querer, Alex surge na minha cabeça. Eu o afasto impiedosamente.

– Olá, querida!

O cumprimento de meu pai é caloroso e, ao mesmo tempo, contém uma aspereza que funciona como um aviso do que está por vir. Nada de abraço nem beijinho na bochecha. Em vez disso, ele afasta do meu rosto uma mecha de cabelo, como fazia quando eu era pequena.

Minha mãe me dá um sorriso radiante e beija minha bochecha. Sem me soltar, acaricia meus braços com fervor. Ela me olha de cima a baixo, procurando mudanças. É tão incômodo que queria que ela não fizesse isso.

Conforme entramos na casa, percebo, como sempre, que o antigo vicariato está lotado de fotos minhas: ganhando prêmios na escola, recebendo meu diploma em Matemática com honras, vencendo gincanas, abraçando vários cavalos. É tudo muito constrangedor, mas em todas essas fotos também há uma nota discordante. Uma fratura invisível. Não há amigos comigo nem namorados. E estou magra, magra de doer. Faço Martha parecer precisar perder alguns quilos. E sei que todas as fotos em que estou esquelética de verdade – com ossos proeminentes, nas quais só se veem meu rosto e olhos grandes – estão discretamente escondidas.

Não há fotos de quando eu era bebê. Minha mãe diz que foram roubadas junto com vários outros itens em um assalto na casa que eles moraram quando eu era bem pequena, tanto que não me lembro. A única outra foto notável é a do meu pai em sua juventude, na faculdade de Medicina. De pé ao lado de dois colegas bêbados, eles estão erguendo suas canecas para as lentes e usando máscaras cirúrgicas em tom de brincadeira.

Vamos para o jardim, local tranquilo e adorado. Uma grande variedade de biscoitos caseiros, bolinhos de fruta e um bule de chá nos espera na mesa de ferro forjado, disposta perto dos premiados cravos multicoloridos e cheirosos de papai.

Sem se acanhar, mamãe me serve uma fatia de bolo. É um pedaço enorme, na verdade; é sua maneira silenciosa de manter meu regime de engorda. Fixa seus olhos nos meus com determinação enquanto espera o momento – o momento em que pego um pedaço e o coloco na boca, obediente. Mastigo e falo:

– Delícia de bolo, mãe. – Lambo os lábios para efeito dramático. – Já pode competir na tevê.

Ela fica extasiada, e nos seus olhos reluz uma centelha de prazer. Se fosse outra pessoa, provavelmente estaria batendo palmas tomada por um deleite febril, como um *meme* reciclado nas mídias sociais. Mas é claro que estou mentindo. O bolo tem a consistência e o sabor de massa doce congelada e gordura misturada com massinha.

O chá é servido, e meus pais se engajam na conversa fiada sobre o clima, os vizinhos, as façanhas de papai no clube de golfe. Pura falsidade. Sei por que estamos aqui. É tão previsível quanto as visitas dos meus pais à igreja aos domingos. Os olhares afiados que trocam entre si não passam despercebidos por mim.

Meu pai começa:

– Então, como você está se sentindo hoje, querida?

É a frase que ele certamente usava com seus pacientes.

Dou um gole no chá quente antes de responder:

– Estou bem.

E assim seguimos, agora com a participação de mamãe:

– Está comendo direito?

– Sim. Três refeições bem balanceadas por dia. – Enfio mais açúcar, gordura e massinha recheada com groselha e frutas secas na boca para reforçar minha resposta. Desta vez, o bolo gruda na parte de trás dos meus dentes frontais inferiores.

– Está dormindo bem?

– Sim.

Sinto minha barriga retorcer como em uma turbulência. Não os culpo pelo que estão fazendo, mas ser colocada sob um microscópio não é nem um pouco divertido. É irritante demais. Consigo tirar o bolo amassado de trás do dente com a língua, mas ainda há um pedaço teimoso que se recusa a ceder.

– Tem certeza? – minha mãe pergunta desta vez.

Meus pais são uma dupla incansável.

– Sim.

– Ainda está tomando seus remédios na hora certa?

– Sim, estou tomando meus antidepressivos.

Minha mãe estremece, como sabia que ela faria. Não consegue lidar com a palavra "depressivo" relacionada à única filha. Não gosto de perturbá-la com isso, mas de vez em quando é o único jeito de mudar o rumo de conversas pessoais demais para o meu gosto.

Funciona, porque ela começa a perguntar sobre o meu trabalho. Em geral, é um terreno seguro; eles sabem que trabalho duro e que estou indo muito bem. Conto que é quase certo que seja promovida de novo e que os recrutadores estão bisbilhotando, me oferecendo empregos melhores. Meus pais irradiam orgulho. Eu irradio satisfação. Por que não? Sou boa no que faço. Boa demais, alguns podem dizer, porque não tenho amigos no trabalho. Não tenho *amigos*, na verdade.

Então minha mãe finge se lembrar de alguma coisa. Ela devolve a xícara ao pires.

– Ah, querida, você chegou a procurar o Dr. Wilson?

Assinto, empurrando para o lado o prato com boa parte do bolo intocado.

– Fui lá algumas vezes.

Meus pais trocam olhares de novo, desta vez preocupados. Meu pai olha para longe, para o balanço amarelo castigado pelo tempo no fundo do jardim. Esse balanço é minha definição de felicidade: meu pai me empurrando com cuidado enquanto subo cada vez mais alto, dando gritinhos de alegria e me segurando com força para não morrer.

Até que seus olhos se voltam para a mesa, sombrios de dor.

Minha mãe ergue as sobrancelhas, confusa e preocupada.

– Que estranho, querida, porque não faz muito tempo seu pai encontrou o Dr. Wilson em um jantar e ele disse que você não entrou em contato.

Se existe uma coisa que odeio mais que mentir para os meus pais é ser pega mentindo para eles. Envergonhada, resmungo:

– É... Bem, ando muito ocupada.

– Seu pai e eu – minha mãe pressiona, como se eu ainda fosse a criança no balanço que precisa saber quando é a hora de voltar para a terra – realmente achamos que pode ser uma boa ideia ir vê-lo. Ele é um velho amigo de seu pai. Estudaram juntos na faculdade de Medicina. É um dos melhores psiquiatras de Londres. As pessoas pagam uma fortuna por uma consulta com ele.

Se ela parasse por aí, teria jogado a toalha e concordado em ver o Dr. Wilson. Infelizmente, ela acrescentou:

– Especialmente depois do que aconteceu.

Esqueço todas as regras subentendidas sobre não perder a cabeça com famílias como a minha. É vulgar, não é a coisa certa. Mas explodo. Não me lembro de pegar o bolo. Mas o precioso bolo de mamãe sai voando, aterrissa na grama e se espatifa no chão em mil pedacinhos. Exatamente como eu me sinto.

– O que aconteceu quatro meses atrás foi só uma confusão, ok? – Essas não parecem palavras saindo da minha boca, mas gritos de uma criança que quer ser ouvida, desesperada para ser abraçada. – Quantas vezes vou ter que dizer? Não fiz de propósito! – Estou tremendo de raiva. Quero parar, mas não consigo. – Pelo amor de Deus! Pergunte aos charlatães daquele hospital de merda, foi um maldito erro!

Minha mãe está se sacudindo de horror, movendo seus olhos incrédulos da travessa vazia de bolo e de volta para mim. Meu pai está com uma expressão severa. Posso imaginar com facilidade como seus alunos de Medicina deviam ter medo dele.

A voz dele é dura e triste:

– Agradeço se não usar esse tipo de linguagem nesta casa, Lisa. Agradeço se não ofender sua mãe quando ela só está tentando ajudar. E agradeço se você não se referir aos meus antigos companheiros de profissão como *charlatães*.

Minha cabeça fica pesada de vergonha. Meus olhos começam a arder com as lágrimas que correm. Por que não posso ser como as outras pessoas? Vejo como meus colegas me olham no trabalho. Lisa, a máquina que não para nem para almoçar; ela não pode ser humana. Não pode ser normal.

– Ed – minha mãe fala baixinho, quase serena. – Dê um tempo para ela.

– Me desculpem – solto, enfim erguendo a cabeça para olhar as duas pessoas que mais me amam no mundo nos olhos.

Minha mãe se recompõe, tomando as rédeas da situação com calma.

– Tudo bem, querida. Você está chateada, nós sabemos. Ninguém está sugerindo que você... – É óbvio que as palavras seguintes já estavam na ponta da língua, mas ela as engole de volta, posso ver nos músculos de sua garganta. E muda a tática. – A gente sabe que você não fez de propósito. A gente sabe.

Não vejo como poderiam saber disso. Nem eu sei o que estava fazendo naquele dia.

Meu pai, com seu treinamento médico, não pronuncia uma palavra. De vez em quando, as palavras de uma mãe são o melhor remédio de todos.

– Se você for ver o Dr. Wilson, talvez ele possa lhe ajudar a lidar com os problemas – minha mãe insiste – e oferecer algumas soluções. É um homem brilhante, não é, Edward?

A expressão severa de meu pai se esvai. Assim como sua postura sempre ereta. Seus ombros estão curvados, e ele parece velho.

– Sim. Ele é brilhante.

Quero esticar o braço, tocá-lo, abraçá-lo apertado. Sempre fui a filhinha do papai. Nosso vínculo foi forjado no fundo de um jardim, em um balanço de plástico.

Então, tomo uma decisão. Não tenho coragem de causar mais dor neles.

– Vou vê-lo. Marque uma consulta.

Não quero ver esse Dr. Wilson. Será mais um membro da ala médica me dissecando. Sinto que já vi todos os psicólogos, terapeutas, psiquiatras, curandeiros e impostores em um raio de trinta quilômetros em Londres. Como posso esquecer aquela sessão com o cara vestido com uma túnica roxa e um colar de conchas que pareciam ter sido apanhadas em Brighton Beach, se pavoneando e colocando as mãos suadas e carnudas sobre mim para arrancar meus problemas fora? Eu estava desesperada para resolver minhas merdas.

Quando me liberaram do hospital, quatro meses atrás, algo me lançou em outra direção. Não sei explicar direito. Talvez, enfim, eu tenha entendido que não poderia continuar daquele jeito. Foi aí que decidi.

Não preciso de orientação nem de ajuda.

Só preciso da verdade.

Mesmo assim, vou procurar o Dr. Wilson para agradar minha mãe e meu pai e tirá-los do meu pé.

Passamos o resto da noite como se nada tivesse acontecido. É isso o que acontece em famílias como a minha: se o constrangimento bater à porta, convide-o para entrar, desarme-o de vez e varra-o para baixo do tapete, mantendo-o ali. Nosso encontro termina com eles prometendo me visitar em Londres em duas semanas. Só quando já estou de volta no carro é que me dou conta de algo.

Não contei que estou me mudando para o quarto de hóspedes de Jack e Martha.

Três

No dia da mudança, Martha e Jack me esperam do lado de fora, imitando meus pais a cada visita que faço. Ver a cena me deixa nervosa, conforme saio do carro que chamei para me levar, carregando minha única mala. Não estava esperando uma festa de boas-vindas, como um capacho cuja função é limpar a sujeira dos sapatos antes que eu seja liberada para entrar. *Claro que eles iriam querer me receber em sua casa*, digo a mim mesma.

Estou tremendo tanto que não sei como consigo me mover. Passei a maior parte da noite agitada, me revirando na cama, ansiosa com a mudança. Já morei com outras pessoas antes, mas esta será a primeira vez que vou morar com os proprietários da casa. Martha sorri e acena para mim, enquanto seu marido parece um pouco perturbado.

Não há nada com o que me preocupar. Eles são gente boa.

Abro um sorriso radiante à medida que caminho na direção deles ostentando confiança. Martha me surpreende com um abraço. Seu entusiasmo e o aroma delicado de seu perfume me envolvem. Fico um pouco constrangida com seus braços me apertando, mas parte de minha tensão desvanece.

Ela se afasta gentilmente, mas, em vez de me soltar, cola seu braço no meu.

– Seja bem-vinda, Lisa – ela pronuncia com ênfase, como se estivesse prestes a me entregar um prêmio diante do público.

Ela com certeza está vestida como se fosse essa a ocasião. Durante minha visita na semana passada, ela estava de mulher urbana e elegante; agora, é a personificação da anfitriã de uma festa muito exclusiva: vestido de festa, salto agulha vermelho-rubi e maquiagem tão habilmente delineada que quase parece uma máscara. Eu me pergunto se ela vai sair. Ou se ela é uma daquelas mulheres do tipo princesa, que insiste em estar linda em todos os momentos, até na cama, 24 horas por dia. Ao lado dela, sou a própria imagem do desleixo, com jeans desbotados, blusa xadrez verde de manga comprida e meus cabelos curtos coroando um rosto de coruja com olhos grandes.

Ela me olha como se fosse um membro querido da família.

– Queremos que você seja muito feliz em nossa casa. *Sua* casa.

Sua casa. Percebo que vou morar em um lugar que não é meu. Um lugar que já está ocupado pelos proprietários: dois estranhos.

– Fiquei surpreso por você conseguir se mudar tão rápido – Jack comenta.

Aperto os dedos na alça da mala.

– Estava morando de favor na casa de uma amiga. Achar um lugar para morar por um preço decente em Londres é impossível. Vocês não sabem o quanto estou grata por ter encontrado este quarto. – Encerro a frase com um sorriso genuíno no rosto.

Estou grata de verdade. Esta mudança significa tudo para mim.

Jack se apressa para pegar minha mala enquanto Martha me conduz para dentro. O corredor está muito mais iluminado hoje, então reparo nos quadros e nas fotos emolduradas na parede. Mais uma vez, sinto aquela vontade louca de ficar parada no tapete vermelho e preto no coração da casa, mas Martha me puxa para a escada. Ela solta meu braço.

– Jack, faça as honras – ela pede em voz baixa, entre risadinhas que lembram uma adolescente.

Eu o sigo. Ouço um chiado agudo vindo de trás. Martha está nos acompanhando escada acima. Assim como na visita, todas as portas estão fechadas, incluindo o banheiro. Alguma janela deve estar aberta, porque uma brisa fresca sopra em nossos calcanhares conforme avançamos pelo primeiro andar.

Meu quarto. Decido tomar posse dele quando Jack abre a porta. Hoje a luz natural está um pouco obscurecida. O ar está parado, fazendo as paredes se fecharem ao meu redor e o cômodo parecer menor. E aquele aromatizador de ambiente desagradável e irritante ainda se faz presente, como um colega de quarto indesejado que não paga sua parte do aluguel.

Jack coloca a minha mala perto da cama e me dá a chave da casa. Martha permanece na porta.

Ele olha para a minha bagagem.

– Você tem pouca coisa.

– Sim, a maior parte das minhas coisas está em um depósito.

– É desperdício de dinheiro, Lisa. Você deveria trazer tudo para cá, temos espaço. – Depois ele acrescenta, apressado. – Não é, Martha?

Martha estala a língua para o marido.

– Deixe a garota respirar, ela acabou de chegar. Podemos falar sobre espaço outra hora. Tenho certeza de que tudo o que Lisa quer agora é se instalar aqui.

Eu me apresso para dizer que está tudo bem, que o depósito funciona bem para mim.

É estranho, mas sempre que você vai ver uma casa, um apartamento ou um quarto, nunca percebe os pequenos defeitos, embora esteja procurando por eles. É só depois que você se muda que eles saltam aos olhos. Na noite anterior, houve uma tempestade de verão curta e forte, e agora posso ver gotas d'água ao redor da claraboia, e o teto está úmido. Aponto o problema para Jack.

Ele fica olhando para a claraboia por um tempo, como se isso fosse capaz de secá-la.

– Achei que tinha consertado isso. Não importa, vou pegar uma escada e dar uma olhada.

– Sem pressa. Quando for melhor.

A última coisa que quero é dar a impressão de que serei uma dessas inquilinas exigentes, que reclamam e encrencam com qualquer probleminha.

Então, eu me lembro de perguntar:

– O quarto tem chave?

Martha responde, cruzando os dedos frouxamente na frente de seu vestido glorioso. Olho para suas unhas ultravermelhas.

– Nenhum dos quartos da casa tem chave. Jack e eu decidimos que a única forma de termos outra pessoa morando com a gente na nossa casa é partindo da confiança.

Eu deveria insistir. Certamente é o básico nesse tipo de arranjo. De que outro jeito posso resguardar minha privacidade?

Mas concordo com ela.

– Sim, claro. – Não estou feliz com isso, mas não quero fazer um drama. Não posso perder este quarto.

Então Jack me tranquiliza um pouco, apontando para a porta e dizendo:

– Tem uma tranca do lado de dentro, para você ter privacidade.

Ele se aproxima de sua esposa. Ao vê-los lado a lado, não consigo evitar pensar que eles formam um par estranho. Não há maquiagem, *Botox* ou preenchimento no mundo que possam disfarçar o quanto ela é mais velha que ele. As tatuagens e o coque samurai dele nunca vão combinar com a elegância dela. No mesmo instante, me sinto mal por pensar coisas tão maldosas.

Então, digo a mim mesma que não me importo com Jack ou Martha. A única coisa que importa é o quarto. E ele é meu.

– Alguns cômodos são privados. – Martha faz uma lista, destacando o jardim.

O que me faz lembrar:

– Conheci sua vizinha quando estava indo embora, no outro dia. Uma senhora. Ela disse algo sobre o jardim...

A tensão os paralisa no mesmo instante. Por que eu disse isso? Não quero que pensem que vou ser inconveniente ou que vou meter o bedelho nos assuntos deles. Não é problema meu; o que quer que haja entre eles e a vizinha não tem nada a ver comigo.

Jack se recupera primeiro, zombando em voz alta:

– Não se preocupe com aquela velha. Ela não sabe o que está falando. – Ele toca a têmpora para indicar que ela não bate bem da cabeça. – Perdeu o juízo anos atrás, aquela lá.

Perdeu o juízo... um arrepio percorre meu corpo.

Martha repreende o marido com gentileza:

– Não a chame de velha, Jack. Todos vamos chegar à velhice um dia, e eu, pelo menos, quero que me tratem com o respeito que uma pessoa mais velha deve receber. – Seus olhos verdes se viram para mim. – Mesmo assim, eu manteria distância dela, se fosse você.

Esse parece ser o momento perfeito para agradecer e dispensá-los. Mas eles não vão embora. Ficam ali na porta feito estátuas, olhando para mim. Como personagens de *Westworld*, esperando que seus circuitos e fios sejam conectados. Uma sensação confusa e constrangedora se apodera de mim.

Em seguida, Martha exibe seu sorriso despreocupado e radiante.

– Qualquer coisa de que precisar ou não entender...

– Pergunte para mim – Jack interrompe, com um sorriso torto.

Martha lhe dá um soquinho de brincadeira no braço. Eles ficam de frente um para o outro e dão risada. De mãos dadas, me deixam com meu novo quarto. Ouço o assoalho reclamar e gemer à medida que eles seguem pelo corredor e pelas escadas. Suas vozes soam baixas, como papéis farfalhando, enquanto caminham aos sussurros. Deve ser um pouco incômodo para eles ter outra pessoa na casa. Não é algo que eu faria. Como é possível relaxar sabendo que há um estranho dividindo as quatro paredes da sua casa?

A primeira coisa que arrumo é o espelho. Vou até ele e o viro ao contrário. Não quero olhar para o meu corpo inteiro refletido ali.

Meu telefone apita uma notificação. É uma mensagem do meu pai. Ele está transformando minha vida no inferno das mensagens de texto desde a última visita. Mandou uma mensagem ontem dizendo que eles gostaram de me ver. Depois me enviou o número pessoal do Dr. Wilson sem fazer nenhum comentário. Respondi sem mencionar isso. Mandou uma mensagem hoje de manhã agradecendo meu agradecimento e passando o número de novo. E, de novo, não respondi.

Abro a mensagem. Desta vez, ele não esconde sua intenção atrás das boas maneiras. Mandou só o número.

Não falei com o Dr. Wilson ainda porque pensei que, se deixasse passar alguns dias, talvez ele fosse atropelado ou se aposentasse e me poupasse o trabalho de precisar procurá-lo. Pensamentos horríveis, eu sei, mas não quero mesmo vê-lo. Salvo o número nos contatos e faço menção de ligar, mas mudo de ideia. Se deixar passar mais algumas horas, talvez ele decida ir embora do país.

Saio para o corredor, fechando a porta atrás de mim em silêncio. Fico parada ali por alguns minutos, absorvendo o que posso ver e ouvir. Algumas pessoas acreditam que as casas podem falar com elas. Quero que esta casa fale comigo.

Há poucas novidades aqui no último andar. As luminárias são do tipo candelabro, com várias lâmpadas e um revestimento dourado descascando em alguns lugares. A porta do meu quarto é antiga, de madeira, com uma maçaneta de metal. Ficaria um verdadeiro deleite se fosse raspada e envernizada. O papel de parede deve estar ali há anos e está soltando na parte superior.

Escuto com atenção. O andar está silencioso e não me diz nada, exceto que Jack e Martha descuidaram um pouco deste espaço. Talvez não sejam tão ricos quanto pensei – o que explica por que precisam de uma inquilina.

Desço as escadas até o primeiro andar. Olho para cima e para baixo, fecho os olhos, farejo o ar. Fico ouvindo. Só noto Jack e Martha em algum lugar lá embaixo. Esta casa não tem nada a me dizer. Está silenciosa. Talvez outra hora.

Posso esperar.

Quatro

Começo a desfazer a mala e a pendurar as roupas. Minhas blusas são sempre de manga comprida, minhas calças, longas, os sapatos, abertos o suficiente para mostrar a parte superior dos meus pés. Decido guardar os documentos particulares na mesinha de cabeceira, mas as gavetas não fecham direito. Eu as retiro completamente e encontro muito lixo acumulado nos fundos do móvel: cardápios de entrega de comida, cartões de táxis e uma flanela velha. E um envelope. Não está lacrado e contém um papel dobrado.

Aguço os ouvidos. Tenho certeza de que ouvi um rangido na escada que leva ao meu quarto. Presto atenção, mas não ouço mais nada. *Pare de ser boba.* Sei que nas casas antigas a madeira se expande nos dias quentes e se contrai à noite. Deve ser isso. Talvez seja bom verificar... Começo a me levantar com o envelope ainda na mão. Mas me detenho perto da porta. *Pare de ser paranoica. Você queria que a casa falasse com você e agora ela está falando, porém na linguagem da madeira antiga, que você não consegue entender.* Tento deixar para lá, mas a sensação angustiante da primeira noite em uma casa estranha não vai embora.

Volto para a cama e retiro o papel dobrado de dentro do envelope. É uma carta, escrita à mão em uma caligrafia profissional, elegante e precisa. Sinto o sangue se esvair do meu rosto, deixando-me gelada. No instante em que bato os olhos, sei que tipo de carta é essa.

Dou um pulo quando ouço o rangido mais uma vez do lado de fora. Desta vez, ele não vem da escada, mas do corredor próximo ao meu quarto. Depois, silêncio. Minha respiração está pesada. Alguns momentos se passam, e o som retorna. O rangido irregular de algo pesado pressiona a madeira.

Guardo a carta no envelope e a escondo debaixo do colchão. Vou até a porta e encosto o ouvido nela. Fico escutando. Só há silêncio.

Toc.

O baque da batida vibra pelo meu corpo. Assustada, dou um passo para trás, ofegando sem controle.

– Quem é? – Não consigo evitar uma voz trêmula.

– Sou eu.

Relaxo. É Jack. Fecho a mão e respiro fundo, tentando me recompor. Penso em pedir para que vá embora, mas ele diz:

– Queria saber se tem um minuto.

Abro a porta – só um pouco – para ver o que ele quer. Mas desconfio de que tenha cometido um erro. Eu devia ter falado que já estava na cama. Ele está de calça social, sapatos bem polidos e camisa branca recém-passada com uma corrente de ouro pendurada no pescoço. Cheira a sabonete e loção pós-barba picante. Deve estar de saída. Talvez ele e Martha tenham um encontro. Suas mãos estão escondidas atrás das costas.

– O que foi, Jack?

Ele abre uma das mãos como se fosse um mágico, me oferecendo um maço de papel grampeado.

– O contrato. Você se esqueceu de assinar.

Ele está certo. Estava tão ansiosa para me mudar que não parei para pensar sobre a parte formal da coisa.

– Ah, beleza. – Estico o braço para pegar o documento. – Pode deixar comigo, vou ler e assinar e devolvo pra você de manhã.

– Tudo bem, eu espero. Martha e eu queremos deixar todos os detalhes acertados e assinados.

Ele abre a porta com o ombro. Eu deixo porque estou envergonhada demais. Quantas coisas terríveis acontecem com mulheres que ficaram envergonhadas demais para bater o pé? Só quando Jack já está no quarto percebo o que ele tem na outra mão. Ele está segurando uma garrafa de champanhe e, entre os dedos, estão as hastes de duas taças.

Sorrindo feito um adolescente, ele agita a garrafa para mim.

– Comprei um presentinho de boas-vindas para você. Não pode se mudar sem abençoar seu novo quarto. Enquanto lê o contrato, vou servir o champanhe.

Ele fecha a porta e puxa a tranca sem que eu perceba. Poderia dizer algo, mas decido que a melhor coisa a fazer é assinar o contrato para que ele vá embora logo.

Sento na escrivaninha, murchando, e Jack se senta na minha cama, se balançando para cima e para baixo.

– Confortável! – Ele dá um tapinha na cama e sua língua surge como uma serpente, molhando os lábios. – O que está fazendo aí? Não fique tímida, venha se sentar aqui comigo. Opa! – A rolha da garrafa sobe como um foguete e arranha o teto, enquanto a espuma jorra pelo assoalho.

Fico parada no lugar. Desvio meus olhos arregalados para o contrato. Minhas mãos estão tremendo e estou morrendo de medo. Jack não parece mais tão sem graça e sem perigo. Eu me lembro do toque de sua carne áspera contra a minha pele.

– Onde a Martha está?

– Martha? – ele repete, como se eu estivesse falando sobre uma alienígena. – Ela saiu. Não se preocupe, ninguém quer a presença dela em uma festa de boas-vindas, de qualquer maneira. Ela confia que sei o que estou fazendo. – Não acredito nele. Reparei no jeito como ela lança olhares furtivos para ele, como uma mulher muito apaixonada. Pobre Martha.

Ele me olha com um quê de reprovação.

– Vai ficar aí então?

– Estou lendo o contrato.

– Não demore muito, senão vai acabar o gás do champanhe.

O meu gás já acabou. O que devo fazer? Estou na casa *dele*, e a porta está trancada. Ele está mais perto; se eu sair correndo, ele vai chegar primeiro. Além disso, perderei um tempo precioso retirando a tranca. Minha cabeça está explodindo. Pode ser que ele nem esteja pensando em me atacar, mas, quando um homem que você mal conhece invade o seu espaço trazendo álcool e trancando a porta, qualquer coisa pode acontecer. Penso na tragédia terrível e injusta que aconteceu com uma garota que trabalhava no escritório. Sentindo-se solitária depois de um divórcio, ela marcou um encontro com um cara de aparência respeitável que a drogou e a estuprou. O estupro deixa cicatrizes nas vítimas. Estou tão vulnerável. Se eu gritar aqui no alto desta casa, quem vai ouvir meu pedido de ajuda desesperado?

Junto coragem.

– Jack, quero que você saia.

– O quê? – Ele parece assustado, como se realmente não entendesse por que quero que ele saia.

– O que está fazendo com sua esposa não é justo.

Ele ergue a taça.

– A única coisa que estou fazendo é oferecer a você um pouco de espumante, que, devo acrescentar, custou muito para o meu bolso, para brindar a sua nova casa.

Assino meu nome com um floreio nas duas cópias do contrato sem lê-lo direito e me levanto. Estico o braço o máximo que consigo e lhe entrego a cópia; não quero que se aproxime de mim.

– Aqui está o contrato, com todos os detalhes acertados e assinados. Agora, por favor, saia.

De repente, sua atenção se desvia para a porta.

– Ouviu isso?

Queria que fosse o som do meu soco na cara dele.

Em vez disso, presto atenção. Não ouço nada. Jack coloca a taça na mesinha de cabeceira desajeitadamente e se apressa até a porta. Ele abandona a pose de Jack, o Cara. Como um ladrão experiente, ele solta a tranca com cuidado e abre um pouco a porta.

Agora estou ouvindo. É Martha o chamando do corredor, ao que parece. Ele se enrijece e leva um dedo ao lábio para pedir silêncio. Pela primeira vez, fico brava. Ele está me fazendo cúmplice de sua visita indesejada.

Já chega. Vou até ele decidida e jogo o contrato assinado na sua cara, de modo que ele não tem escolha a não ser pegá-lo.

Eu devia xingá-lo, mas só quero que vá embora. Ele sai pela porta, segue o corredor e desce as escadas.

Ouço-o chamando Martha, e depois dizendo:

– Achei que você tinha saído.

Não ouço a resposta.

Puxo a tranca e coloco a cadeira sob a maçaneta para que Jack não consiga voltar. Eu me jogo na cama. Isso foi assustador, assustador de verdade. O que mais me aterroriza não é nem Jack, mas o isolamento de estar na casa de outra pessoa. Não os avaliei direito e confiei neles, como Martha disse. Mas a verdade é que não conheço essas pessoas.

* * *

Eu me lembro da carta debaixo do colchão. Pego o envelope e me sento à escrivaninha. Está levemente curvado em uma ponta, o que deve indicar que ficou esquecido na mesinha de cabeceira por um tempo, apesar de ainda não estar amarelado. Puxo a carta. Desta vez, não fico assustada, porque já sei do que se trata. Leio:

A quem possa interessar,

Esta é uma das últimas coisas que deixo neste quarto. Não vou revelar meu nome porque não importa e porque não quero arrastar pessoas inocentes para a minha decisão. Muitas pessoas inocentes já se machucaram. Peço respeitosamente às autoridades que não investiguem minha identidade ou meus antecedentes. Não importa. Sou só um homem que cometeu erros e que agora decidiu pagar por eles da única forma justa, ou seja, com a própria vida.

Não há necessidade de fazer perguntas. Não vão ajudar ninguém, nem a mim. Já parti. Deixem-me em paz.

Estou a par do destino dos indigentes suicidas e sei que não terei um funeral na Abadia de Westminster. No entanto, gostaria de solicitar que um ministro da Igreja Anglicana seja convidado a dizer algumas palavras antes que eu seja enviado para qualquer que seja o lugar onde vou descansar.

Queria

A carta se interrompe abruptamente.

É uma carta suicida. Uma despedida da vida. No rodapé, há uns versos escritos a lápis. Parece um alfabeto estrangeiro, mas idiomas não são o meu forte, e não consigo descobrir o que está escrito.

Será que alguém tirou a própria vida neste quarto? Não alguém, me corrijo, mas um homem que se recusou a deixar seu nome. Será por isso que o quarto estava fedendo a aromatizador de ambiente barato durante a visita? Para mascarar o cheiro podre de uma morte recente? Mas Jack foi claro quando disse que nunca teve inquilinos antes de mim.

Releio o começo da carta – está exatamente assim: "Esta é uma das últimas coisas que deixo neste quarto". Neste quarto. A não ser que Martha e Jack tenham comprado o móvel de segunda mão e a carta já estivesse jogada ali atrás. Balanço a cabeça; a cômoda parece uma mobília muito querida que está aqui há um tempo, e a carta não parece tão antiga.

Por que Jack mentiria sobre haver um inquilino antes de mim? Traidor? Mentiroso? Tem muita coisa se acumulando contra Jack.

Ninguém se importou com esse homem sem nome? Corro os dedos pela caligrafia porque me importo. Um nó de sofrimento fica preso na minha garganta. Sei o que é estar à beira do limite. Neste momento, um forte vínculo surge entre mim e o homem sem rosto e sem nome. Não posso enfiá-lo no fundo da gaveta de novo como se ele não existisse. Eu me corrijo: como se não tivesse existido. Seria cruel.

"Não há necessidade de fazer perguntas. Não vão ajudar nin-guém, nem a mim. Já parti. Deixe-me em paz."

Não posso respeitar seu desejo. Não consigo evitar as perguntas. Quem são essas pessoas inocentes? Como ele as machucou? Quais foram seus erros? Minha mente acelera e acelera. *Se acalme. Se acalme. Se acalme, porra.* Procuro meus comprimidos e tomo um. Dois seria demais. Estou exausta, preciso dormir.

Com o coração pesado, dobro a carta e a deixo na mesa. Quero descobrir mais coisas sobre esse homem que tirou a própria vida.

* * *

Olho para a cama e suspiro – é hora de enfrentar minhas próprias verdades. Ou demônios. Todos temos alguns.

Depois de colocar o pijama – manga e calça comprida, como sempre –, pego o celular e os fones. Um terapeuta uma vez me disse que uma das melhores formas de conseguir dormir é levar o corpo à exaustão. Ficar tão cansada fisicamente que, quando me deitar, o esgotamento vai me puxar para o mundo do torpor. Ele me passou uma sequência de exercícios intensos para fazer antes de deitar, que descartei na primeira oportunidade. Não gosto desses exercícios artificiais e maçantes. Em vez disso, desenvolvi meu próprio jeito de fazer as coisas.

Coloco os fones e aperto o *play* no acervo de músicas do meu celular. Minha escolha é a suprema garota londrina Amy Winehouse. "You Know I'm No Good" explode em meus ouvidos. A primeira batida da bateria ressoa dentro do meu corpo. Começo a dançar como se estivesse possuída, me movendo com rapidez de um lado para o outro do quarto. Sua voz gutural e sensual me impulsiona. Estou suando e um ritmo solitário ecoa na minha cabeça. *Vou dormir, vou dormir. Eu vou dormir.* Quando Amy para de cantar, estou respirando com dificuldade, ofegante. Não quero recuperar o fôlego; preciso dormir o mais rápido possível.

Com a batida da música ainda reverberando em mim, pego meu outro companheiro noturno: meu lenço feito da seda mais macia. É lilás, exceto pelo fio preto das estampas na parte superior. Foi presente de minha mãe no meu aniversário de 15 anos. Para a maioria das pessoas, aniversários são datas especiais, mas sempre tive dificuldades em relação a esse dia. A data era ainda mais difícil para meus pais, coitados, que precisavam lidar com uma menina teimosa que comemorava as próprias festas com indiferença. O curioso é que, entre os presentes incríveis que eles me deram ao longo dos anos, esse lenço é o que mais se destaca. Talvez seja porque ele é meio parecido comigo: não é espalhafatoso e se contenta em fazer seu trabalho sem chamar a atenção.

Sento no meio da minha nova cama. Estico as pernas. Amarro o lenço no pé direito da cama e, depois, duas vezes ao redor do meu tornozelo. E me deito.

Eu vou dormir.

A quem possa interessar.

Minha perna se contorce contra o tecido. Ouso fechar os olhos.

Cinco

A cordo. Minha frequência cardíaca acelera enquanto observo o teto e as paredes brancas ao meu redor, franzindo a testa. Pisco para a luz da manhã entrando pela claraboia. Onde estou? Que lugar é este? Estou de volta ao hospital? Entro em pânico, olhando ao redor enquanto tento descobrir. Então, eu me lembro. Estou no meu quarto. Meu novo quarto na casa de Martha e Jack. Sempre acordo desorientada na primeira manhã de um lugar novo, seja um quarto de hotel, seja um avião ou até mesmo no meu antigo quarto na casa dos meus pais.

Corro os olhos da cama para a minha perna. Um enorme suspiro de alívio escapa da minha boca. Ainda estou amarrada com segurança. Verifico as horas no meu celular na mesinha de cabeceira. São 7h10. Hora de levantar e enfrentar o mundo do trabalho. Eu me desamarro, dobro o lenço com delicadeza e o coloco sob o travesseiro. O aquecedor gorgoleja, o que deve significar que está sendo ligado. Ainda bem, porque o quarto está bem frio, apesar de ser verão.

Lembrete para mim mesma: perguntar a Martha ou a Jack se eles podem programar o aquecedor para mais cedo. Não, Jack não, não depois do que ele aprontou ontem.

Assim que me levanto, a sensação urgente de precisar ir ao banheiro me atinge rapidamente. Contraio os músculos das partes baixas enquanto enfio depressa os pés em minhas pantufas fechadas de pele falsa e visto meu cardigã longo até a canela que funciona como roupão. Abro a porta e aperto o passo até o andar de baixo. Jack não me mostrou o banheiro, mas me lembro de que era a única porta aberta nesse andar.

Entro desesperada. É um cômodo muito elegante, com ladrilhos pretos e brancos no chão, espelho em estilo *art déco* – irmão do que está na entrada da casa – e um gabinete castanho-dourado com duas toalhas felpudas cuidadosamente dobradas. Não consigo ver a banheira porque a cortina do chuveiro está fechada. Martha ou Jack estiveram aqui recentemente, porque o vapor está escorrendo pelas paredes.

Afasto o cardigã, começo a puxar a calça do pijama para baixo... e, de repente, a cortina do chuveiro se abre. Com um berro, a calça do meu pijama cai até os joelhos quando me jogo pesadamente na parede.

Meu senhorio e minha senhoria me olham de dentro da banheira cheia. A mão delicada de Martha está segurando a cortina, escondendo seus corpos, de forma que tudo que consigo ver são duas cabeças, a dele ligeiramente acima da dela.

– Me desc... Desculpem... – engasgo.

Meu rosto está pegando fogo de constrangimento. Devia ter batido na porta para me certificar de que não tinha ninguém lá dentro. Que idiota!

A pobre Martha parece mortificada, enquanto Jack... me lança um olhar frio e meio assustado. Sei com o que ele está preocupado: a possibilidade de eu contar para sua esposa o que ele fez na noite passada. Mas acho que ele sabe que não vou dizer uma palavra; preciso muito do quarto.

Ela se vira para ele.

– Querido, você não conversou com Lisa sobre o banheiro?

– Não achei necessário porque está tudo no contrato.

Segundo lembrete para mim mesma: bater a cabeça na parede por ser tão burra e não ler o contrato.

– Desculpem de verdade... – recomeço, entendendo completamente o que Elton John quis dizer quando cantou que esta é a palavra mais difícil.[2]

Martha dispensa minhas palavras com um aceno.

– Somos nós que devemos pedir desculpas. Estou certa de que entende que queremos manter nosso espaço em áreas tão privadas.

---

[2] Referência à canção "Sorry Seems To Be The Hardest Word", de Elton John. [N.T.]

O que me faz pensar que Martha e Jack sem dúvida estão nus como vieram ao mundo na banheira, e as calças do meu pijama ainda estão arriadas. O pânico se apodera de mim conforme abaixo a cabeça. Solto um longo suspiro de alívio ao ver que minhas pernas estavam cobertas pelo cardigã comprido. Com as mãos trêmulas, puxo as calças de volta em segundos. Murmurando mais alguns pedidos de desculpa, não consigo sair de lá tão rápido quanto gostaria.

Apesar da pressão na minha bexiga, subo a escada de volta para o meu quarto. Uma vez lá, me jogo na cama. Meu rosto ainda está queimando feito fogueira. Acho que isso vai entrar para minha lista dos Dez Momentos Mais Constrangedores da Vida. Para não mencionar o fato de não ter lido o contrato antes de assinar.

"Nunca assine nada a não ser que tenha relido e revisado cada palavra", foi o sábio conselho que meu pai me deu quando consegui meu primeiro emprego.

Tento não ser tão dura comigo. O único motivo de eu ter assinado o contrato sem ler foi para me livrar daquele babaca do Jack.

Encontro o documento dobrado na gaveta da mesinha de cabeceira e levo-o comigo para procurar um banheiro mais privativo.

Só que, ao ver o sanitário, desanimo. É uma espécie de banheiro externo moderno com uma privada antiga: tanque alto, corrente de descarga. A pia ao lado está rachada. A janelinha fosca dá para o jardim proibido. Deve ter sido mesmo um banheiro externo no passado, anexado posteriormente à casa.

O chuveiro do lado oposto até que é um avanço com seus acessórios contemporâneos, mas é apertado, congelante, e há um leve cheiro de mofo no ar.

Poderia reclamar... mas estou decidida a não fazer isso. Tento ver o lado positivo: pelo menos, tenho o banheiro só para mim.

Sento na privada e leio o contrato com atenção, até chegar à seção na qual deveria ter prestado mais atenção:

Obrigações do locatário.

A maior parte são coisas-padrão, exceto por:

Usar o banheiro do térreo.

Proibido comer dentro do quarto. Proibido bebidas alcoólicas.

Os únicos visitantes permitidos no quarto são os pais do locatário, com aviso prévio ao locador. NINGUÉM MAIS tem a permissão de visitar o locatário na casa.

Nada de visitas. Onde estou morando? Em uma pensão vitoriana para garotas ingênuas?

Estou começando a perceber que morar na casa de outra pessoa significa ter que ajustar as expectativas. Eu me apoio no cano frio atrás de mim, que solta um ruído alto e engasgado. Não adianta fazer um escândalo por causa disso. Assinei o contrato. Ninguém me obrigou. Então me conformo:

É a casa deles.

São as regras deles.

***

– Lisa – Martha me chama assim que chego em casa no fim do dia.

Por um momento, fico confusa e acho que é minha mãe quem está me chamando. Balanço a cabeça de leve para clarear a mente. Não consigo evitar um suspiro irritado. Não quero bancar a inquilina obediente. Estou exausta do trabalho. Minha calça social é pesada, como se houvesse outro ser humano ali dentro. Tudo o que quero é me jogar na cama. Estou pensando na carta suicida. Não consigo tirá-la da cabeça. Não consigo parar de pensar nesse autor sem rosto.

Então noto algo estranho no corredor. Fico olhando de boca aberta. São minha mala e umas sacolas cheias de coisas minhas. Não... não entendo. O que está acontecendo?

Minhas calças se erguem um pouco, mostrando o dorso dos meus pés conforme vou até a sala de jantar para encontrar Jack e Martha sentados à mesa de madeira. Estão me olhando como pais preocupados que descobriram algo ilícito no quarto da filha adolescente. Agora estão se preparando para aquela conversa constrangedora.

Ambos se levantam quando me aproximo. Martha parece cansada; a pele de seu rosto está mais esticada do que nunca, e as bochechas têm uma cor estranha que o *blush* rebocado não consegue disfarçar. Jack está um pouco atrás dela. Sua esposa parece se encolher na presença dele.

Eles não falam nada, e então pergunto:

– Algum problema?

Obviamente, sim. A mala e as sacolas sugerem que eles vão tentar me botar para fora. Mas isso não vai acontecer, vou dar um jeito. É como se eu estivesse presa em um universo paralelo. Ontem, eles eram pura gentileza e leveza. Bem, exceto por... Então vejo, em cima da mesa de jantar, a garrafa de champanhe que Jack levou para o meu quarto – sim, *meu* quarto – na noite anterior para sua "festa". Duas taças ainda cheias até a metade com a bebida choca estão ao lado da garrafa. Aperto os lábios.

Martha fala com uma voz fraca:

– Olha, Lisa, vou ser breve porque não quero aborrecimentos e não há necessidade nenhuma disso. – Ela olha para Jack procurando apoio, mas a única coisa que ele consegue oferecer é uma expressão inocente. – Jack e eu conversamos e decidimos que seria melhor para todos se você encontrasse algum outro lugar para morar. Vamos devolver seu depósito e o aluguel, não se preocupe. Mas gostaríamos que fosse embora. Hoje.

Vou direto para o ataque:

– Por quê?

A fúria dentro de mim começa a ferver. Esses dois tiveram a audácia de botar as mãos nas minhas coisas quando eu não estava aqui. Isso é inaceitável, mas não falo nada. Coloco a raiva para cozinhar no fogo baixo.

Martha parece hesitante, quase como se tivesse recebido frases para dizer, mas não as tivesse decorado direito. Ela olha para a prova na mesa com tristeza.

– Jack foi consertar a claraboia no seu quarto e encontrou isso na sua escrivaninha. Deixamos isso bem claro... e visitas, com exceção dos seus pais, não são permitidas. Essa é uma infração do contrato que você assinou. Receio que a gente não possa permitir que você fique. Então, se fizer a gentileza...

Desconfio que Martha saiba muito bem como o espumante foi parar no meu quarto e quem foi meu visitante. Fico tentada a jogar a verdade na cara dela, mas ela parece tão desconsolada que fico com pena e desisto. De qualquer forma, não quero me queimar com eles, a menos que precise.

Olho para Jack, que está nervoso e desvia o olhar.

– A garrafa foi um presente de um colega de trabalho que sabia que eu estava me mudando. Peguei duas taças e enchi uma enquanto arrumava minhas coisas. Daí perdi no meio da bagunça, então enchi a segunda. Eu não tinha lido o contrato ainda, muito menos assinado. Então, como pode ver, é só um mal-entendido.

Isso seria plausível se eles estivessem agindo com boas intenções. Mas é evidente que não estão. Jack, pelo menos, não.

Martha olha para o marido mais uma vez e se vira para mim. Fica evidente que decidiram que ela ficaria encarregada de falar comigo.

– Pode ser, mas ainda assim é uma infração do contrato. E, de qualquer forma, achamos que isso não vai funcionar. Não é nada pessoal. Você é uma garota legal. – Ela procura uma explicação. – Só achamos que não vai se adaptar.

Vou ficar, disso não tenho dúvida. Mas estou curiosa para descobrir o que há por trás disso. Tenho certeza de que algumas garotas mais bobas caem na lábia de Jack com prazer, mas não acredito que ele sempre responda de uma forma tão vingativa ao ser rejeitado. Para homens como ele, isso é tipo uma aposta: umas vezes você ganha, outras, você perde. Então me lembro da cara que ele fez quando pedi para sair do quarto. Penso no que poderia ter acontecido se Martha não tivesse chegado naquela hora. Talvez não devesse ter lhe dado o benefício da dúvida.

– Olha, Martha, não sei nada de adaptação. Tudo o que sei é que assinei um contrato de seis meses. Vou honrá-lo, e vocês também. E quero que saiba que trabalho em uma empresa com muitos advogados inteligentes e meu ex-namorado é um deles. – Por que estou trazendo Alex para essa conversa? – Se *você* decidir quebrar o contrato que assinamos, vou falar com eles e nos encontramos no tribunal.

Os dois estremecem ao ouvir a palavra "tribunal". Martha parece prestes a cair em prantos.

– Não precisa fazer ameaças, Lisa. Por que não consegue ver que isso não vai dar certo? Há milhares de quartos em Londres. Por que não procura outro?

Eu me mantenho firme.

– Porque encontrei este. Paguei o depósito e o aluguel e vou ficar. Mais alguma coisa?

Jack não parece mais inocente. Na verdade, ele está me olhando com um sentimento próximo da fúria. Claramente não está acostumado com mulheres que o enfrentam. Talvez seja isso que ele ganhe morando com uma mulher mais velha como Martha: a ilusão de que é o rei do mundo.

Eles não falam mais nada, então me viro de costas.

Mas, antes, falo para Jack:

– Consertou a claraboia? – Ele balança a cabeça devagar, então acrescento: – Ficaria grata se pudesse fazer isso assim que possível.

Encaro Martha com um olhar acusatório.

– Ontem você falou sobre confiança. Você disse que era um dos motivos do meu quarto não ter chave. Confio em vocês.

Não confio em Jack de jeito nenhum, porém sou realista. Preciso destruir qualquer animosidade que restou entre nós antes de deixar a sala.

Saio andando sem pressa, para mostrar que não estou assustada. Pego a mala e as sacolas no corredor e as levo de volta para o quarto.

Assim que fecho a porta, desabo contra ela. A cena lá embaixo era a última coisa que eu esperava no meu segundo dia nesta casa. Mas ao menos agora vi quem é Jack: um menino mimado que se esconde atrás da saia da mamãe quando fica com os dedos pegajosos de geleia.

– Eles também tentaram botar você pra fora? – sussurro para o homem que escreveu a carta de despedida, como se ele estivesse no quarto.

Decidi batizar suas palavras finais de carta de despedida. Carta suicida era brutal demais; o "s" e o "c" soam como lâminas afiadas. Sua despedida ainda está no mesmo lugar onde a deixei na noite passada, em cima da escrivaninha. Eu me sinto péssima por tê-la deixado ali. É quase como se eu tivesse desrespeitado os últimos desejos de um homem que deixou este mundo de uma das piores maneiras possíveis – pelas próprias mãos.

Dobro-a com cuidado e a coloco debaixo do travesseiro com delicadeza, perto do lenço lilás.

Também leio o contrato com atenção. E depois leio mais uma vez. Verifico minhas coisas para garantir que não tenho nada que possa ser considerado uma infração, como um visitante escondido em minha bolsa. Eles têm acesso livre ao meu quarto quando não estou em casa, e já estou esperando Jack voltar para procurar algo que possa usar para tentar me expulsar daqui. Mas não vou lhe dar essa oportunidade. Deveria ter pedido para alguém ler o documento antes de assinar, mas agora é tarde demais. Se bem que, pela maneira como eles ficaram pálidos quando mencionei levar isso para o tribunal, talvez não queiram seguir por esse caminho.

Olho em volta para ver se não me esqueci de nada.

A umidade perto da claraboia está piorando. Agora há uma mancha que se estende pelo teto inclinado, descendo para uma das paredes. Decido que vou continuar enchendo o saco até que ele conserte. Não tenho intenção nenhuma de ceder terreno, embora esteja quase certa de que ele não vai consertar. Ele deve achar que, se o quarto se tornar um risco para a minha saúde, isso será o suficiente para me arrancar daqui quando o inverno chegar.

Só que ele está errado.

Ouço os rangidos chorosos na escada do primeiro andar. Pausa. Então, o rangido recomeça, seguido por passos suaves no corredor. Não estou no clima para uma segunda rodada da intimidação predatória de Jack. Desta vez, vou fazer a casa inteira ouvir meus gritos.

Puxo a cadeira da escrivaninha e a coloco sob a maçaneta. Pego o spray de pimenta e o alarme pessoal que comprei na hora do almoço. Meu coração está batendo tão forte que posso ouvir. Seguro o spray com firmeza. Há uma longa pausa antes de alguém bater com suavidade na porta.

– O que você quer? – digo entre os dentes cerrados.

– Queria saber se posso dar uma palavrinha com você em particular.

Não é Jack. É Martha.

Seis

Afasto a cadeira para o lado e retiro a tranca. Hesitante, abro uma fresta e vejo que minha visitante está sozinha. Não há motivo para não a deixar entrar. É a casa dela, afinal. Uma vez dentro do quarto, Martha percebe o spray de pimenta e o alarme nas minhas mãos.

Ela dá uma risada tristonha e diz:

– Não precisa disso, Lisa. Está preocupada com Jack? Não fique, ele é inofensivo. Cão que ladra não morde.

Fico levemente constrangida. Ainda desconfiada, coloco os objetos em cima da lareira. Martha está descalça, e a ilusão criada por seus saltos se desfaz. Ela ainda está vestida para impressionar em uma noitada chique com seu pretinho básico caro. Talvez ela sempre esteja querendo impressionar. Não sei que perfume está usando, mas é delicado e doce. Não é insuportável.

É quase crepúsculo; a luz natural do quarto vem da trapeira e da claraboia. O aposento está sombrio. Talvez por causa disso seja possível notar como ela deve ter sido encantadora quando jovem. As maçãs do rosto e a testa formam uma combinação perfeita para os olhos verdes deslumbrantes. Martha deve ter arrasado alguns corações em seu auge, deve ter roubado olhares, o que só me faz questionar como foi que ela acabou com um marido como esse.

Ela deve estar nervosa, porque perambula pelo quarto inspecionando as coisas como se fosse um carcereiro. Para na escrivaninha, como se esperasse encontrar algo. Olha para mim, ainda meio trêmula pela cena lá embaixo, e então me lança um sorriso sedutor.

– Se importa se batermos um papo, Lisa? Sabe, de mulher para mulher?

– Nem um pouco. – Ela pode bater o papo que quiser, mas não vai mudar as coisas: não vou sair desta casa. Deste quarto.

Martha se senta na cadeira da escrivaninha e cruza as pernas bem torneadas.

– Não faço isso com frequência... – ela me avisa, sem me dar tempo para responder antes de pegar um maço de cigarros.

Não demonstro surpresa. No entanto, Martha e cigarros não são uma combinação que eu teria imaginado. Ela parece refinada demais para algo tão prosaico quanto um cigarro pendurado em sua boca graciosa. Então, eu a vejo fumando. Ela eleva a simples ação a uma representação artística. Os lábios vermelhos fazem beicinho quando ela traga. A fumaça serpenteia e se enrosca ao redor dela, e ela ostenta o magnetismo natural de uma estrela de filme *noir* dos tempos clássicos de Hollywood. Uma estrela cujo amante acabou de atirar em seu marido e ela está preocupada se o FBI vai atrás deles. Ela não pergunta se me importo ou se quero um cigarro. Eu me importo.

Mas esta é a casa dela, não a minha.

– Pode responder a uma pergunta?

– É claro.

A fumaça esconde parte de seu rosto.

– Por que você não está arrumando as malas e indo embora? É o que eu faria, se estivesse no seu lugar.

– Já falei. Assinei um contrato e pretendo honrá-lo. Não é fácil encontrar um quarto aconchegante e charmoso como este. E sobre o negócio com o champanhe e...

Ela me interrompe.

– Sei muito bem como o espumante e as taças vieram parar aqui. Jack trouxe, não foi? Porque ele achou que eu tinha saído. Não sou burra.

Fico surpresa.

– Então, você sabe que não fiz nada de errado. Tenho menos motivos ainda para sair.

– Achei que tivesse ainda mais motivos. Eu não ia querer morar em uma casa cujo proprietário vem correndo me visitar logo na primeira noite, armado com álcool e camisinha. Na verdade, esquece a camisinha, ele não é tão sensato assim.

Fico chocada com o modo como ela fala sobre o marido. Por que ela ficaria com um homem como esse? Ela não se sente humilhada?

– Conheço meus direitos. Não serei expulsa.

Martha se levanta, vai até a janela e joga o cigarro fora. Quando se senta, acende outro imediatamente. Suas mãos estão tremendo de leve agora.

– Você transou com ele?

Fico boquiaberta, em choque.

– É... é claro que não.

Ela alonga os dedos da mão livre.

– Não a culparia se tivesse. Ele é um rapaz bonito. E, para ser sincera, tenho meus defeitos, não sou hipócrita. Cometi meus deslizes uma ou duas vezes no passado. Não estou em posição de criticar ninguém por isso.

– Eu. Não. Transei. Com. Ele.

Esse bate-papo de mulher para mulher está pessoal demais, constrangedor demais. Eu me pergunto aonde Martha quer chegar com tudo isso. Dá para ver que ela não quer ficar aqui discutindo sobre infidelidade. Seus gestos mostram isso. Aposto que Jack a mandou aqui para me dar um recado, mas não consigo entender qual é. Não pode ser para me mandar embora. Já deixei claro que isso não vai acontecer.

Martha parece perdida em pensamentos. Então, pergunta:

– Quantos anos você tem?

– Vinte e cinco.

Ela assente.

– Tenho 43. – Ela pensa por um momento e depois acrescenta: – Tudo bem, 48. – *E mais quanto?*, estou prestes a perguntar; com certeza ela já passou dos 50 anos. – Sabe, não é fácil ser a esposa de um homem mais novo como Jack. Ter o mundo me tomando por mãe dele ou pensando que ele é uma espécie de gigolô. Não é fácil mesmo.

Não consigo evitar uma careta, me lembrando da minha gafe na cozinha.

– Posso imaginar.

Ela vai de melancólica para magoada.

– Não, não pode. Não pode nem tentar. Sabe, quando eu tinha a sua idade, os homens me perseguiam feito cachorros. Tudo o que eu precisava fazer era jogar uma bolinha e eles saíam correndo atrás dela, latindo com toda a força. Eles traziam a bolinha para mim entre os dentes, se sentavam nas patas traseiras balançando o rabo e colocando a língua para fora. Agora... – Sua voz está carregada de desolação. – Agora eles dão risada nas minhas costas. Você não pode nem tentar imaginar como é isso.

Sinto pena dela, como não? Não é de se estranhar que ela esteja injetando químicos na cara para recuperar a juventude.

O quarto está ficando escuro. Martha está se transformando em uma sombra.

– Me escute, Lisa. Não estou pedindo para você sair, estou implorando. – Seu tom é quase desesperado. – Faça as malas e vá embora hoje à noite. Tenho algumas libras na escrivaninha lá embaixo. Você pode pegar e se mudar para um hotel, se quiser. Jack é ótimo, mas às vezes pode ser... – Ela olha para cima, como se as palavras que procura estivessem flutuando no ar. Em seguida, volta o olhar para mim. – Um pouco teimoso se as coisas não saem do jeito dele. Não quero que nenhum dos dois se sinta constrangido na minha casa.

– Então a casa é sua, mas não dele? – interrompo.

Não é preciso ver o sangue subindo para as bochechas dela para perceber que minha pergunta a enfureceu. Ela fica de pé, com as feições retorcidas de tensão e raiva.

– Se está sugerindo que ele só está comigo para ficar com a minha casa e o meu dinheiro, você está...

– Desculpe, Martha. Isso foi desnecessário. Só estou grata por ter um cantinho em uma casa tão maravilhosa.

Ela continua de pé, me olhando descontente.

– Estamos juntos há quatro anos, só eu e Jack, sozinhos na *nossa* casa.

E o homem que ficou neste quarto antes de mim, quero acrescentar. Mas fico quieta.

– Não foi fácil deixar que outra pessoa se mudasse para cá. Mas o trabalho dele não anda muito bem, e ele não gosta de pedir dinheiro para mim. Ele quer manter a independência. Então concordamos em alugar o quarto, para ter outra fonte de renda. – Sua expressão se fecha. – Para ser sincera, não pensei direito como seria ter uma mulher mais jovem morando na casa com meu marido bem mais jovem.

Nossa, ela parece tão vulnerável. É como se eu estivesse prestes a destruir seu mundo por completo.

Eu me levanto depressa, mas mantenho distância.

– Garanto que nada vai acontecer entre seu marido e eu além da relação profissional entre um senhorio e sua inquilina.

Martha reflete por um momento.

– Não é só você, mas Jack também. Ele ficou chateado. Não quero que fique um clima estranho entre vocês. – Ela acena as mãos. – Talvez a melhor coisa ainda seja você ir embora.

– Você sabe como é difícil encontrar um lugar para morar em uma das cidades mais famosas do mundo? Tenho um ótimo trabalho e um ótimo salário, e ainda assim não consigo bancar um lugar sozinha. Se for embora hoje à noite, vou acabar em um albergue ou em um quarto abarrotado de outras pessoas. Não posso fazer isso. – Tomo fôlego. – Há uma luz no fim do túnel para todos nós. Se não der certo depois de seis meses, vocês não me oferecem outro contrato e vou embora. Simples.

– Já sei o que vou fazer. – Ela resolve, animada. – Vou dar uma palavrinha com Jack para acalmá-lo. Sim, é isso o que vou fazer. – Ela diz a última parte para si mesma e cerra as mãos.

Por que a ideia de conversar com o marido a faz fechar as mãos e ficar tão tensa?

Martha caminha em direção à porta daquele jeito flutuante dela.

– Sabia que antes esse quarto era de um criado? Consegue imaginar ter que trabalhar várias horas lá embaixo e depois de noite subir até o topo da casa exausto?

Quero responder: *Sei bem, tenho que me arrastar para o banheiro lá de baixo e voltar para cá toda vez.* Mas não digo nada e obrigo meus lábios a sorrirem.

– Martha, não se preocupe, vai dar tudo certo.

Sete

A cordo no escuro e no frio, uma grande quantidade de suor no chão, a perna esquerda torcida em cima da cama. O nó do lenço se apertou, cravando-se dolorosamente em meu tornozelo. Lágrimas de desespero escorrem pelo meu rosto. Sinto-me derrotada; os sonhos recomeçaram.

Algumas pessoas têm enxaqueca. Como conseguem identificar quando está no começo, evitam os gatilhos e tomam remédios. Se a enxaqueca vem mesmo assim, o único jeito é deitar em um lugar silencioso e esperar que passe. Não sofro de enxaqueca, mas de ciclos de pesadelos. Às vezes, esses ciclos duram alguns dias, outras vezes, algumas semanas. Depois disso, eles param por um tempo, alguns meses e até mesmo anos, e fico achando que se foram de vez.

Daí eles voltam vingativos. Sei identificar quando estão vindo e quais são os gatilhos, mas não há remédios para isso, e não posso me deitar em um lugar silencioso e esperar que passem, porque é quando me deito em um lugar silencioso que eles atacam.

Estou aterrorizada porque esta casa tem gatilhos por toda a parte.

Tenho esses pesadelos desde que me entendo por gente. Quando era pequena, acordava gritando por socorro, e meus pais corriam para o meu quarto temendo que estivesse sendo atacada. E eu *estava* sendo atacada, mas nos filmes de terror que passavam na minha cabeça. Meus pais me abraçavam, papai me acalmava, mamãe chorava baixinho. Durante esses ciclos de pesadelos, eu também sofria durante o dia. Isso acontecia em parte porque estava cansada, mas também porque não tinha certeza se o que tinha acontecido na minha imaginação infantil não tinha realmente acontecido no mundo real. Meus pais e professores ficaram tão preocupados com meu estado durante esse período que me mandaram para uma psicóloga infantil.

Ela tentou esconder, mas percebi sua perplexidade diante das minhas histórias de monstros armados com facas, machados, espadas, adagas e agulhas gigantes me perseguindo pela casa e tentando me matar. E a dor, oh, céus, a dor. Também tinha outros pesadelos, mais abstratos, que não faziam sentido nenhum, repletos de formas mutantes e cores se fechando sobre mim, trazendo a morte consigo.

A única explicação que ela conseguiu foi me diagnosticar como perturbada, uma desajustada altamente funcional que devia estar sofrendo *bullying*. É claro que ela ofereceu aos meus pais e professores uma versão um pouco mais suavizada.

Minha nova casa é o ambiente perfeito para desencadear um ciclo de pesadelos. Durante o dia, é uma imponente montanha vitoriana, mas à noite se torna uma mansão gótica um pouco assustadora, onde se poderia imaginar um vampiro tirando uma soneca. Durante o dia, é um lugar silencioso onde se pode descansar ou trabalhar. À noite, se ouve todo tipo de barulho. A madeira se expande e se retrai, fica úmida e seca. Isso cria um rangido que ressoa como alguém inspirando e expirando, como se a casa estivesse viva.

Além disso, tem a carta suicida.

Jack dando em cima de mim.

Jack e Martha tentando me expulsar.

A vizinha hostil.

Martha estava certa. Deveria fazer as malas e me mandar.

Não. Isso não é uma opção.

Eu me arrasto de volta para a cama. Afrouxo o laço na perna. Pego meu celular e os fones. Aperto o *play*. Fecho os olhos. Mergulho em "Wake Up Alone", de Amy. É uma música muito triste, mas a melodia me embala, me acalma e afasta o terror.

Meu corpo começa a relaxar, minha respiração fica suave e regular. Estou flutuando...

Mas, na escuridão, sinto que elas estão esperando por mim. As figuras gigantescas, com o dobro do meu tamanho, delineadas em formas humanas reconhecíveis. Estão me espiando pela trapeira e pela claraboia. Escondendo-se atrás da porta fechada do quarto. Mas sei que estão ali. Posso ver os rostos macabros e assassinos. Seguram facas e agulhas nas mãos. Estão esperando. Esperando que eu pegue no sono de verdade para entrar na surdina e me matar enquanto me contorço, me reviro, sangro e grito pela minha mãe.

Com um movimento repentino da cabeça, luto contra esse sono pela metade. Os fones ainda estão nos meus ouvidos. Ainda zonza, aperto o *play*. Amy recomeça a me afagar. Meu corpo se entrega ao peso morto do relaxamento. Acho que desta vez vou dormir.

As figuras assassinas foram embora. Mas sei que são pacientes. Vão voltar outra noite, e essa noite está próxima.

* * *

Congelo quando o corredor da escada do primeiro andar range sob minhas pantufas na manhã seguinte. Merda! A última coisa que quero é acordar Martha e Jack. Não que esteja com medo deles. É só que gostaria de evitar um confronto com esse homem. Mas estou torcendo para que Martha tenha conseguido falar com ele, e ele pare de me incomodar ou me atacar. Espero um momento. Não ouço nada vindo de nenhum dos quartos próximos.

Estou acabada e sigo na ponta dos pés pela escada. Não sei quantas horas de sono consegui, mas não foram o suficiente. Sinto-me um zumbi. Assim que chego ao térreo, sou atingida pelo cheiro de bacon. Alguém já está de pé. Suspeito que seja o machão do Jack; não associo Martha a bacon, mas a algo mais sofisticado, como salmão defumado e ovos mexidos. Penso em dar uma espiada para verificar se a área está limpa... dane-se. Estou pagando um bom dinheiro para morar aqui e não estou a fim de ficar me escondendo como se fosse um fantasma indesejado. À medida que caminho, ouço uma porta se fechando lá em cima. Sem dúvida é Martha começando seu dia. Ainda bem que não há sinal de Jack na cozinha. Vou ao banheiro e tomo um banho necessário e demorado. Sentindo-me um pouco mais revigorada, faço um chá, umas torradas e saio da cozinha.

Não volto lá para cima; em vez disso, vou até a sala de estar comprida, com suas paredes azuis-claras, uma lareira de mármore e um espelho enorme, que faz a sala parecer duas vezes maior. Há um piano preto e grandioso do outro lado. Repito o mesmo exercício que tentei na minha primeira noite aqui. Fecho os olhos e me concentro, tentando ver se a casa tem algo a me dizer. Então abro os olhos e mergulho em cada detalhe do cômodo. Mas não encontro nada.

Faço o mesmo no coração da casa, no luxuoso tapete vermelho e preto da entrada. A casa não está dizendo nada aqui também. Talvez eu esteja aflita demais para ouvir essas quatro paredes. De qualquer forma, não importa; terei muitas outras chances. Tenho tempo de sobra. Enquanto subo as escadas, sorrio para mim mesma. Esta casa já me disse algumas coisas sem que eu nem percebesse.

Assim que entro no quarto, coloco a trava na porta e a cadeira sob a maçaneta. Tiro as pantufas com um chute, me viro um pouco e congelo. Fico tensa. Que som foi esse? Um arrepio na espinha me domina. Alguma coisa, alguém, está me observando. Meus braços cobertos ficam arrepiados.

Suavizo a respiração. Não movo um músculo.

De novo. Um leve farfalhar e um ruído baixo de madeira, como se um pequeno graveto estivesse raspando as tábuas do assoalho. Giro o corpo, alarmada. Corro o olhar pelo quarto e não encontro nada. Há tão poucos móveis aqui que é difícil imaginar como algo poderia se esconder. Perscruto o quarto com atenção e de repente vejo. Um objeto cinza, como uma pena, na minha visão periférica. Em seguida, ouço o ruído baixo de novo.

Sinto um estremecimento de repulsa colossal percorrer meu corpo. É meu pior pesadelo: um rato. Cubro a boca, não consigo me mexer. Seu rabo está preso em uma ratoeira. Está se dirigindo para a lareira bloqueada, mas muda de ideia. Ele sai rebocando a ratoeira atrás de si como um trenó, arfando em desespero, e se enfia debaixo da cama.

O quarto está em silêncio. Estou petrificada demais para gritar. Não sei de onde veio, mas sempre tive essa lembrança de um rato morto me encarando com olhos enormes. Ele quase me toca. Por alguma razão, não consigo me mexer. Ele vai saltar sobre mim, passar suas patas cheias de doenças e suas unhas sujas sobre a minha pele encolhida, vai roçar o rabo em meus lábios agonizantes. Estou tão imóvel agora quanto na minha memória.

Perguntei a Jack se havia ratos na casa quando vim visitar a casa, não perguntei? Então os arranhões debaixo da cama substituem todos os pensamentos sobre o meu senhorio e me impelem à ação. Atravesso o quarto em um salto. Afasto a cadeira da porta e me atrapalho com a maçaneta. Bato a porta ofegando, ofegando e ofegando. Uma criaturinha como essa contra mim? Sei que é uma besteira, mas não consigo lidar com isso.

– Ja... – começo a berrar. Paro no meio, apesar do medo paralisante.

Sei que ele é capaz de resolver isso, mas a última coisa de que preciso é aquele homem pegajoso no meu quarto outra vez.

Só que não posso passar a manhã toda hiperventilando de horror fora do quarto; preciso ir para o trabalho. Ocorre-me que, se conseguir uma vassoura, posso enxotá-lo até o corredor, onde ele pode se virar até que Jack chegue – Martha provavelmente é frágil demais para lidar com isso. Ou, melhor ainda, meu pequeno visitante pode até mesmo ter fugido quando eu voltar. Essas coisinhas são mini-Houdinis, pelo menos é o que espero.

Volto armada com uma vassoura do armário debaixo da escada. Abro a porta com cuidado e deslizo para dentro de costas para a parede. Fico de quatro e espio debaixo da cama. Meu amiguinho ainda está se escondendo. Ele não se move enquanto o observo. Talvez esteja assustado demais para se mexer. Sou tomada pelo horror quando encontro seu olhar. Seus olhos estão arregalados, tão aterrorizados quanto os meus.

Minha velha lembrança volta num rompante. Grandes olhos de rato morto me encarando. Eu grito e grito e grito.

Ouço uma comoção no andar de baixo e um estrondo de botas pesadas nas escadas antes que a porta seja escancarada e Jack entre.

Ele olha para mim no chão e fala, seco:

– Qual é o seu problema? Ah, certo... um rato?

Eu me levanto, afastando seu braço com raiva quando ele me oferece ajuda.

– Você falou que não tinha ratos aqui.

Ele parece ao mesmo tempo inocente e desdenhoso.

– Falei? Não me lembro disso. Claro que há ratos nesta casa. Um monte. Esta é uma casa vitoriana, querida, tente encontrar uma casa nesta cidade que não tenha ratos. – Ele pega a vassoura da minha mão. – Agora, onde está esse pestinha? Ah, sim, ali. Ué, ele prendeu o rabo na ratoeira. Isso vai fazer com que desacelere.

Jack passa a vassoura por baixo da cama, e a ratoeira sai girando, com o rato ainda preso nela. Dou um salto para trás em pânico, com a mão contra o coração, batendo com fúria dentro do peito. Jack pega a ratoeira e a segura na altura do ombro. Minha boca se retorce de nojo. Ele a aproxima de mim com o rato suspenso pelo rabo, tentando a todo custo se virar para cima. Não sei dizer se Jack está tentando atormentar o animal ou a mim. Provavelmente ambos. Ele vê o quanto estou abalada.

– Por que está fazendo isso? – resmungo. Uma raiva efervescente penetrou na minha voz. – Você se diverte sendo cruel com os animais? Leve-o para fora e deixe-o ir embora.

Jack balança a cabeça.

– Não posso fazer isso. E se ele voltar?

Estou farta desse imbecil.

– Você o colocou no meu quarto, não foi?

– O quê? – ele desdenha. – Pare de falar besteira. A patroa me mandou deixá-la em paz, e isso é o que eu estava fazendo até que você decidiu botar o telhado abaixo, como se o Freddy Krueger estivesse na cidade.

Não acredito em uma palavra. Como é que um rato preso em uma ratoeira teria chegado aqui no topo da casa? Ele deve ter pegado o rato vivo em algum lugar antes de prendê-lo na armadilha e largá-lo no meu quarto para que eu o encontrasse. É uma peça de teatro grotesca que ele montou contra mim.

Deve ter sido isso que ouvi quando desci para o térreo: ele saindo do próprio quarto com o rato e então se esgueirando para dentro do meu quarto. Que babaca!

Com um som de desgosto emanando dos lábios, Jack desaparece, mas volta alguns minutos depois com o rato ainda na ratoeira em uma mão e o que parece ser um cano de chumbo na outra. Com muito cuidado, ele coloca o rato indefeso no chão. Ele me encara com um brilho nos olhos antes de levantar o cano e lançá-lo para baixo com uma violência inexplicável. O animal não é morto, é dilacerado. Se transforma em uma massa emaranhada de pelo e carne e espalha manchas de sangue nas tábuas pintadas de branco.

Fico sem ar de horror e raiva.

– Para que você fez isso? Por que não o soltou?

– Como você é boazinha, Lisa...

Ele pega uma sacola de plástico e joga nela os restos mortais do rato junto com a ratoeira. Então se levanta e me lança um olhar cintilante que sei que não é de crueldade nem de provocação, mas de ameaça implícita.

Não digo nada. Devolvo um olhar raivoso de desprezo enquanto ele se vira.

Quando ele vai embora, vou até o banheiro – o banheiro *deles* – e pego uma esponja. Esfrego e esfrego e esfrego até que cada vestígio das minúsculas gotas de sangue do animal tenha sido apagado das tábuas brancas do chão.

Oito

Dou voltas, ando de um lado para o outro, dou mais umas voltas e, então, fico prostrada na frente do estúdio do Dr. Wilson. Toda essa hesitação me fez atrasar dez minutos para a nossa primeira consulta. Realmente não consigo lidar com isso. Psiquiatras, terapeutas, neurologistas. Eles não podem me ajudar. Pior ainda, uma sessão dessas pode me arrastar de volta para a escuridão, na qual somente coisas assustadoras me esperam e o controle se esvai das minhas mãos.

Respiro fundo, preenchendo a caverna vazia do meu peito. Digo a mim mesma que estou fazendo isso pelos meus pais, meio como se fosse um presente adiantado de Natal. O negócio é aguentar firme e sorrir. Não tenho dúvida de que esse médico é uma ótima pessoa, uma referência na sua profissão, pelo que ouvi dizer, mas sei que ele não pode fazer nada por mim. Não pode. Ninguém pode.

Exceto eu mesma.

Não sei por que Wilson chama seu consultório de "estúdio" – ele devia ser um psiquiatra, e não uma estrela do rock. Talvez seja a nova palavra da moda que os psiquiatras usam para se referir ao local de trabalho. Seu estúdio fica na requintada Hampstead, alojado em uma casa bonita e afastada. O Mercedes estacionado na frente mostra que ele tem dinheiro. Sua clientela deve incluir milionários desajustados, criancinhas ricas e infelizes e outros do tipo.

Mesmo depois que toco a campainha, aquela necessidade de fugir me cutuca, não me deixa em paz. Mas Wilson é mais rápido; a porta é aberta com firmeza antes que eu perceba.

Apesar do meu desconforto, quase desato a rir. Ele é a cara de Sigmund Freud: cabelo curto, barba grisalha e bem aparada. Até mesmo seus óculos parecem um *pince-nez*. Mas a imagem se desfaz quando ele abre a boca. Ele é mais formal do que a rainha, sem nenhum sotaque alemão.

– Lisa? É um prazer conhecê-la. – Seu tom é profundo e cuidadoso; ele mede cada palavra que sai da sua boca.

É sábado de manhã, então estamos sozinhos na recepção e na sala de espera desertas. Conforme caminhamos, ele pergunta sobre a saúde dos meus pais; parece que eles não se veem há um tempo. Em seu consultório, preciso segurar a risada mais uma vez. Ele tem um divã de verdade. Um divã muito caro – reluzente, na verdade – de couro estofado, preto azeviche.

– Você tem um divã. – Não consigo evitar manifestar minha incredulidade.

Ele não fica ofendido. Em vez disso, sorri calorosamente, mostrando as rugas nos cantos de seus olhos.

– Alguns dos meus clientes parecem esperar ver um divã aqui e não gosto de decepcioná-los. Experimente, se quiser. Ou, se preferir, tem uma ótima cadeira bem ali.

Não consigo me conter. Subo a bordo do divã como se fosse uma atração de um parque de diversões. Eu me ajeito, me recosto e afundo em sua textura acolhedora. Ele deve achar que estou muito confortável, mas quero que isso termine o mais rápido possível, então recuso sua oferta de chá, café ou água.

Antes que eu perceba, ele já está em sua cadeira com os dedos entrelaçados no colo.

– Você se incomoda se eu registrar nossa conversa de hoje?

Balanço a cabeça. O que importa se ele tomar notas? Sei quais perguntas ele vai fazer e estou pronta para despejar as respostas e ir embora. Preocupo-me, porém, em perder o controle quando começar a falar sobre minha história.

Ele começa com a clássica:

– Pode me contar algo sobre você?

Sem problemas. Recito meu currículo bem ensaiado.

Sou uma boa garota de classe média de Surrey, filha única, que cresceu em um lugar idílico com pais estáveis e carinhosos que me deram tudo. Absolutamente tudo. Eu me destaquei em tudo o que fiz na escola particular que se descrevia como "excelente". Tornei-me uma daquelas raras garotas que vão estudar Matemática na universidade antes de entrar no mercado de *software* de ponta no setor financeiro. Subi na carreira rapidamente. Sou disciplinada, focada e trabalhadora. Não tenho amigos de verdade, mas quem precisa deles? Tive um namorado. Sim, apenas um, isso mesmo. Nunca sofri abuso – então não adianta insistir nessa abordagem – e nunca usei drogas nem tive qualquer problema com substâncias ou vícios. É isso aí. Essa sou eu.

Percebo que ele está anotando várias coisas, muito mais do que seria justificável pelo tanto que revelei. Talvez só esteja fazendo a lista de compras. Talvez esteja tão a fim de perder sua manhã de sábado falando comigo quanto eu falando com ele. Talvez só esteja fazendo isso para agradar meus pais. Então me lembro de que ele é amigo do meu pai e talvez saiba muito mais sobre mim do que está demonstrando. Enterro os dedos no couro.

– Muito bem.

Um comentário de duas palavras não é o que eu espero dele. Algumas perguntas, sim. Mas ele não diz nada. Termina as anotações.

Sem pensar nas consequências, com uma voz amarga e rouca, digo quase gritando:

– Preciso deixar uma coisa clara desde o começo. Não sou louca, ok? Não sou louca.

De onde veio isso? Aquela palavra era a última coisa que eu queria sugerir durante a sessão.

O sorriso gentil do médico está de volta.

– Acho que você vai descobrir, Lisa, que pouquíssimos colegas de profissão usam a palavra "louca" hoje em dia. E, se usarem, deveriam ser afastados. – Ele solta um suspiro leve e observa as anotações. – Seu pai mencionou que aconteceu algo quatro meses atrás, um incidente, que ele pensou que talvez você quisesse comentar. É isso?

É típico do meu pai se referir ao que aconteceu como "incidente". Um pequeno desvio. Quase como se fosse algo que acontece com todo mundo uma hora ou outra.

Levanto um ombro.

– Se você quiser.

– Não, Lisa. Se *você* quiser.

Acho que vou ter que conversar sobre isso.

– Claro, vamos falar sobre o "incidente".

– Quer me contar o que aconteceu?

Não quero, mas conto. Respiro fundo sonoramente, me concentrando para que minha voz não saia trêmula. Não consigo evitar o frio em minha pele. Desligo as emoções. Começo a falar como se estivesse recitando um relatório.

– Bem, acho que estava me sentindo meio para baixo e tomei uns remédios para ajudar. Tive uma noite muito ruim. Tenho ciclos de pesadelos de vez em quando, desde que era criança, e estava no final de um desses ciclos. Não tinha dormido nada, então tirei o dia de folga no trabalho. Na hora do almoço, bebi vodca junto com vários comprimidos da minha caixinha de remédios para me animar. E daí tomei um pouco mais, com mais vodca. E depois mais um pouco, e depois mais um pouco. De verdade, não sei o que estava fazendo. Estava exausta e perturbada pelos sonhos. Devo ter desmaiado. Fui encontrada no chão do banheiro. Quando dei por mim, estava no hospital fazendo uma lavagem estomacal. – Agora vem a parte mais difícil. – Eles... os médicos e meus pais, em especial meu pai... decidiram que foi uma tentativa de suicídio.

Sinto o fantasma do homem sem rosto que escreveu a carta de despedida se deitar no divã ao meu lado. Não me incomoda, é quase como se ele estivesse me dando forças.

O psiquiatra ainda está escrevendo copiosamente.

– E foi?

– Foi o quê?

– Uma tentativa de suicídio?

Suspiro, refletindo sobre a pergunta.

– Não sei, de verdade. Talvez sim. Meus pais estão certos de que foi. Agora tenho que aparecer de vez em quando para provar que não estou morta.

– Você já pensou em suicídio no passado?

Fecho os olhos. É uma pergunta difícil, mas tento me lembrar.

– Não... não exatamente. Mas às vezes queria não existir, sabe? Talvez devesse ter mencionado que tive distúrbios alimentares na adolescência. Acho que às vezes aquilo era só uma tentativa de desaparecer, de ir embora para algum lugar. Às vezes, só queria que a morte viesse e me levasse para um paraíso de paz e tranquilidade. Um lugar onde os pesadelos estão proibidos. Sabe, aquilo que as lápides vitorianas dizem: "Onde os perversos já não podem mais praticar suas maldades, e os que viveram sofrendo podem descansar".

O doutor abre um novo sorriso.

– Isso é da Bíblia, do Livro de Jó.

– O bom e velho Jó. Me identifico com ele.

– Você já teve ajuda profissional para os seus problemas ao longo dos anos?

– Sim, bastante. – Verdade seja dita: poderia escrever um livro sobre tudo isso. – Quando me mostrei meio perturbada no Ensino Fundamental, meu pai médico ficou tentando entender o que eu tinha de errado, consultou vários colegas. Meus pais ficaram tão preocupados que me mandaram ver uma psicóloga infantil. Era uma senhora simpática. Estava sempre usando saias Vivienne Westwood. Ela me perguntou se eu estava sofrendo *bullying* e respondi que não. Mas ela decidiu que o problema era *bullying*, mesmo que eu tivesse dito que não. – Olho para ele sem mover a cabeça. – Acho que ninguém pode me ajudar.

– E seu pai? O que ele acha?

– Meu... pai? – falo devagar. Minha mente volta para o jardim da casa deles. Para meu pai me empurrando no balanço com ternura.

– Sim – o Dr. Wilson continua baixinho. – Você disse que ele tentou ajudar quando você era pequena. Você fala dele mais que de sua mãe. Ele também é um médico muito importante e tem vários amigos na área. Então fico me perguntando qual é a opinião dele. Ele falou pra você?

Fico em silêncio. Não estava esperando por isso. Também estou extremamente consciente do fato de que meus pais jamais foram desleais comigo, e não quero ser desleal com eles. Em especial com meu amado pai. Como todos os filhos, acho meus pais irritantes de vez em quando, mas eles nunca me deram uma facada nas costas. Já editei minha história para evitar parecer desleal, e não quero começar agora. Tento pensar em algo para dizer, mas a deslealdade parece me esperar em qualquer lugar para onde quer que eu vá.

De repente, me sento e levo as pernas para a lateral do divã.

– Desculpe, doutor, preciso ir.

Sua cara é a própria imagem da compreensão.

– Claro, se quiser.

– Desperdicei o seu tempo.

– Nem um pouco.

Eu me levanto. Meus pés estão um pouco instáveis e estou evitando o olhar de raio X do Dr. Wilson. Desperdicei o tempo dele. Se fosse um de seus milionários problemáticos, ele teria ganhado alguns milhares de libras com essa conversa. Em vez disso, ele me atendeu em seu sábado de folga como um favor para meus pais e não extraiu nada disso. E estou indo embora bem quando as coisas estavam ficando interessantes. Enquanto caminho em direção à porta, pergunto se ele pode fazer algo por mim.

– É claro.

– Estou muito grata por você ter oferecido seu tempo, de verdade, mas não vou voltar mais aqui.

– Entendo.

Ainda estou evitando seus olhos.

– Estava me perguntando se, quando você encontrar meu pai de novo ou falar com ele no telefone, talvez você pudesse dizer que estou vindo para as sessões... Isso faria com que eles ficassem mais tranquilos, sabe. Parassem de se preocupar.

Dr. Wilson sorri com simpatia.

– Isso não seria muito ético, Lisa. Quero dizer, ético no sentido pessoal, mais que profissional. Olhe, por que não se senta de novo por um momento?

Sento na ponta do divã.

– Essas sessões não têm a ver com seus pais, com meu tempo nem com favores. O objetivo é ajudar você. Se achar que posso ajudar, venha de novo sábado que vem. Estarei aqui na mesma hora, de qualquer jeito. Sempre tenho muito trabalho.

– Não acho que você pode me ajudar. – Minha voz treme pela primeira vez na sessão.

– Talvez não. Mas tenho muita experiência nessas questões, então talvez sim. Digo outra coisa também. Você não vai trair ninguém me dizendo com franqueza o que está se passando em seu coração ou em sua cabeça.

Não sei o que ele quer dizer com isso. Tanto faz, não faz diferença. Não vou voltar, mas digo:

– Vou pensar.

Dr. Wilson me acompanha pela casa até a entrada.

Enquanto ele abre a porta, eu o encaro.

– Costumava sentir que tinha congelado no tempo. Não conseguia seguir em frente.

– Costumava? – Ele me olha com cara de interrogação. – Você disse "costumava". Algo mudou?

– Tchau, doutor. – Dou um passo para fora. Viro-me para ele. – Às vezes, acho que estou vivendo a vida de outra pessoa. Que esta não é a vida que eu deveria viver.

Antes que ele possa responder, me apresso rua abaixo como um ladrão em fuga.

Nove

As pessoas passam por mim apressadas ao saírem da estação de metrô, movendo-se naquele conhecido ritmo londrino. Não consigo chegar em casa rápido o suficiente. Comparada a elas, sou lenta; os músculos das minhas pernas parecem ter sido substituídos por pedras. Estou cansada. Nossa, estou exausta. Sinto como se uma mão invisível tivesse desligado minha energia. Mas não foi o trabalho que acabou comigo, e, sim, a carta de despedida que encontrei.

A quem possa interessar.

Essa é a última coisa em que penso antes de felizmente cair no sono, e a primeira coisa a me cumprimentar no começo do dia. Não consigo dar ao homem o descanso pelo qual ele implorou. Talvez seja por conta da minha própria tentativa de acabar com a minha vida – ou o que quer que tenha sido aquele incidente traumático –, não sei, mas não consigo deixar meu colega de quarto de lado. Obsessiva. Foi como um dos terapeutas caracterizou a minha personalidade no passado. Uma vez que algo cria raízes na minha cabeça, não consigo deixar passar. A coisa vai crescendo até eu ter certeza de que minha mente não me pertence mais. Agora tem um homem morto fazendo fila com todos os meus outros problemas.

Já passou quase uma semana desde o incidente do rato. Martha veio ao meu quarto pedir desculpas e me garantir que Jack nunca faria algo tão horrível. Engraçado, ela parecia ter os olhos bem abertos para a infidelidade do marido, mas só. Deixei que recitasse seu discurso, não discuti e a acompanhei até a porta. Não vi Jack e espero que continue assim. Se ele não tentar mais truques, não vamos ter problemas.

Mais um transeunte encosta em mim sem gentileza, como tantos outros. Acelero o ritmo enquanto desço a rua principal. Viro a esquina da rua da minha nova casa. À medida que me aproximo, observo a vizinha de Martha e Jack podando rosas em seu jardim. Não a vejo desde aquele encontro inesquecível em que ela me acusou de zombar de seu jardim com Martha e Jack. Ele disse que era só tagarelice de uma louca. Não consigo evitar um estremecimento. "Louca" é uma palavra tão desagradável. Um rótulo para a vida toda.

O que está claro e certo é que não há afeto nenhum entre a aquela mulher e meus senhorios.

E se...?

Caminho com um propósito renovado.

Ela para de podar e me olha com raiva. Os cantos da boca se enrugam com um descontentamento azedo. Suas calças de verão e a camisa manchada de terra estão folgadas em seu corpo pequeno e, apesar do calor, ela ainda está usando seu chapéu de lã com a flor de tricô. A idade cobrou o preço inevitável no rosto, mas em seus olhos castanhos afiados não há sinal de que tenha perdido o juízo, como Jack insistiu.

– Meu nome é Lisa – me apresento, esboçando um sorriso largo.

Ela não sorri de volta. Na verdade, a boca e as sobrancelhas se retorcem de um jeito que comunica sua irritação.

Um miado insistente me pega de surpresa. Olho para baixo e encontro um gato malhado e bem alimentado usando uma coleira com um pingente prateado se esfregando na perna da mulher. Há outro gato malhado atrás dele, com manchas circulares no pelo, colocando a pata para a frente e para trás enquanto brinca na terra.

– Betty. – Minha vizinha fala com o gato agarrado à sua perna. – Pare de ser mimada. – Sua voz é cheia de afeto. – Vá brincar com Davis.

Betty e Davis. Ah, Bette Davis. Sem dúvida, o nome da gata termina com "e". Ela ronrona e depois vai embora, rolando o corpinho no caminho de pedras como se a ideia de brincar na terra fosse escandalosa demais.

– O que você quer? – a mulher pergunta, carrancuda, com os olhos estreitos.

– Acabei de me mudar.

Um grunhido de desdém vem do fundo da garganta.

– Você faz parte do grupo, não é?

– Que grupo?

– De amigos. – Cospe a palavra como se fosse a coisa mais venenosa do mundo. Fico surpresa de que as rosas não murchem e morram. – Agradeço gentilmente, senhorita, por ter as boas maneiras, sem dúvida aprendidas com sua mãe, de tirar um tempo para dizer bom-dia, mas, se me vir de novo, gostaria que apenas seguisse seu caminho feliz. – Ela fecha sua tesoura de poda.

– Não – me apresso para esclarecer. – Eles não são meus amigos. Só estou alugando um quarto no último andar.

A pele de seu rosto relaxa, ficando mais flácida, conforme ela me avalia novamente por um tempo.

– Bem, se eu fosse você – ela rosna alto, por certo esperando que seja o suficiente para que seus vizinhos a ouçam –, teria uma garrafa de água-benta em mãos para lidar com a maldade desses dois.

Abaixo a voz, esperando que seja o suficiente para que ela entenda que prefiro não chamar a atenção de Jack e Martha para o fato de estarmos conversando.

– A senhora não se dá bem com eles?

Bette está de volta, fazendo carinho na perna da dona.

– Acho que você quer dizer que *eles* não se dão bem *comigo*. Moro nesta rua há uns sessenta anos, desde que era garotinha. Esta casa pertenceu aos meus pais, e um dia será passada para os meus netos. – Sua boca se retorce daquele jeito familiar. – Se bem que, pela maneira como o bando da minha Lottie tem me olhado nos últimos tempos, parecem querer que eu vá encontrar o Criador mais cedo do que mais tarde. Malditos jovens insolentes. Falei para Lottie que deveria ter dado uma surra de cinto em todos eles anos atrás. Se não tomarem cuidado, vou deixar tudo para Bette e Davis.

Fico imaginando como isso vai se desenrolar na família dela. Uma grande batalha judicial, felinos *versus* humanos.

– Hum... não lembro seu nome.

– Porque não falei – ela rebate. Então seu rosto enrugado se ilumina conforme ela me lança um sorriso astuto. – Isso é o que a gente dizia aos garotos, na minha época. Posso até ter curtido os bons bailes no Palais ou no Soho, mas não fui tão saidinha para arriar a calcinha.

Meus lábios se retorcem. Esta senhora é uma verdadeira figura. Gosto disso.

Agora seus olhos estão brilhando.

– Meu nome é Patricia ou Patsy. Nunca Trish. Conheci uma Trish, tinha uma voz de buzina e era tão sacana que devia ter afundado com o *Titanic*. – Ela olha para a casa. – Ela se daria bem com aqueles dois, então eles seriam três macacos em um galho enchendo a cara de banana.

– Patsy – decido pela intimidade. – O que aconteceu entre você e Martha e Jack?

– Vou mostrar pra você. – Ela se vira rapidamente para a porta.

Não consigo acreditar na minha sorte. Sigo-a depressa com os gatos ronronando atrás. Ela vai na frente por um corredor abarrotado e decorado com exagero. Há uma mesa de madeira na parede e um mancebo vitoriano repleto de casacos e chapéus, paredes lotadas de retratos de família e fotos mais modernas de crianças sorridentes, que, sem dúvida, cresceram e se tornaram os adultos ávidos para se apoderar da casa. Vamos parar nos fundos, que não é a cozinha, como na casa ao lado, mas uma aconchegante estufa banhada pela luz do verão. Patsy abre as portas francesas e gesticula para o jardim, que consiste em uma chamativa mistura de flores de todas as cores, borboletas e abelhas. O aroma das flores é intenso. Perto da porta, há uma mesa de mosaico azul e cinza com cadeiras combinando e, no canto mais distante, um banco à sombra de uma figueira. Que lugar sereno.

Mas por que ela me trouxe aqui?

Percebendo a pergunta no meu cenho franzido, ela se aproxima de mim e sussurra:

– Até as árvores do jardim têm ouvidos. – Ela aponta um dedo torto e pisca para a cerca que separa a sua casa da de Martha e Jack.

– Brinquei neste jardim desde que era deste tamanhinho. – Ela coloca uma mão acima do joelho. Todos os seus dedos parecem meio curvados; um sintoma clássico de artrite crônica. – Alguns meses atrás, sua majestade aí do lado me mostrou uns mapas que alegam – *alegam* – que o fundo do meu jardim pertence a eles. Esses tais mapas mostram que o jardim deles não para por aqui e inclui uma extensão considerável de terreno ao longo de toda a parte de trás, passando por todas as casas, até o final da rua. -- Ela escarnece. – Para que eles precisam de mais jardim, hein? Ele fica lá horas e horas, dia e noite, fazendo o quê? O jardim deles é uma desgraça completa.

Lembro-me de Jack agarrando minha mão com força quando tentei sair para o jardim da primeira vez que vim ver o quarto. Martha diz que ele só é um pouco possessivo. Mas e se for mais que isso? Será que ele está escondendo algo?

A voz de Patsy está trêmula agora.

– Os babacas derrubaram a minha cerca uma noite em que eu estava fora passando o fim de semana com a minha filha. Covardes. – Lágrimas brilham em seus olhos. – A polícia disse que não tem muito o que fazer, mas não sou como os outros desta rua, que cederam. – Quase posso ouvir o rangido de suas costas se enrijecendo de determinação. – Eles não vão escapar impunes. Vou levar isso para o tribunal, até o Bailey, se for preciso.

Não tenho coragem de dizer que o Old Bailey é o tribunal criminal e só julga casos de assassinato.

– Meu advogado, meu sobrinho, está aqui agora mesmo registrando nossa reunião em seu *laptop*. Bem, ele não é meu sobrinho de verdade. Sou amiga da avó dele desde que éramos jovens e saíamos juntas. O que me lembra de que preciso fazer um bom chá antes que vá embora.

Isso me surpreende. Não tinha percebido que havia mais alguém na casa.

Enquanto ela vagueia pela cozinha, demonstro solidariedade por seus problemas. Sinto uma enorme compaixão por ela; não deve ser fácil perder parte da casa. No entanto, devo me concentrar no motivo de ter ido falar com ela.

– Você se lembra das pessoas ou das famílias que já moraram naquela casa?

Patsy despeja uma colherada de folhas aromáticas no bule.

– Claro que sim. Teve os Latimer, os Morris, os Patel. – Ela esfrega um dedo ossudo nos lábios enquanto vasculha suas lembranças. – Ah, sim, os Warren. Minha nossa, aquelas crianças eram animais selvagens. Deviam ter sido colocadas atrás das grades no zoológico de Londres. Teve os Peters. Os Mitz. Ou eles moraram do outro lado da rua? Às vezes me atrapalho um pouco.

Antes que ela se embaralhe mais, pergunto:

– Você sabe se eles tiveram algum inquilino antes de mim?

Patsy parece confusa enquanto mexe o chá no bule de porcelana. Sua expressão se acalma conforme sua mente repassa minha pergunta com vagar.

– Acho que sim. Sim, um homem. Eu não o via muito... – Sua voz vai sumindo enquanto as sobrancelhas ralas se franzem. – Lembro-me de vê-lo da janela do meu quarto, perambulando pelo jardim como se fosse um prisioneiro tomando banho de sol. Sabe, como se carregasse todos os problemas do mundo nos ombros. Nunca vi seu rosto. – Ela morde o lábio inferior com seus dentinhos enquanto fecha o bule.

A satisfação de descobrir que houve um inquilino antes de mim se dissipa quando ela acrescenta:

– Veja bem, homens viviam entrando e saindo do castelo de latão da Abelha-Rainha, como se fosse o Piccadilly Circus. A qualquer hora da noite também. Ela só parou quando colocou as garras naquele novinho idiota com quem fica desfilando de braços dados. – Ela estala a língua, enojada. – Imagine uma mulher da idade dela namorando um rapaz assim. Espero que ela tenha *Botox* na bunda também, porque ir para a cama com ela não deve ser uma visão bonita.

Desta vez, não consigo evitar cair na gargalhada. É tão bom. Tão bom. Não me lembro da última vez que levei a cabeça para trás e urrei de alegria assim.

Patsy gesticula com seu dedo curvado para que me aproxime. Seu hálito aquece minha bochecha.

– Com certeza tinha um homem morando lá quando ela arrastou aquele Jack para dentro. Não sei quando ele foi embora.

Então Jack mentiu para mim. Por que faria isso? Se um inquilino tivesse se matado na casa, Jack não teria problemas com as autoridades. O que ele estava escondendo? Será que tinha a ver com o jardim? As perguntas agitam minha mente feito um furacão destrutivo. Elas não me deixam em paz, me pressionando e exigindo respostas imediatas.

Mais rápido, mais rápido, mais rápido.

Respire. Apenas respire.

Um, dois, feijão com arroz.

Três, quatro...

Não consigo me acalmar. Não consigo. O desespero parece fincar os dentes afiados em meus nervos. Onde estão meus comprimidos? Merda. Estão na casa. No meu quarto. Sinto o suor escorrer pelo meu couro cabeludo. Cada vértebra congela até que minha espinha vira uma coluna de gelo. A sola dos meus pés irrompe de dor nos lugares de sempre. Estou tremendo e me sacudindo. Como se estivesse desmoronando.

Patsy me encara com os olhos arregalados de preocupação, da mesma forma que minha mãe.

A voz profissional de um homem corta meu sofrimento da porta da cozinha.

– Escrevi um extenso relato sobre... – Ele estanca de repente quando me vê. – Lisa?

Vê-lo deveria me levar ao limite. Em vez disso, retomo o controle.

– Alex?

Dez

O problema do passado é que às vezes ele tem o péssimo hábito de cair de paraquedas no futuro. Eu e meu ex-namorado ficamos nos encarando. É bem constrangedor. Nenhum de nós sabe o que dizer.

O olhar inquisitivo de Patsy vai de Alex para mim e de volta para Alex. Ela não faz nenhum comentário, a não ser:

– Preparei um lindo bule de chá branco, Alex. Minha amiga sempre traz um chá branco maravilhoso do Sri Lanka. Quando quiser...

Bette e Davis a seguem animadamente depois que ela nos deixa sozinhos.

Ficamos ali parados, nos olhando. Estou examinando-o. Vai saber o que ele está pensando enquanto também me examina. Alex está vestido com perfeição, como sempre: terno cinza bem ajustado, gravata preta, camisa branca como a neve. Eu me pergunto se ele ainda usa meias esquisitas. *"Não quero ser mais um membro da manada"*, foi sua explicação animada.

Ele quebra o silêncio ensurdecedor.

– Lisa, o que está fazendo aqui? – Há certo tom de fascínio na sua voz, como se ele pensasse que fui evocada por um truque de mágica.

Cruzo os braços na defensiva.

– Moro na casa ao lado.

Não faço ideia do motivo pelo qual estou lhe contando aquilo; terminamos há quase seis meses, e não quero voltar com ele.

Nós nos conhecemos por puro acaso no final do ano passado. Ele fazia parte da equipe de um banco de grande porte que representava um cliente russo endinheirado que estava fazendo negócios com o meu escritório. Não notei Alex a princípio; estava ocupada demais me matando de trabalhar no computador, como sempre. Ele chamou a minha atenção na terceira visita, quando duas das colegas que trabalham ao meu lado decidiram me cutucar com um "Olha quem acabou de entrar na sala", iniciando o festival da fofoca.

– Bela bunda, hein – Cheryl observou, lambendo os lábios como se estivesse comendo a comida mais gostosa da cidade. – Ouvi dizer que ele só tem 30 anos.

– E ainda por cima é alto – Debbie murmurou, sem se importar com o fato de já ser casada. – Não ligaria de ter que escalar essa montanha. O que você acha, Lisa? Você subiria nesse monte?

Tentei ignorar o que julguei duas mulheres adultas dando risadinhas sob o efeito de uma sobrecarga hormonal adolescente. Além disso, minha regra número um no trabalho era fazer exatamente isso: trabalhar. Meus colegas eram apenas conhecidos, não amigos. Mais cedo ou mais tarde, amigos se afastam. Os meus nunca me disseram, mas, depois de um tempo, passei a ver estampado em seus olhos incrédulos: *É melhor ficar sem a sua esquisitice.* Mas minhas colegas não me deixaram em paz até que fui obrigada a olhar para o tal homem maravilhoso.

E me surpreendi. Fiquei fascinada. Não por sua aparência, sua bunda, sua "montanhice". Mas pela maneira como ele jogava a cabeça para trás de leve e sorria. Tenho um fraco por homens que adoram rir. O riso faz esquecer, deixa os problemas para trás, pelo menos por um tempo.

Mais tarde naquele dia, na hora do almoço, pegamos o elevador juntos.

– Sou Alex. – Ele me pegou de surpresa. – Você é da galera do *software*.

Fiquei muito vermelha. Os homens não costumavam me notar; as roupas que me cobriam dos pés à cabeça os afastavam. Quem foi que disse que é preciso exibir algo na vitrine para chamar a atenção de um homem? Bem, minha vitrine estava com as persianas abaixadas e as cortinas fechadas.

De alguma forma – vai saber como isso foi acontecer –, acabei lhe sugerindo um lugar ótimo para almoçar. Ele não aceitou minhas negativas e insistiu que fosse com ele, rindo tanto que os cantos dos seus olhos se enrugaram. Depois de dois pratos de *homus*, salada de espinafre e pão pita integral, já estávamos conversando bem animados. E foi assim que tudo começou, para o espanto malicioso e boquiaberto de Cheryl e Debbie. Foram três meses de jantares, drinques, filmes, Alex me ensinando a rir de novo. Claro, sabia que os problemas viriam quando levássemos as coisas para o próximo nível: nos conhecer na cama. Aos 25 anos de idade, nunca tinha exposto meu corpo para um homem. Era minha vergonha secreta que eu mantinha escondida a sete chaves. Ainda assim, decidi que Alex era O Cara.

Eu me obrigo a retornar ao presente. Lembrar-me daquela noite me faz passar reto por ele e sair da casa de Patsy. Vou embora. Não preciso ouvir que ele é o advogado da minha vizinha, que ele a está ajudando a recuperar sua agradável fatia de terra verde.

– Lisa – ele me chama da porta da frente, apressado.

Enfio a chave na fechadura de Martha e Jack. Bato a porta na cara dele. E me arrependo ao me lembrar de que a última coisa que quero é alertar meus senhorios de que voltei. Fico parada no lugar, ouvindo. Então ouço a porta de Patsy se fechar.

Que bom que Alex não veio atrás de mim, digo a mim mesma. Então por que me sinto tão dolorosamente magoada?

Corro para cima, engulo dois comprimidos e me deito na cama.

* * *

A primeira coisa que ouço quando chego em casa dois dias depois é o som de vozes alteradas. Ou melhor, uma voz. Não parece masculina nem feminina; é pura fúria. Não consigo entender o que está sendo berrado, vociferado. Não quero saber. Cresci em uma casa em que nunca se viam demonstrações de raiva. Nem confrontos. Se meus pais precisassem discutir uma questão – nunca problemas, meu pai insistia, apenas questões –, eles se fechavam no escritório e conversavam. Até mesmo as piores perturbações da minha infância foram abordadas em tons amenos.

Paf!

O som cruel me faz voltar ao presente: um tapa, carne contra carne. Aquele babaca bateu em Martha. Hesito, incerta sobre o que fazer. Poderia sair batendo o pé pelo corredor, abrir a porta da cozinha e arrancar a cabeça dele fora. Ou... fico pensando. Confrontar Jack poderia piorar as coisas para Martha. Além disso, será que devo intervir, considerando que moro aqui? Quanto devo me envolver na vida pessoal deles quando sou apenas uma convidada – ainda que pague aluguel –, dividindo as quatro paredes daquela casa? Porque esta não é minha casa, mas a casa deles. É o espaço deles. Sou uma intrusa aqui.

Mesmo assim, me sinto mal com minha decisão enquanto subo as escadas. O que uma mulher culta e elegante como Martha vê em um neandertal violento como Jack? Aposto que era todo doce e leve no início do romance, sussurrando palavras bonitas, bombardeando-a com presentes. Então, assim que colocou uma aliança no dedo dela e fincou o pé em sua mansão, ele mostrou suas verdadeiras garras agressivas.

Chego ao último andar e arrasto os pés. Depois do incidente com o rato e de seu desfecho sangrento, penso ver e ouvir as criaturinhas cinzentas por toda a parte, então gosto de avisar com antecedência que estou chegando. Abro a porta com força, bato os pés no assoalho, esse tipo de coisa, para que eles possam se esconder, se tiverem a audácia de perambular por ali. Ainda estou indecisa com a explicação de Martha de que Jack não colocou o rato aqui para me assustar.

Viro a maçaneta e fico na soleira, observando com atenção. O sangue lateja sem controle em minhas veias enquanto examino o quarto. Tudo parece estar no lugar. Não ouço nada de estranho. Mesmo assim, com a pulsação acelerada, faço uma busca meticulosa em cada canto e fresta. Endireito a postura, aliviada, quando não encontro nada fora do comum. Ou, como diria minha mãe, tudo nos trinques.

Enquanto caminho para a cama, ouço um som estranho de algo se rasgando atrás de mim. Meu alerta de terror se eleva freneticamente até dez. O ar se esvai da minha boca aberta. Meu olhar vai em direção à porta. Quero correr. Sair daqui enquanto posso. Não quero lidar com o *que quer* que seja isso.

Minha respiração fica presa na garganta enquanto me viro devagar. Olho para o chão. Franzo a testa. Não há nada aqui. O som retorna, levando minha atenção para a parede do outro lado, abaixo da claraboia. Olho para cima. Ah, ali está o problema. A infiltração que antes apontava para a parede se expandiu e agora parece uma mão aberta e espalmada. A umidade da chuva fez o papel de parede branco perto da trapeira descascar e se soltar. Por baixo, há um papel de parede bege com estampa de florezinhas. O tipo de coisa espalhafatosa que os programas de televisão modernos de reforma insistem que é inaceitável.

Maldito Jack! Ele não era uma espécie de faz-tudo? Ele deveria saber melhor que ninguém como a água pode ser destrutiva para uma propriedade. Talvez ele ache que já vou ter dado o fora daqui quando o último andar começar a desabar.

Penso em descer para contar a Martha. Não, ela não deve querer me ver depois do que aconteceu lá embaixo.

Em vez disso, tento consertar o estrago. Bem, ao menos por ora. Dou um pulo, em um esforço para fazer o papel de parede voltar para o lugar. Fracasso absoluto. Conforme ele cai, descasca ainda mais. De repente, os pelos da minha nuca se arrepiam – há marcas pretas na parede.

Eu me aproximo para ver melhor. É algo escrito? Sim, é, sim.

Caligrafia elegante. Tinta preta. Está borrada em alguns pontos por conta da umidade, e um tanto se perdeu no verso do papel. Mas está legível. Ou pelo menos estaria, se estivesse em inglês. Está codificado. Ou melhor, em um alfabeto estrangeiro. Não acho que já tenha visto algo assim, mas noto algo familiar. As formas e as linhas das letras parecem antigas.

Será que isso é obra do homem que escreveu a carta de despedida?

Corro para pegar a carta debaixo do travesseiro, guardada junto com o lenço. De frente para a parede, seguro a carta para poder comparar. As caligrafias me parecem idênticas. Não sou especialista em idiomas, mas a mensagem a lápis na parte inferior da carta parece estar na mesma língua que o texto na parede. Percebo então que esse texto me fez lembrar dos versos da carta.

O papel de parede está frio, quase úmido, ao meu toque, enquanto o retiro com cuidado. Não consigo evitar prender o fôlego – a escrita segue até o rodapé. Dou um passo para trás, como se estivesse diante de uma grande obra de arte em uma galeria, tentando apreender seus contornos, tons, cores, plano de fundo e primeiro plano. Não consigo tirar meus olhos do texto. É como se fosse a mensagem de um condenado aguardando sua execução no corredor da morte. É isso que este quarto se tornou para o homem sem nome? Um corredor da morte? Um lugar cuja liberdade só se consegue através da morte?

Estou gelada e suada ao mesmo tempo. Sinto frio e calor. Não consigo parar de tremer. Estico o braço para tocar as palavras... e recolho a mão. E se sem querer eu apagar as palavras? Comprometer uma parte vital da história?

Obrigo-me a me afastar. A agir com praticidade. Preciso sair daqui depressa. Com a chuva caindo nesse ritmo, essa descoberta pode desaparecer em algumas horas. Sou tipo uma arqueóloga que descobriu algo importante enquanto os escavadores aguardam para trabalhar. Ou, é mais provável, uma detetive cuja cena do crime está prestes a ser violada.

* * *

Desço as escadas. Saio da casa. Caminho na chuva que agora diminuiu até encontrar a rua principal. Levo cerca de dez minutos analisando a fachada das lojas até encontrar a loja de materiais de construção. Saio armada com uma caixa contendo uma escada dobrável leve, fita adesiva e uma corrente de porta. Com dificuldade, consigo carregar tudo para casa.

Não colo o papel de parede de volta no lugar de imediato; em vez disso, fico andando de um lado para o outro. Preciso traduzir o texto. E se tentar um aplicativo no celular? Passo a próxima hora verificando todos os tipos de aplicativos de idiomas, mas não encontro nada que me ajude.

Sei que estou ficando obsessiva, mas não consigo evitar. Não quero evitar. Tomo alguns comprimidos para acalmar a mente enquanto penso. Quem poderia ser meu tradutor? Quem poderia reconhecer essa língua? Repasso os nomes na cabeça.

Eu me jogo na cama quando percebo quem é a pessoa óbvia com quem poderia falar.

Inferno! Não quero pedir favores para ele, mas que escolha eu tenho?

Onze

"Back To Black", de Amy, é a música escolhida para me fazer dormir esta noite. Dou voltas e voltas pelo quarto, com o ritmo audacioso pulsando alto nos meus fones de ouvido. Absorvo a batida sem fôlego, com minha pele roçando no pijama conforme agito os braços e as pernas em todas as direções, querendo levar meu corpo à exaustão para, quando colocar a cabeça no travesseiro, mergulhar no mundo vazio do esquecimento.

A música termina, me alongo e arqueio as costas; uma leve camada de suor cobre meu rosto. Passo os dedos pelo cabelo. O cansaço vibra dentro de mim. Bom. Permito que um sorrisinho curve meus lábios. Sem dar chance para a fadiga fugir, salto até a porta para verificar a nova corrente. Testo a maçaneta. Estou segura por esta noite.

No escuro, amarro a perna na ponta da cama e me deito de costas. Espero o sono me levar. Concentro-me na respiração.

Um, dois, feijão com arroz.

Três, quatro, feijão no prato...

Estou olhando para as letras na parede. Hipnotizada. Não consigo desviar o olhar. O autor deve ter uma mão forte. Cada letra é enérgica; os traços são arrojados. As formas são engraçadas. As linhas, irregulares, bem marcadas, uma colcha de retalhos tecida na mais profunda tinta preta. Estendo a mão para tocar sua caligrafia bela, correta e elegante. Solto um suspiro quando ela começa a aumentar, até ficar grande e ameaçadora. Suas linhas se estendem em longas pernas. Suas formas se tornam bocas com dentes afiados, que se transformam em facas gigantescas. Elas saltam da parede para cima de mim. Grito. Tento fugir. Tarde demais. Uma lâmina me acerta nas costas. Caio. Uma dor agonizante me rasga. Imploro por misericórdia. A faca agora é uma agulha enorme avançando para o meu rosto...

Sento-me na cama de uma vez, respirando com dificuldade. Levo as mãos ao rosto defensivamente. Nada acontece, então as deixo cair com cuidado, sentindo um alívio bem-vindo. É só mais um sonho ruim. Pelo menos ainda estou no quarto, com a perna amarrada à cama.

Algo toca minha bochecha. Instintivamente, ergo a mão para afastá-lo. Talvez tenha imaginado. Ouço um som baixo, irritante e curioso de que meus ouvidos não gostam. Decido ignorá-lo. Algo ataca minha testa. Algo rasteja no meu cabelo. Algo entra dentro da minha orelha. O pânico toma conta de mim enquanto agito os braços em desespero, frenética, e pulo da cama. Grito de dor conforme a parte de cima do meu corpo tomba de cabeça para baixo no chão, e a de baixo permanece amarrada na cama pelo pé.

Ofego e vou me movendo de bunda até alcançar a ponta da cama. Com dedos trêmulos e desesperados, solto o lenço. Fico de pé. Ouço um zumbido ao meu redor. Fico no escuro sem ver nada. O susto me mantém paralisada. Solto um berro enquanto eles se contorcem contra meu rosto, bagunçam meu cabelo, sobem pelas calças do meu pijama.

Um deles se move e zumbe no meu lábio inferior. Afasto-o com fúria e cuspo no ar. Odeio esses insetos assustadores, suas patas, pelos e asas. Meu terror aumenta. Preciso sair daqui. Agora.

Nem penso em acender a luz enquanto corro para a porta. Eles estão lá esperando por mim também. Emitindo aquele zumbido, me tocando. Vão devorar minha pele?

Abra a porta. Abra a porta, porra. AGORA. Minhas mãos tocam a madeira, procurando a maçaneta. Encontro-a. Viro-a. Nada acontece. Puxo freneticamente. Ela não se move. Por que não quer abrir? Não entendo. É uma porta, sua função é abrir.

Giro o corpo. Apoio as costas tensas na porta. Não tem jeito: vou ter que encarar o horror no meu quarto.

Clic. Acendo a luz.

Fico estática, sem acreditar no que estou vendo.

Uma infestação. Corpos negros e redondos, asas maníacas se agitando por todo o cômodo. Uma nuvem negra se movendo de um lado para outro. O nojo contorce minha barriga. Eu me seguro para não vomitar. Como entraram aqui? Seria mais um truque sujo do psicopata do Jack? Essa ideia me acalma. Ele não vai conseguir me expulsar daqui.

Crio coragem. Olho para a porta e para a corrente. Em pânico, esqueci completamente que a comprei, por isso a porta não abriu. Estico o braço para tocá-la, mas minha mão congela no lugar. Se abrir a porta e gritar por socorro, Jack vai ficar todo convencido e satisfeito, e não quero que isso aconteça. Não de novo. Ele me veria quase de joelhos implorando por ajuda. Nem a pau!

Tranco o terror em algum lugar profundo e fico olhando para os meus novos colegas de quarto friamente. Suspeito que sejam moscas-varejeiras asquerosas, o que significa que tem algo morto no quarto. Não consigo evitar a onda de medo que me faz tremer inteira, e sinto um arrepio. Sei o que tenho que fazer. Preciso encontrar essa coisa morta.

Percorro o quarto com o olhar. Onde poderia estar? Na cômoda? No guarda-roupa? Debaixo da cama, onde o rato se escondeu? Na escrivaninha? Então noto algumas moscas saindo da lareira. É dali que estão vindo. Não tenho alternativa, vou ter que passar direto por elas.

Nem penso, só vou. Fecho a boca conforme seus corpos me bombardeiam e fico de joelhos na frente da lareira. Afasto a placa de metal.

Dou um berro quando o cadáver de um pombo cai no chão. Tombo para trás. As moscas ficam enlouquecidas. O pássaro morto é uma visão nauseante. Boa parte de seu corpo está sem penas, vermelho de carne podre e coberto de... vermes. Meu reflexo entra em ação novamente. Cubro a boca enquanto me levanto, desajeitada. Abro a claraboia para que elas possam sair. Em seguida, tiro a sacola de dentro da pequena cesta de lixo. Enfio a mão ali. Devagar, com muito cuidado, me aproximo do pombo repulsivo. A única maneira de me livrar das moscas é remover a criatura morta.

Com a mão dentro da sacola, pego o pássaro, segurando-o através do plástico. Está gelado. Morto. Amarro as pontas e sigo para a porta. Solto a corrente. Abro a porta depressa e a fecho atrás de mim. Desço as escadas com passos determinados e silenciosos. Vou até a porta da frente. Do lado de fora, jogo o pombo em sua cova de plástico na lixeira.

Balanço-me sobre meus pés descalços enquanto a brisa fria da noite se mistura com o susto e me domina.

Volto para a casa estranhamente silenciosa e para dentro do quarto em menos de um minuto. Minha parte racional admite que pombos em decomposição são um perigo diário para chaminés abertas. Nesse caso, isso não teria nada a ver com Jack. Mas, por dentro, acho que é coisa dele.

Este seria o momento em que a maioria das pessoas faria as malas e iria embora, permitindo que aquele babaca do Jack as obrigasse a fugir durante a noite.

Eu, não.

Olho para a parede com a caligrafia.

Não vou embora.

Doze

Estou tremendo quando entro em um *pub* no Soho no dia seguinte. A iluminação não é aconchegante, mas brilhante e forte, como a maioria dos jovens ali dentro. Está muito lotado, e música e vozes competem entre si. Quase dou meia-volta e saio. Então, eu vejo Alex apoiado no balcão no canto do bar. Ele também me vê. Reúno minha coragem e me lembro do motivo pelo qual estou aqui.

Ele não está sorridente como sempre. Com certeza não está feliz de me ver; não o culpo, depois de ter virado as costas para ele da última vez que nos encontramos na casa de Patsy. Lembre-se: foi ele quem terminou comigo, não o contrário.

Vou até ele e não tenho alternativa a não ser me aproximar e forçar uma intimidade, com nossos corpos tão próximos.

– Como você está? – começo com uma pergunta inofensiva.

Sua resposta me leva para um lugar que não quero ir:

– Sinto muito pela forma como as coisas terminaram entre nós. Eu deveria ter lidado com isso de outro jeito.

– Não acho que exista um jeito bom de terminar um relacionamento. Ou você gosta de alguém, ou não gosta, e você decidiu que não gostava de mim. – Meu tom é de pura amargura. Na mesma hora, desejo poder engolir as palavras de volta. Nunca lidei bem com rejeição.

Ele parece indignado e aproxima o rosto de mim.

– Isso não é justo. Naquela situação, o que diabos eu deveria fazer?

– Sério? Quer começar a cantar "Reviewing the Situation"? – solto depressa, ciente das pessoas ao redor.

Respiro fundo. Para que ficar brava agora? Não estou aqui para ser atropelada pelo passado.

– Preciso de um favor seu, se for possível. – Eu me parabenizo pela calma renovada.

Ele continua desconfiado e atento.

– Claro. Se puder, vou ajudar.

– Você fala várias línguas, não é?

– Sim... – Ele alonga a palavra, intrigado.

Jogo minha bolsa no balcão e pego meu celular. Abro a foto e a mostro para ele.

– Consegue ler isso?

É a foto do verso a lápis no final da carta de despedida. Alex pega o celular, franzindo as sobrancelhas enquanto a examina.

– É cirílico...

– O quê? – Coloco os neurônios para funcionar. Não me lembro de já ter ouvido falar de um país chamado Cirílica ou Cirilândia. Aula de idiomas na escola era um pouco parecido com tortura. Meu lance eram os números, e não as palavras escritas.

Ele me olha por um tempo e depois volta para a tela.

– É russo. – Ah! – Falo desde criança. Minha avó é russa. Ela acredita que todas as crianças da minha família devem aprender, senão o idioma vai morrer. Provavelmente está certa. – Ele revela a sombra de um sorriso, mostrando abertamente seu afeto pela avó. Eles devem ser próximos.

Estou fascinada. Nunca evoluímos para o estágio de falar sobre nossas famílias. Além da avó, ele deve ter uma mãe e um pai. Será que tem irmãos e irmãs? Claro, Patsy me disse que era amiga da avó de Alex e o considerava uma espécie de sobrinho. Não consigo evitar a melancolia em meus olhos e o observo. Rapidamente, desvio o olhar e encaro o celular. Preciso manter meus sentimentos sob controle; bem, pelo menos na frente de Alex.

– Consegue ler?

– Sim.

Deixo escapar um forte suspiro de frustração. Ele é literal demais e às vezes precisa de um empurrãozinho.

– Sei que você sabe ler. Pode me dizer o que está escrito?

– Ah, sim, claro. – Ele fica envergonhado, mas sorri. Adoro o sorriso dele. Queria poder congelá-lo assim, embrulhá-lo e levá-lo para casa.

– São versos do poeta russo Etienne Solanov. Ele era amigo e aliado de Pushkin.

Penso em fingir que sei de quem se trata, mas desisto. Mal ouvi falar de Pushkin.

– Quem foi ele?

Alex sabe, óbvio.

– Foi um poeta menor que, por um tempo, foi chamado de "poeta da morte". Sabe, se você estivesse indo para a guerra ou fosse condenado à prisão ou considerasse suicídio, teria um livro com poemas dele para passar o tempo.

– E o que aconteceu com ele?

Alex dá risada.

– Teve um caso com a esposa de alguém, desafiou o marido dela para um duelo e depois se permitiu levar um tiro do cara ofendido. Acho que ele tinha 26 anos na época.

– Bem, aposto que ele fazia sucesso nas festas. O que o texto diz?

Alex examina os versos.

– "Os outros podem esperar que suas velas sejam apagadas. Estou apenas apagando a minha." – Alex olha para mim. – Caramba, isso é triste.

Estaria meu homem sem rosto falando sobre a própria vela? Apagando sua vela? Mantenho meus pensamentos sombrios guardados.

Escolho um terreno seguro.

– Como você sabe tanto sobre o trabalho desse poeta?

– Minha avó era uma grande fã. Ela tem a coleção inteira em russo. – Sua expressão fica melancólica. – Ela costumava ler para mim quando eu era adolescente.

– Parece que você tem uma boa relação com ela.

Seu rosto se ilumina, sem dúvida recordando momentos com essa mulher que ele claramente ama tanto.

– Vovó veio para a Inglaterra com quase nada. Foi parar em East End. Trabalhava no comércio de tecidos e recebia um salário muito baixo, mas, quando fala sobre sua vida, nunca reclama. – A voz dele se enche de uma emoção silenciosa. – "Coisas boas vêm para aqueles que esperam." É o que ela costumava me dizer.

Coisas boas vêm para aqueles que esperam. Sua amada avó estava errada. Nesta vida, não se pode esperar. Às vezes, você tem que ir em busca das coisas e pegá-las você mesma.

– Posso pedir para que faça mais uma tradução? – pergunto, tímida.

– Sem problemas.

Escolho as palavras com cuidado. E solto:

– Não consegui trazer o texto. Está no meu quarto.

– Opa – ele interrompe. – Vamos mesmo fazer *isso* de novo?

– Isso o quê? – Fico aturdida. Sobre o que ele está falando?

– Se eu for para o seu quarto, o que vamos fazer? Vamos acabar na cama e não preciso de mais drama.

Quarto. Cama. Drama.

A compreensão me atinge. Era isso que era fazer amor comigo? Um drama?

Ergo a cabeça com raiva.

– Quer saber, Alex, sua avó ensinou toda essa poesia chique para você, mas ela devia ter dedicado um tempo para lhe ensinar boas maneiras também. Não estou interessada no seu corpo, entendeu? O texto que preciso traduzir não está bordado no meu edredom.

Sua mão se agita furiosamente no ar para ressaltar suas palavras ásperas.

– Lisa, não posso me envolver em toda essa maluquice de novo. Essa esquisitice. Esse comportamento louco.

Um balde de água fria teria sido melhor do que as palavras furiosas que ele despeja sobre mim.

– Não me chame assim. – Estou chateada agora e preciso me esforçar para controlar meu temperamento. – Eu. Não. Sou. Louca.

– Não estou dizendo que você é louca...

Louca. Louca. Louca. É o que fica reverberando em minha mente, como um morador indesejado do qual não consigo me livrar.

"Ela ficou louca?", foi o que minha mãe perguntou com uma voz tensa e trêmula para o médico após o *incidente*. Eu estava semiconsciente, e ela não fazia ideia de que eu podia ouvir toda a conversa murmurada ao meu redor. Queria me acabar de chorar. Afundar e

desaparecer para sempre no colchão. Destruída. Despedaçada. É assim que me sentia. É assim que o homem do meu quarto deve ter se sentido também. Não consigo lidar com Alex jogando isso na minha cara agora.

Pego a bolsa.

– Alex, vai se ferrar.

Vou embora. Saio empurrando as pessoas com raiva. Às minhas costas, alguém reclama da minha grosseria. Que se ferrem também. O ar frio me atinge e rapidamente o sorvo, enquanto meu peito sobe e desce em um oceano de emoções indesejadas. Esqueço por completo minha missão. Só quero fugir.

Sinto as mãos dele tocando meu braço. Estou ofegando pesadamente. Alex me vira de frente para ele. A rua está movimentada, então ele me leva a uma esquina vazia ao lado de um restaurante japonês lotado. Nossos olhares colidem e então se afastam. Nós dois ficamos jogando o peso de uma perna para a outra, de volta à zona de constrangimento.

Falo primeiro:

– Não queria explodir com você. – Engulo em seco. – Sei que não sou uma garota comum, mas sou quem sou e me recuso a pedir desculpas por isso.

Ele ergue as mãos abertas para me interromper.

– Posso ir lá traduzir o texto para você. – Sua expressão fica sombria. – Pelo que tia Patsy me contou, seus senhorios parecem ter carteirinha do clube dos psicopatas. Um casal de monstros.

– Jack é um manipulador. Martha é uma mulher mais velha, iludida e enganada por um corpinho jovem e saboroso.

– Nada melhor que agora. Vamos.

Ele começa a caminhar. Toco seu braço com pressão suficiente para fazê-lo parar. Agora vem a parte difícil de verdade. A parte em que ele vai achar que perdi a cabeça de vez.

– Não posso receber visitas, a não ser meus pais.

– Não entendo. Como vamos fazer isso?

Molho o lábio inferior, nervosa.

– Você vai ter que entrar escondido.

* * *

Meu celular toca assim que alcanço a entrada do Piccadilly Circus. Afasto-me dos bandos de turistas apreciando as maravilhas de Londres.

É meu pai. Solto um lamento. Acho que ele quer saber se fui ver o Dr. Wilson.

Forço um tom animado e confiante:

– Oi, pai. Como você está?

Ele limpa a garganta, o que nunca é um bom sinal.

– Estou bem, sua mãe também. Só estou ligando rapidinho para lembrar que vamos visitá-la na quarta.

Engulo o palavrão que está prestes a saltar da minha língua. Como pude me esquecer que tínhamos combinado essa visita?

– Pai, o trabalho está uma loucura esta semana. Estou tão ocupada. Desculpa, mas vamos ter que remarcar.

Estou vivendo em um mundo de fantasias se acho que meu pai vai me deixar escapar dessa. Ele não decepciona:

– Sua mãe está ansiosa para ver você. – Pausa. Sua voz é suave. – Nós dois estamos. Pode nos chamar de corujas, mas precisamos ver você com nossos próprios olhos.

Considero discutir com ele até conseguir o que quero, mas há algo em sua voz. Algo que notei nele enquanto segurava minha mão e falava comigo aos sussurros no hospital: culpa. Engulo a tristeza que se acumula na garganta. Sinto-me mal pelo meu querido pai se sentir culpado por eu tentar me matar, se é que foi isso que tentei fazer. Isso não tinha nada a ver com ele; foi uma decisão que tomei sozinha. Não é justo. Não é justo que os pais sofram quando seus filhos revelam seu próprio sofrimento.

Às vezes, queria poder apagar aquele dia e começar tudo de novo.

– Claro, pai. Mal posso esperar para ver vocês.

Depois da ligação, desço os degraus da estação de metrô. Passo por um pôster enorme fazendo propaganda de um novo computador. O *slogan* é "escrevendo na parede".

Como vou enfiar Alex no meu quarto?

Treze

Estou fazendo um café com leite instantâneo na cozinha quando Martha entra. Nunca vi uma mulher andar assim antes, como se mal tocasse o chão. Ela está usando um vestido estilo anos 1950 verde pastel com estampa de morangos.

– Lisa. – Martha me presenteia com um de seus sorrisos radiantes. – Que bom que encontrei você, quero perguntar uma coisa.

Antes de dizer qualquer coisa, examino seu rosto para verificar qualquer evidência de que Jack a machucou, mas ela está tão maquiada que mal consigo ver sua pele. Se bem que ele pode não ter batido no rosto. Esta é minha chance de interrogá-la. De lhe contar o que ouvi. De oferecer solidariedade feminina. Mas não faço nada disso.

– O que você quer me perguntar?

– Vi uma mosca, uma daquelas nojentas. – Ela estremece visivelmente. – De vez em quando, pombos mortos ficam presos na chaminé. Os coitadinhos não conseguem sair, morrem e... bem, antes que a gente perceba, um dos quartos está cheio de moscas. – Seus dedos flutuam no ar, imitando os insetos.

Então eu estava errada. Jack não colocou o pombo lá para me atormentar. Talvez ele finalmente esteja me deixando em paz.

Falo em um tom animado:

– Encontrei um pombo. Já dei um jeito. Não quis incomodar você.

Ela estica o pescoço.

– Quero que você seja feliz aqui. Faz tempo que estou pedindo a Jack para colocar malha de arame nas chaminés para impedir que os pássaros caiam. – Ela suspira. – Acho que vai fazer isso no tempo dele.

Ela pega um pacote de biscoitos de aveia da despensa, sorri e vai para a geladeira.

Talvez seja só porque ela virou as costas, mas tomo coragem e pergunto:

– Por que você está com ele?

Seu braço fica imóvel dentro da geladeira. Então, ela pega um pote de *cream cheese light*. Sem me olhar nos olhos, escolhe uma faca e um pratinho nas louças secando na pia.

– Você já se apaixonou, Lisa? – Martha enfim pergunta, colocando o pratinho na bancada. Sua voz é suave e calma.

Fico sem palavras; não era assim que esperava que ela respondesse. Mas digo a verdade:

– Só tive um namorado. Foi um desastre. Gosto dele... gostava. Ele decidiu que eu não era a mulher certa para ele.

Com a cabeça abaixada, Martha abre o pote de *cream cheese* e começa a espalhá-lo em pequenos movimentos controlados.

– Contratei Jack, o Cara, o faz-tudo que tinha uma van, para fazer uns trabalhos para mim. Ah, como ele me fez rir. – Ela solta uma risadinha aguda. – Pode me chamar de velha tonta, mas ele fez eu me sentir uma adolescente de novo. Formigando por dentro, explodindo de energia. – Conheço muito bem essa sensação; Alex fez eu me sentir do mesmo jeito. – Quando se chega à minha idade, o mundo descarta você. Só quero amor, assim como qualquer outra pessoa.

– Ouvi quando ele bateu em você outro dia. – Surpreendo-me com a minha brusquidão. Poderia ter sido mais gentil. Ter preparado o terreno. Mas como preparar o terreno para falar de tamanha violência?

Agora Martha está olhando para mim.

– Tenho certeza de que você se enganou. – O medo em seus olhos conta uma história diferente. – Talvez tenha sido algo lá fora. Ou crianças brincando no caminho da escola para casa.

Se ela não quer admitir que seu marido é um porco abusivo, o que posso fazer? Não posso obrigá-la a dizer. Talvez seja doloroso demais falar sobre isso com uma estranha. Senti exatamente isso durante a sessão com o Dr. Wilson e com todos os outros terapeutas que prometeram me consertar ao longo dos anos. Trazer um terrível trauma à tona é como ter as entranhas e o coração arrancados bem devagar, de forma agonizante, para fora do corpo e vê-los expostos ao público em toda a sua feiura sórdida. Uma vez expostos, não se pode mais fingir que não estão ali. Tem que lidar com isso, porque não somem sozinhos.

– Se quiser conversar, Martha, estou aqui. E, se não for capaz de ligar para a polícia, posso fazer isso por você.

Eu me viro para sair, e ela pega meu braço. Estremeço um pouco quando uma de suas unhas arranha minha pele.

– Obrigada.

Então me lembro de que já tenho meus próprios problemas para cuidar. Desta vez, vou conseguir as respostas que quero. E então vou poder deixar tudo para trás.

Para sempre.

* * *

Viro na avenida onde agora moro. Algumas crianças estão andando de skate no meio da rua, curtindo o que anunciaram como o fim do verão. Não há ninguém mais na rua. Não é o tipo de bairro em que os vizinhos se penduram nas cercas para bater papo ou se sentam na varanda da frente para observar a vida.

Meu celular toca.

– Alex? – Fico surpresa com a ligação. Concordamos que eu faria contato na hora certa. Já faz três dias.

– Bond. James Bond. – Alex faz sua melhor imitação de Sean Connery, que na verdade é um pouco ruim. Não consigo evitar sorrir. Ele segue com o personagem: – Posso entrar na organização do mal dirigida pelos arquicriminosos Martha e Jack escalando as paredes ou fazendo rapel de um helicóptero.

Solto uma gargalhada. Ele sempre soube como apertar meu botão da risada. Foi uma das coisas que me atraíram nele. Sinto falta disso. Sinto falta dele.

– M, Miss Moneypenny e Pussy Galore saíram para almoçar.

– A alegria desvanece conforme fico séria. – Por que está ligando?

– Estou indo para a casa da tia Patsy e pensei que poderia ser uma boa hora para fazer o serviço.

Balanço a cabeça.

– Agora não é uma boa hora. Aviso você, ok?

Pausa. Então:

– Quer dar uma passada na casa da tia Patsy em uns vinte minutos? – Ele tosse. Ou melhor, ele limpa a garganta, nervoso. – Talvez a gente possa tomar um chá e bater um papo?

Você não achou que eu era esquisita demais para você? Maluca demais? Não digo nada.

– Eu ligo pra você.

Encerro a ligação. A última coisa que esperava era Alex tentando ressuscitar o passado. Quem sabe ele só queira ser meu amigo? Fico pensando nisso à medida que caminho para casa. Não, não pode haver amizade entre nós; não do tipo duradoura. Ele viu meu corpo e conhece meu segredo noturno, e isso sempre vai ficar pesando entre nós.

Não há sinal de Martha ou Jack, então vou até a cozinha e encho um copinho com suco de laranja. Quando olho para a janela – para o jardim –, vejo Jack ali no fundo. Eu me aproximo um pouco. Ele está falando com alguém. Talvez Martha... Não, é um homem. Não consigo ver o rosto, mas ele está usando jeans claro e um casaco pesado. Jack passa algo para ele. O homem olha furtivamente ao redor, como se estivesse preocupado que alguém fosse vê-los. Tipo eu.

Dou um passo para o lado depressa, para fora da vista. Estou curiosa. O que Jack está fazendo ali? O que ele esconde nesse jardim?

Sigo para o meu quarto. Jogo a bolsa no chão assim que a porta se fecha e vou para a janela observar o jardim da minha vista privilegiada.

A trapeira está aberta. Isso é estranho; não a deixei aberta. Será que Jack esteve no meu quarto de novo? Será que me enganei e a deixei aberta? A verdade é que não consigo me lembrar. Mantendo uma distância segura, espio lá embaixo. Nenhum sinal de Jack e seu visitante. Ou foram embora ou estão escondidos nas árvores dos fundos.

Bem, então é isso.

Está frio, então tento fechar a trapeira, mas há algo velho preso na moldura me impedindo. Fico confusa; como isso chegou ali? Provavelmente foi levado pelo vento.

A janela não vai fechar com essa coisa aí, então tento retirá-la. É úmida e gordurosa e fede a xixi de gato. Só quando puxo com mais força percebo o que é: o rabo de um gato.

Assustada, recolho minha mão. Fico paralisada no lugar, sem saber o que fazer. Não posso deixar isso aí. Com uma careta, pego o rabo listrado de novo, com mais força dessa vez, e arrasto o corpo até que possa vê-lo. Está morto, sem dúvida. As patas estão enfiadas sob o corpo e os olhos estão arregalados, como se em terror ou choque. As mandíbulas estão um pouco abertas e parece haver um tipo de espuma ao redor da boca. O animal não está rígido, então não está morto há muito tempo. Agora está caído no parapeito da minha janela.

De repente, percebo que é Jack de novo. Não tem como esse gato ter subido até aqui e enfiado o rabo na moldura da janela antes de decidir morrer de morte natural. A espuma ao redor da boca indica que ele comeu algo podre ou venenoso.

Cerro os dentes de nojo e horror. Medo também. Porque já vivi o suficiente para ser capaz de entender que alguém disposto a fazer isso com um animal indefeso também estará disposto a fazer isso com um ser humano. Estou determinada a permanecer neste quarto, mas, pela primeira vez, estou com medo de verdade, mais até do que quando Jack veio querendo fazer uma "festa".

Então, fica pior. Em volta do pescoço do gato há uma coleira, uma peça cara de couro entalhado. Não há endereço nem nome. Mas sei de quem é esse gato. Deveria ter reconhecido o pelo malhado como um tigre.

É Bette, da vizinha.

Catorze

Jack deu um golpe duplo. Enviou uma mensagem à vizinha avisando o que vai acontecer com o outro gato se ela não recuar na disputa pelo jardim e, ao mesmo tempo, enviou uma mensagem a mim avisando o que vai acontecer se eu não me mudar.

Deixo Bette no parapeito e afundo na cama, desanimada. O que devo fazer? Seria desprezível e cruel não contar a Patsy o que aconteceu com sua amada gatinha, mas também não quero ser a pessoa a lhe dar a notícia. E tem mais uma coisa. Estou morando com Jack e Martha. Patsy logo vai chegar à mesma conclusão que eu: que este é o último ataque no xadrez demoníaco da guerra por território. E pior: ela pode suspeitar que estou envolvida nisso. Por um momento, passa pela minha cabeça dar a Bette um enterro decente em algum lugar e não dizer nada.

Mas sei que não posso fazer isso. Não sou assim. Não sou cruel. Não sou Jack.

Pego um lenço caro das minhas coisas e envolvo Bette com cuidado. Levo-a até a casa vizinha. No caminho, cruzo com o assassino de felinos no corredor. Ele me lança um olhar ácido. Fico satisfeita em ver um hematoma avermelhado em seu rosto. Espero que tenha sido Bette revidando.

— Por que está me olhando assim?

Vocifero:

— Sabe de uma coisa? Você é um babaca assassino.

Ele fica de boca aberta.

— Quê?

Passo reto por ele e saio da casa, porque sei que, se não for embora logo, vou querer bater nele sem parar. Oferecer a ele uma amostra do mesmo tratamento que ele dispensa a Martha. Não hesito na porta de Patsy; sei que, se vacilar, vou dar meia-volta e fugir.

Ela abre a porta com um sorriso largo e um brilho nos olhos.

– Olá, Lisa de Alex.

Abro a boca. Nenhuma palavra sai.

Patsy continua alegremente:

– Que bom que veio, estava pensando em você hoje. Lembrei-me de uma coisa sobre o sujeito que alugou o quarto do Demônio e sua amante. – Ela abre a porta para mim. – Por que não...?

Seu olhar se concentra no lenço aninhado em meus braços. O sangue se esvai de seu rosto enquanto ela olha de mim para os meus braços. A gata está bem coberta, me certifiquei disso, mas parte do rabo está escapando para fora.

– O que é isso?

Patsy não me dá chance de responder e puxa o lenço para trás, revelando o rosto imóvel de sua gata.

– Bette! – ela grita, jogando os braços no ar e tremendo de horror.

Patsy segura a própria cabeça, angustiada, e então, com o mesmo cuidado de uma mãe com seu bebê recém-nascido, pega sua amada gata. Patsy parece encolher; seu rosto muda de cor e seus lábios tremem, sem emitir nenhuma palavra. Ela segura sua adorada gata como se fosse um objeto sagrado por um momento antes de entrar e fechar a porta atrás de si.

Não estou certa sobre o que fazer. A pobre mulher está em choque e quero ajudar. E sejamos honestas: apesar de saber que ela está arrasada, quero uma oportunidade de perguntar o que ela se lembra do antigo vizinho. Talvez eu seja cruel, afinal. Fico parada ali por um tempo sem saber o que fazer, até que uma decisão é tomada por mim.

Ouço um grito de quem viu uma alma penada vindo de dentro da casa. Em seguida, a porta se abre e Patsy emerge carregando uma bengala pesada. Que aponta para mim.

– Saia da minha casa!

– Mas, Patsy...

Não tenho chance de terminar, explicar ou oferecer condolências, pois ela me ataca com a bengala, errando meu rosto por pouco. Está fora de si. Ela me persegue até a avenida e escapo atravessando a rua. Só que não sou eu quem ela quer, e ela segue marchando até a casa de Jack e Martha. Patsy já está berrando ameaças antes mesmo de chegar à porta, balançando sua bengala enquanto caminha.

Ela esmurra a porta com a bengala e escancara a caixa de correio.

– Saiam, sei que estão aí! Seus monstros desgraçados, como podem matar um animal indefeso? Que tipo de escória vocês são?

Jack está irritado quando se inclina para fora de uma das janelas do andar de cima.

– Ei! Saia da nossa propriedade! Temos uma liminar contra você! Saia da nossa propriedade antes que a gente lhe bote na prisão, sua velha maluca.

Sua vizinha examina os arredores procurando algo, provavelmente para atirar nele.

– Seu covarde miserável! Por que não vem aqui? Um gato é mais ou menos do seu tamanho, não é? Seu monte de estrume inútil.

A esta altura, outros moradores estão na rua. As crianças de skate também estão olhando a cena, e uma delas está filmando tudo no celular, sem dúvida para tirar sarro e dar risada com seus colegas nas redes sociais. Desrespeito total. Quero arrancar o celular das mãos dele. A pobre Patsy está tomada pelo luto, e essa criança acha que este é um momento luz, câmera e ação a ser compartilhado.

A verdade é que não sei o que fazer. Patsy está esmurrando a porta com a bengala, mas seus braços frágeis e sua artrite a impedem de ter muito sucesso.

Martha agora está na janela do andar de cima.

Jack fala para ela, imperturbável:

– Chame a polícia, a bruxa da vizinha está tendo um de seus ataques de novo. Deviam mandá-la para o hospício de uma vez, que é o lugar dela. Essa mulher é uma vergonha.

No entanto, não é necessário fazer ligação nenhuma. A polícia aparece.

Jack lança a Patsy um olhar tão raivoso e selvagem que ela se afasta da porta.

– Se você chamou a polícia... – ele começa a gritar.

– Não chamei. Juro que não chamei. – Patsy parece aterrorizada. Isso é estranho. Por que ela não ia querer que a polícia resolvesse isso?

Dois policiais, um homem e uma mulher, saem de um carro e se aproximam da casa. O homem gentilmente pega a bengala de Patsy enquanto sua colega coloca uma mão suave, mas firme, em seu braço.

– Levem ela! – Jack grita. – Ela não deveria estar na rua com as pessoas normais. Maluca...

O policial olha para cima, segurando a bengala.

– O senhor pode descer, por favor? Queremos dar uma palavrinha.

– Não posso enquanto vocês não prenderem essa mulher.

Percebo que Martha não pronuncia uma palavra.

Patsy desmorona, soluçando e se lamuriando enquanto o oficial conduz seu corpo curvado para a rua. Atravesso para ajudar, mas é um erro.

Ela me olha com uma fúria tão intensa que dou um passo para trás por puro instinto.

– Ela está com eles. Prendam ela. Ela está com eles.

Recuo e noto que meu celular está tocando no meu bolso. É Alex de novo.

– O que diabos está acontecendo aí? Tia Patsy estava dizendo que os vizinhos assassinaram alguém. Tive que ligar para a polícia.

Então era isso que Patsy estava fazendo lá dentro.

– Jack matou uma das gatas dela.

Alex fica confuso.

– Ele assassinou uma gata?

– Sim.

Ele ativa o modo advogado.

– Não é bem minha área, mas tenho quase certeza de que não se pode assassinar gatos.

– Bette, a gata malhada, está morta. Encontrei-a no meu quarto.

– Você acha que Jack a colocou lá?

Aumento um pouco a voz, que sai trêmula.

– De que outro jeito ela teria chegado lá? Foi horrível.

– Quer que eu vá até aí?

– Lógico que não. Tenho certeza de que Martha e Jack sabem quem você é, e se eles virem você comigo...

– Entendi.

Fico olhando a porta da casa de Patsy se fechar. Ainda posso ouvi-la chorando e soluçando, repetindo o nome de sua gata morta sem parar.

– Bette... Bette... Bette...

* * *

– Como você pôde fazer uma merda dessas? – questiono Jack, parado ao lado de Martha no corredor. – Sei que vocês se desentenderam por causa do jardim, mas como pôde fazer isso? Como?

Ele me encara com um olhar inflexível.

– Como você sabe do nosso desentendimento sobre o jardim?

Sua pergunta me pega desprevenida. Preciso me esforçar para não gaguejar.

– Eu a encontrei por acaso outro dia, e ela me contou. Parece que ela gosta de falar.

Ele ajeita seu coque, que tombou para o lado com o tumulto de antes.

– Vou lhe dizer a mesma coisa que disse para a vizinha pinel: não encostei um dedo naquela gata.

– Então como é que ela foi parar na trapeira do meu quarto?

Ele se aproxima de mim com um jeito ameaçador. Meio a contragosto, Martha tenta impedi-lo. Fico firme.

– Se não estiver gostando do quarto, já sabe o que pode fazer: arrumar as malas e ir embora.

Ah, ele adoraria isso. Sem chance.

Balanço a cabeça, enojada, e saio da sala. Quando estou perto da escada, batem na porta.

É o policial.

– Você é Lisa?

Assinto.

– Preciso dar uma palavrinha com você.

* * *

Naquela noite, dou um nó duplo no lenço em volta do meu tornozelo e me deito. A casa parece agitada. A madeira guincha, rangendo no andar de baixo, e o cano do meu aquecedor gorgoleja e faz barulho.

Que dia horrível. Ainda bem que a conversa com o policial foi curta e que ele acreditou que encontrei a gata já morta. Não acusei Jack de tê-la matado porque a verdade é que não tenho provas. A não ser que Patsy pague uma autópsia – nem sei se é possível fazer isso –, ninguém jamais vai saber se Bette foi envenenada.

Veneno. É isso que Jack está reservando para mim? Certamente, não. Animais mortos parecem ser o lance dele. Ainda assim, decido só comer comidas prontas ou pré-preparadas e manter as bebidas no meu quarto. Vou esconder tudo no armário, ciente de que, se Jack descobrir que quebrei o acordo por guardar comida no quarto, vou lhe dar a desculpa de que ele precisa para me botar para fora daqui.

E isso não vai acontecer. Não vou permitir que isso aconteça.

Um rato brutalmente esmagado na cabeça, moscas-varejeiras, gata envenenada, vizinha histérica sofrendo de luto; meu subconsciente não precisa de ajuda para me atormentar esta noite. Mas não preciso da minha sessão de sempre com Amy, não preciso de música nenhuma para dormir hoje. Estou acabada. Sinto como se meus ossos tivessem fugido do meu corpo, me deixando em frangalhos.

Estou flutuando... flutuando... posso ouvir Patsy se lamentando sobre a morte de Bette. Acordo com um susto e percebo que ela realmente está gritando do lado de fora. Vou até a janela aberta. Ela está em seu jardim, muito perturbada, gritando "assassino" a plenos pulmões para ninguém em particular, como se estivesse bêbada. Então, ela para. Ou será que estou sonhando? Não, não estou. Ouço-a bater na porta dos fundos. Meu olhar se demora no ponto sombrio onde encontrei o cadáver de sua gatinha morta. Estou enjoada, e meu coração está batendo forte, como se estivesse fugindo apavorada.

Volto para a cama. Amarro minha perna. Deito-me. E durmo.

Bette está no parapeito. Seu pelo está emaranhado e oleoso de sangue. Tem espuma na boca e no bigode. Está sentada, olhando para mim e balançando o rabo ao som de "Love is a Losing Game", de Amy.

– Assassina – ela murmura para mim.

E de novo.

– Assassina – Bette murmura de novo e de novo. Posso sentir meus dedos se enfiando no edredom e minha perna se debatendo e puxando o lenço que ganhei de presente de aniversário da minha mãe.

É assim que começa.

Bette sussurra:

– Grite o quanto quiser, ninguém virá… Você está tão morta quanto eu… Você está morta.

Bette olha para cima, para a claraboia, porque deve haver alguém ali. Então olha para trás e para a porta. Tem alguém vindo. Ela vai embora pela trapeira e fica rodeando quem a espera lá fora no telhado.

Meu coração golpeia minha pele, quase rasgando-a. Preciso sair daqui.

Preciso sair daqui.

Ou será meu fim.

Na casa, uma mulher e uma criança gritam. O grito da mulher parece o uivo de um animal em agonia. Passos desesperados ressoam nas profundezas da casa e em todas as escadas, e então o barulho se transforma em uma batida contínua de passos se aproximando. Mais gritos. Todo mundo está fugindo e tenho que fugir também.

Hesito no corredor da escada. Há um turbilhão de formas e figuras à minha volta, empunhando facas e agulhas e gritando para mim. Chamo minha mãe, mas ela não vem. Onde ela está? No corredor abaixo, estão os mortos. Estão empilhados, cobertos de sangue, com expressões angustiadas e chocadas nos rostos. Não posso descer até lá. Uma dor inacreditável me domina. Estou gritando. Estou caindo.

Caindo...

Abro os olhos de uma vez. Ah, merda, não sei onde estou. Estou tremendo, ofegando, tenho dificuldade para encher os pulmões de ar. Percebo que estou agachada com as costas apoiadas na parede no corredor do primeiro andar, no escuro. Meus braços estão prendendo com força meus joelhos, como se fossem uma tábua de salvação. Fecho os olhos. Estou desesperada. Devastada. Não consigo acreditar. Estou sonâmbula de novo. Ou, como costumo chamar, estou dormindo-acordada, porque sempre lembro o que acontece. É como se estivesse acordada, sendo obrigada a seguir a vontade dos meus pés, sem ter controle nenhum. Sempre termina do mesmo jeito: pego no sono em algum lugar que não é minha cama e acordo com a sensação de que é o pior dia da minha vida.

É por isso que amarro o lenço na cama. Para me impedir de viver o pavor do dormir-acordada. Desde que inventei meu remédio caseiro de amarrar a perna na cama, o problema desapareceu. Algumas vezes, acordei no chão ao lado da cama, mas pelo menos ainda estava no quarto.

Contei ao Dr. Wilson sobre os pesadelos, mas não comentei nada sobre isso nem sobre a verdadeira raiz dos meus problemas. Estou convencida de que, se tivesse falado, ele pensaria que sou maluca de verdade.

Abaixo a cabeça; lágrimas desesperadas se derramam pelo meu rosto gelado. Por que isso está acontecendo de novo? Por quê? Estou com tanto medo.

Algo frio como gelo toca meu braço nu. Dou um berro enquanto tento desesperadamente descobrir o que é. Uma mão pequena.

– Sou eu. – A cabeça de Martha surge diante de mim como se não estivesse presa a corpo nenhum. Será que ainda estou na terra do dormir-acordada?

Quando ela fala de novo, sei que não estou.

– Vou acender as luzes laterais.

Não. Não. Entro em pânico. Não posso deixá-la fazer isso. Ela vai ver... Uma luz quente e alaranjada banha o corredor. E minha pele exposta.

Quero me virar para não ver o "Oh" que sua boca faz quando olha para o meu corpo. Para as cicatrizes riscando meus braços e pernas.

Eu me recuso a olhar para elas, mas digo:

– São feias, não? – falo com uma voz rouca, quase um sussurro.

Prendo a respiração, esperando o que ela vai dizer. Alex foi a última pessoa a colocar os olhos nas cicatrizes enquanto a gente fazia amor. Ele garantiu que esse não foi o motivo da nossa separação, mas não acreditei. Quem quer uma namorada tão repulsiva quanto eu?

Martha me surpreende com seu comentário:

– Vamos levar você de volta lá para cima. Não se preocupe com Jack, ele está no vigésimo sono.

Deixo que ajude a me levantar. Fico grata pelo braço que ela coloca em volta da minha cintura, me oferecendo a força de que tanto preciso para subir as escadas. A porta do meu quarto está fechada. Isso é o que mais me frustra no dormir-acordada: é como se a parte do meu cérebro que lida com as pequenas tarefas do dia a dia ainda funcionasse – fechar a porta, descer as escadas, acender as luzes.

Meu quarto está tranquilo, silencioso. Nada de escrita na parede. Nada de Bette, graças a Deus. Nós nos sentamos na cama lenta e cuidadosamente. O lenço pende da cama como uma bandeira abandonada, que nunca será içada de novo. *Traidor*, quero gritar para ele. *Como pôde falhar comigo assim?*

Martha toca-o, correndo as mãos sobre ele.

– É lindo.

– Foi um presente de minha mãe.

Ela se vira para me olhar.

– Sua mãe?

O frio da hora, seja lá qual for, se infiltra em meus ossos.

– Ela me deu quando era adolescente. Nunca disse que era uma relíquia de família, mas parecia importante para ela.

– Nunca conheci minha mãe. – Martha parece triste. Seu rosto está maquiado com tanto esmero quanto de dia. – Meu pai se esforçou, mas tive uma existência sem raiz, fui arrastada de um lugar para outro. Quando era criança, inventava fantasias de que, se tivesse uma mãe, viveria com conforto em uma casa de verdade. Sabe, café da manhã, jantar e histórias de ninar sempre na mesma hora. – Ela dá um suspiro. – Há quanto tempo você é sonâmbula?

Passo a mão pelo cabelo.

– Desde pequena. Mas não sou sonâmbula, porque me lembro de tudo o que faço. – Sorrio com tristeza para ela.

– Como ganhou as cicatrizes?

Engasgo nas palavras, mesmo sabendo que sua pergunta estava fadada a surgir.

– Cagadas de infância. Olha, se não se importar...

– Você não quer falar sobre isso. Entendo. – Ela se levanta, com o lenço ainda nas mãos. – Vou manter o que aconteceu entre nós, mulheres. Jack não precisa saber.

Depois que a porta se fecha atrás dela, fico de pé e faço algo que não fazia há anos. Desviro o espelho de chão para me ver. Eu o deixo virado desde que me mudei. Tiro o pijama e me obrigo a encarar meu reflexo. Conheço cada uma dessas cicatrizes de cor. Três na perna esquerda, uma na direita, duas no braço direito e a maior de todas, a mais comprida, uma linha enorme em meu estômago. Algumas são longas, outras curtas, outras irregulares. Enrugadas, descoloridas. Macabras. Um verdadeiro show de horrores.

Na sessão de terapia em grupo que meus pais me obrigaram a ir quando era uma adolescente lutando contra um distúrbio alimentar, a terapeuta disse que as cicatrizes eram o sintoma, e não o problema. Ela estava errada. Elas eram parte de um conjunto de problemas que arruinaram a minha vida. Problemas que não quero mais ignorar.

Visto o pijama. Quando volto para a cama, vejo que Martha deixou vários nós no lenço. Demoro um pouco para fazer com que o tecido flua por entre meus dedos.

Hora de dormir.

Amarro minha perna na cama.

Quinze

oco a campainha do estúdio do Dr. Wilson. Eu não tinha intenção nenhuma de voltar. Mas depois, enquanto estava trabalhando, algo me ocorreu e me fez mudar de ideia.

Meu pai disse que o Dr. Wilson é um velho amigo, dos tempos em que estudavam Medicina. O que significa que a relação deles existe desde antes de eu nascer. O que pode significar que ele sabe ou pode ter ouvido algo ao longo dos anos que responderia a algumas questões. E se meu pai tiver lhe pedido conselhos sobre mim durante esse tempo?

No entanto, há uma falha no meu raciocínio. Até pouco tempo atrás, nunca tinha ouvido o nome do Dr. Wilson ser mencionado em casa nem nunca o vi na casa dos meus pais. Se bem que meus pais não são lá muito sociáveis.

E o que minha mãe disse durante minha última visita?

Ele se considera quase um membro desta família.

Fervilhando de antecipação, liguei para o Dr. Wilson para perguntar se havia alguma possibilidade de ele me encaixar esta noite. Nem um pouco surpreso com minha mudança de ideia ou meu pedido urgente, ele concordou na hora.

Estou ansiosa para começar nossa sessão. Talvez consiga arrancar dele as tão desejadas respostas. Fazer deduções a partir da reação dele ao que eu disser. Sei que tenho que ser cuidadosa, porque não quero que ele pense que só estou aqui para coletar provas, e é óbvio que se trata de um homem muito inteligente. Porém, já não ligo mais. Se for o caso, vou só perguntar de uma vez: O que você sabe sobre a minha infância? Você sabe como ganhei essas cicatrizes?

Ele abre a porta e me conduz ao seu consultório. Desta vez, aceito sua oferta de chá – camomila, para ficar relaxada e calma.

Penso em me sentar na cadeira para poder estudar suas expressões, mas não quero levantar suspeitas. Logo estou de volta a seu divã, com as mãos juntas como uma paciente obediente. O homem do meu quarto não se junta a mim desta vez.

Como na outra sessão, o Dr. Wilson abre seu caderno e aguarda com a caneta a postos.

E começa:

– No final do nosso último encontro, já na porta, você disse que sentia como se estivesse vivendo a vida de outra pessoa. Que seu corpo não parece seu. Estou certo?

– Algo do tipo.

Ele escreve e fala.

– Por quê?

Tomo cuidado com o que vou dizer.

– Aparentemente, no meu aniversário de 5 anos, fomos passar as férias na fazenda de um amigo em Sussex. Enquanto os adultos ficaram sentados em volta de uma mesa no jardim, eu e as outras crianças brincamos de pega-pega. Subi em uma máquina agrícola e caí de lá de cima. Fiquei muito machucada e fui levada às pressas para o hospital, onde tive que ficar internada por vários meses enquanto me recuperava. Como só tinha 5 anos, não era uma paciente muito boa. Não conseguia entender o que tinha acontecido, o que estava acontecendo e por que eu não podia ir para casa. Também sentia muita dor. As noites eram piores, em um quarto escuro com estranhos à minha volta, e crianças chorando madrugada adentro e sombras de adultos passando no chão perto da minha cama. Quando me recuperei e fui para casa, fiquei bem por um tempo. Daí os pesadelos começaram.

Faço uma pausa deliberada.

– O que acabei de contar foi o que meus pais me contaram. Não me lembro de nada disso, tipo *nada* mesmo.

Observo desconfiada o rosto dele para ver se noto alguma reação. Não há nada.

Ele comenta sugestivamente:

– Me parece que você duvida da história deles.

Ele é bom. Não disse nada que sugerisse isso, mas ele sabe que não acredito.

— Não duvido.

— Você tem *alguma* lembrança daquele dia? Algo que poderia sugerir que a versão dos seus pais do que aconteceu não é verdade?

Não respondo de imediato.

— Me lembro bem de três coisas, mas não sei se aconteceram naquele dia. Ouvi uma mulher gritando. Na verdade, gritando não, foi mais o uivo de um animal ferido.

Olho para o teto desesperada, enquanto o horror da lembrança rasga minha mente. É terrível, como se as entranhas dela estivessem sendo arrancadas e sua vida sendo destruída para sempre.

Forço-me a continuar, apesar do gosto de bile na garganta.

— Depois, silêncio. As crianças começaram a gritar alto, de forma ensurdecedora, aterrorizadas. Depois, silêncio. Por fim, me lembro de um homem gritando, mas seu grito era diferente. Era mais um pranto, como se ele estivesse de coração partido. Depois, silêncio.

Agora estou em silêncio. Observo o doutor rapidamente. Sua boca está torcida para o lado; seus olhos piscam depressa enquanto ele pensa.

— Nada do que você se lembra é incompatível com o relato dos seus pais, não é? Se você caiu de cima da máquina e foi gravemente ferida, mulheres, homens e crianças teriam gritado. Sua mãe teria ficado angustiada, por isso os berros. Se isso acontecesse com a minha filha, com certeza ficaria angustiado. — Seu olhar fica mais firme. — Espero que essa pergunta não seja pessoal demais, mas você tem cicatrizes no corpo?

A forma como desvio o olhar diz tudo o que ele precisa saber.

— Você se lembra de algo mais que daria motivos para desconfiar da história deles?

Sussurro:

— Não. Isso é tudo o que sei.

Dr. Wilson pousa a caneta com cuidado em seu caderno. Eu me preparo para a palestra condescendente do tipo nossa-mente-pode-nos-pregar-peças.

Mas ele me surpreende.

– Você já conversou sobre isso com seus pais?

Instintivamente reviro os olhos em desespero. Odeio olhos sendo revirados. É uma expressão tão ridícula.

– Como poderia? Seria chamá-los de mentirosos na cara deles. Não vou fazer isso. Eles se orgulham de contar a verdade mesmo quando ela não os beneficia. A honestidade é a melhor política e tal.

– Então por que eles mudariam o padrão de comportamento de uma vida inteira com você, a filha que eles tanto amam?

Não consigo responder, então não digo nada.

– Essa fazenda em Sussex... Você sabe onde é? As pessoas que receberam sua família poderiam confirmar a história de seus pais?

A tensão da conversa me pressiona feito uma rocha gigante. Acusei meus pais de mentir para mim, e eles nunca mentem. E estou tendo um pressentimento ruim sobre a casa de Jack e Martha. Está ficando pesado demais.

Lágrimas são minha resposta.

– Me lembro de uma fazenda em Sussex, mas as pessoas que viviam lá já estão mortas. Ao que parece.

Ele percebe meu sofrimento.

– Quer fazer uma pausa, Lisa?

– Não sei. – Enxugo uma lágrima da bochecha com as costas da mão. – Quanto tempo ainda temos?

– Não estou cronometrando. Temos todo o tempo de que precisar. Você pode dar uma volta no jardim, se quiser.

* * *

Fico contente com a oportunidade de fugir para o jardim. De respirar um pouco. Dr. Wilson é obviamente um amante de rosas, porque sinto o cheiro das flores antes mesmo de sair do consultório. Fileira após fileira de arbustos bem aparados exibem coroas firmes que espalham seu aroma como se um frasco de perfume tivesse sido aplicado no ar. O gramado está aparado com esmero. Eu me recomponho. As flores são amarelas e brancas. Cores que me acalmam. Perto da cerca, há uma fonte com água pura correndo por algumas figuras clássicas de pedra. Há um banco ao lado dela, no qual me sento. Ou melhor, me jogo.

Sei que atravessei uma espécie de véu de fogo ao dizer ao Dr. Wilson que não acredito na história dos meus pais sobre meu aniversário de 5 anos. Nunca disse isso a ninguém antes. Sempre tive medo das consequências, do que poderia acontecer. Às vezes, eu mesma acredito na versão deles; de que outra forma poderia explicar as cicatrizes no meu corpo? Agora que falei em voz alta, me sinto liberada, mesmo que não ajude muito. Quero saber o que aconteceu de verdade. Só então vou me sentir livre. E, agora que cheguei até aqui, não vou desistir de tentar descobrir. Não posso voltar atrás.

Quando retorno para o consultório, não vou para o divã, mas para a cadeira que ele ofereceu no sábado passado. Ele parece surpreso, mas não incomodado.

– Dr. Wilson, posso perguntar uma coisa?

Acho que ele já estava esperando por isso.

– É claro.

– Você conhecia meus pais quando eu tinha 5 anos. Você se lembra desse acidente? Você se lembra deles falando sobre isso naquela época?

Examino seu rosto. Mais uma vez, nenhuma reação. Desta vez, me sinto arrasada.

– Não. Deixe-me explicar por quê. Conheci seu pai na faculdade de Medicina e mantivemos contato desde então, mas nunca fomos muito próximos, éramos mais colegas. Nos encontramos ao longo dos anos em conferências e reuniões profissionais, mas não passamos muito tempo juntos, exceto uma vez ou outra. Passamos longos períodos durante nosso relacionamento um tanto distantes sem nos vermos, e seu acidente pode muito bem ter acontecido durante esse tempo. Além disso, você sabe como as famílias inglesas são reservadas e não gostam de drama.

– Mas você ainda tem contato com meu pai? Tenho certeza de que ele telefona para confirmar que estou vindo, para saber como as coisas estão indo.

– Sim, isso é correto em parte. Nos falamos, mas seria uma quebra de confidencialidade se contasse a ele qualquer coisa sobre nossas sessões, incluindo se você está vindo me ver ou não.

Mesmo sabendo que ele é muito profissional, pergunto:

– Seria possível então que, da próxima vez que falar com ele, você fizesse algumas perguntas discretas sobre esse suposto acidente para ver o que ele diz?

Dr. Wilson fica horrorizado.

– Não, Lisa, não seria possível. Sou um psiquiatra, não um detetive particular. Isso está fora de questão, seria um abuso grosseiro da minha posição. Se você tem algum problema com a versão dos seus pais sobre o que aconteceu, insisto que deve falar com eles. – Ele hesita um pouco antes de acrescentar: – Mas vou dizer uma coisa que pode ajudar. Você desconfia que a versão dos seus pais não é verdadeira. No entanto, uma parte dela pode ser verdade. Eles disseram que o acidente aconteceu no seu aniversário de 5 anos?

– Sim.

– Na minha experiência, quando as pessoas inventam histórias, elas tendem a evitar detalhes que podem ser verificados. Se disseram que o acidente aconteceu no seu aniversário de 5 anos, é pouco provável que tenham inventado isso. Se fosse mentira, teriam escolhido uma data aleatória.

Isso nunca me ocorreu antes. Mas ainda não estou satisfeita.

– Obrigada, ajudou muito. Posso perguntar mais uma coisa?

Ele parece muito menos disposto a me ajudar desta vez.

– Se quiser.

– Vamos supor que eu conte a você que minha pretensa tentativa de suicídio foi na verdade para valer. E que, se eu não conseguir as respostas que busco sobre o que aconteceu no meu aniversário de 5 anos, nunca vou ficar em paz e, em consequência, mais cedo ou mais tarde, vou acabar me jogando do penhasco de Beachy Head com um pote de comprimidos em uma mão e uma garrafa de vodca na outra. Você falaria com eles então?

Mesmo para os meus ouvidos isso soa terrível. Mas chantagem emocional sempre é terrível.

– Está dizendo que fez uma tentativa real de acabar com a sua vida? – Ele traz minhas próprias palavras para a discussão. Deve ser uma das primeiras estratégias que se aprende na residência em Psiquiatria.

Mas também sou esperta.

– Você sabe exatamente o que estou dizendo.

Ele fecha o caderno.

– Já expliquei minha posição, Lisa. Se tem perguntas sobre o acidente, elas devem ser feitas para as pessoas que podem respondê-las. Ou seja, seus pais, não eu.

No que me diz respeito, terminamos por hoje. Nós nos despedimos na porta. Ele tenta esconder, mas vejo sua expressão se incendiar e derreter. Ele não quer que eu volte.

Dezesseis

– **C**omo estou? – Martha me pergunta na sala de jantar, dando uma voltinha alegre e feminina. Seu vestido de noite é azul índigo, sexy, tomara que caia, com fendas em ambos os lados mostrando suas pernas bem torneadas. É evidente que ela frequenta a academia pelo menos duas vezes por semana.

Desde a terrível história da morte da gata da vizinha, tenho ficado na minha, em especial para evitar Jack. Faço minhas refeições na sala de jantar só quando sei que eles não estão lá, mas esta noite é diferente. Martha e Jack vão sair. Uma das amigas de Martha vai dar uma festa de aniversário luxuosa. Preciso ficar aqui embaixo para ter certeza de que eles saíram mesmo.

– Está maravilhosa.

Ela se inclina para a frente e sussurra:

– Jack diz que estou mostrando demais. – A perna dela aparece sedutoramente pela fenda.

– Não ligue para o que ele diz e se divirta. – Martha merece isso e muito mais pelas merdas que ele a faz passar.

Falando no diabo, Jack grita da porta da frente:

– Está pronta? Desse jeito vamos nos atrasar.

O brilho de sua esposa diminui.

– Já estou indo, amor. – Então ela fala para mim: – Lembre-se de não trancar a porta, ou não vamos conseguir entrar.

– Marthaaaaaa – ele guincha.

Martha se despede e vai ao encontro dele. Fico parada ouvindo a van dar partida, acelerar e ir embora. Espero dois minutos. Pego o celular e digito: *Pronto.*

Um joinha aparece como resposta.

Fico esperando na porta, ansiosa. Por que ele está demorando tanto? Estou ficando nervosa. E se algo der errado? E se... Uma silhueta surge do lado de fora. Abro a porta depressa e puxo Alex para dentro.

– Calma, Lisa.

– Por quê demorou tanto?

Ele parece confuso e fica me encarando com desconfiança, como se eu fosse uma maluca esquisita. Então me adianto:

– Você não vai dar para trás agora, não é?

– Sei que prometi, mas isso... – Ele gesticula para o corredor e para a casa. – É estranho. Meio bizarro.

Por alguma razão desconhecida, estamos encolhidos juntos, quase cabeça com cabeça, sussurrando.

Ignoro seu comentário e me viro para as escadas.

– Precisamos ir lá para cima.

– Não é uma suruba, não? – ele pergunta, animado e esperançoso.

– Nos seus sonhos.

Sinto seu olhar perscrutando a casa.

– Se Patsy não tivesse me falado sobre o casal que mora aqui, diria que você deu sorte. Esta casa é incrível.

Chegamos ao meu quarto. Abro a porta. Sinto uma espécie de orgulho por sua admiração quando ele olha em volta. O brilho de seus olhos se esvai quando ele pousa o olhar sobre o lenço em minha cama. E nos lembramos da nossa última noite juntos.

– Lisa... – ele começa meio tímido, mas não quero lidar com *aquilo*. Além disso, não temos tempo.

Pego o lenço e o coloco sob o travesseiro, sufocando nosso passado. Pelo menos por ora.

– Quero mostrar uma coisa pra você.

Meu coração bate forte enquanto me movo em direção à parede. Alex ostenta uma expressão cautelosa; está preocupado com a minha saúde mental. Acha que enlouqueci. Não o culpo. Pensaria a mesma coisa se alguém me pedisse para olhar para uma parede em branco. Fico na ponta dos pés, estico o braço, enfio os dedos na borda do papel de parede e o puxo. Ele se descola fazendo um barulho de sucção. Até que se solta por inteiro, revelando o que há por trás.

– Puta merda – Alex diz, pasmo, enquanto se aproxima. – O que é isso?

Não posso lhe contar que é um homem morto falando comigo, uma casa revelando seus segredos, porque daí ele vai mesmo me chamar de louca e não se arrependerá desta vez.

Então, ofereço uma meia verdade.

– A chuva entrou pela claraboia, e o papel de parede descolou. E aí está. – Olho para ele com minha cara mais inocente.

– Fascinante. – Ele não consegue tirar os olhos da escrita.

Fico parada ao lado dele. Ambos estamos hipnotizados pelo texto na parede.

– Consegue ler? – finalmente pergunto.

Ele não responde. Em vez disso, estica um dedo e o movimenta no ar, seguindo as frases e mexendo os lábios em silêncio.

Não quero apressá-lo, mas não aguento:

– Me conte o que está escrito.

Ele me lança um olhar irritado.

– Me dê um...

Congelamos ao ouvir o barulho de um veículo se aproximando da casa. Olho pela janela.

Merda. É Jack.

O pânico me domina. Começo a ofegar. O que vou fazer?

– Alex, você precisa se esconder.

– O quê?

Preciso obrigá-lo a agir.

– É Jack. Ele voltou. Pode subir aqui. Lembre-se do que Patsy contou. Ele matou a gatinha dela.

Mas ele não se mexe.

– Não entendo por que você não pode receber visitas. Isto não é uma prisão. Se me der o contrato de aluguel, tenho certeza de que posso...

Ouvimos a porta da frente se abrir.

Imploro:

– Alex, por favor, se esconda debaixo da cama.

Ele toca meu braço com doçura.

– Isto não é uma brincadeira, Lisa. Este é o seu quarto. Você paga um bom dinheiro para morar aqui. Se Jack vier aqui, não abra a porta. Simples. Você tem uma trava e uma corrente para mantê-lo...

Pouso um dedo nos seus lábios com urgência. Ouço passos no andar de baixo. Nossa respiração irregular é o único som no quarto.

Os tacos de madeira sob o carpete lá embaixo gemem com as passadas dele. As dobradiças de uma porta rangem.

Silêncio.

Alex e eu nos olhamos nos olhos. Seus ombros estão tremendo de leve, então sei que o coração dele está batendo tão rápido quanto o meu. As palmas de suas mãos estão quentes de suor, presas em volta do meu braço.

As dobradiças protestam mais uma vez. A porta se fecha.

Esperamos. E esperamos.

Ouvimos um movimento no andar de baixo, mas desta vez os passos estão mais próximos, como se estivessem se movendo em direção às escadas que dão no meu quarto.

Por favor, faça com que ele vá embora. Faça com que ele vá embora.

Silêncio. Mas este é diferente; imagino Jack respirando parado ao pé da escada.

Solto um longo suspiro conforme ele recua. Desce as escadas. A porta da frente bate. Alex e eu continuamos nos encarando. Devia ir até a janela... mas não consigo me livrar do feitiço que me paralisou. Sempre senti uma intensidade entre nós. Não consigo nomeá-la; é aquele algo especial, suponho.

Se era tão especial, por que você terminou?, a parte cínica da minha mente me lembra.

Liberto-me e vou até a janela bem quando a van de Jack parte de novo. Fico parada no lugar. Ainda não estou preparada para enfrentar meu ex-namorado.

– Lisa – ele me chama baixinho.

Viro-me e vou direto ao assunto:

– Você estava lendo o que está escrito na parede.

Ele parece chateado... não, magoado, como se seu jogo favorito de computador tivesse sido arrancado dele. Lembro-me com firmeza de que foi ele quem terminou comigo, não o contrário.

Voltamos nossa atenção para a parede.

Alex fala:

– Acho que isso é meio que um diário. Começa mais uma vez com um verso de Etienne Solanov: "Quando você não tem culpa, mas se sente culpado, o sono eterno pode acalmar sua alma".

Estou enfeitiçada de novo, desta vez por sua voz. Ele continua...

Dezessete
Antes

Era o pior dia possível para estar em Hampstead Heath. Era primavera, o sol estava brilhando e uma brisa suave soprava no ar. As flores estavam desabrochando, as folhas, crescendo, e tudo em volta era verde cintilante. Parecia que metade da população de Londres estava no parque, e todas as pessoas trouxeram crianças. Elas estavam correndo e gritando e cantarolando, felizes e alegres. Os filhos de John estavam cheios de vida, tão saltitantes que pareciam fazer parte da natureza. Até mesmo o menino mais velho estava menos sério que de costume naquele dia. O pai de John tinha decidido que o neto seria um estudioso, então o chamava de "russo". As duas meninas mais novas eram as "inglesas" porque riam e brincavam o tempo todo. Todos os três estavam adoráveis naquele dia.

Sua esposa nem sempre compartilhava o dom das duas filhas para curtir a vida, mas até mesmo ela parecia ter sido contagiada pela alegria. Sentada no pano que estenderam na grama, ela esfregou as pernas nuas, protegeu os olhos do sol e disse:

– É ótimo estar viva em um dia como hoje, não é, John? – Ele assentiu sem dizer uma palavra.

Estava tudo errado.

Deveria ser inverno. O parque deveria estar vazio. Um vendaval deveria estar uivando e agitando a grama; granizo deveria estar açoitando a pele deles. A vista de Londres deveria estar obscurecida pela névoa escura. Ou deveria ser verão. Um daqueles dias em que o calor está prestes a se dissipar por nuvens pesadas se erguendo no céu, sufocando o sol com a escuridão, emitindo estrondos de trovões e relâmpagos. As crianças deveriam estar com medo, correndo para se proteger, e não correndo por aí brincando com bolas. Isso era ridículo.

Tudo estava muito errado.

As duas meninas decidiram que queriam empinar pipas. John tentou sorrir.

– Oh, me desculpem, senhoritas, me esqueci de trazer.

Elas acharam que ele estivesse brincando. A mais velha observou:

– Estão debaixo do seu braço!

E estavam mesmo. Ele as tirou do carro e esqueceu o que estava carregando. A mais nova tentou desenrolar a linha, mas não conseguiu. Então a mais velha tomou a pipa para tentar, antes de começar a discutir com o irmão, que achava que ele é que deveria estar no comando, já que era menino e o mais velho e por isso deveria estar empinando a pipa. Na mesma hora, a mais nova disse que não, já que tinha chegado primeiro e tinha o direito de brincar primeiro. John foi obrigado a colocar um fim na briga, soltando a pipa ele mesmo, e a lembrar seus três filhos que todos poderiam ter sua vez e que eles deveriam ser bonzinhos uns com os outros.

– Certo, Sr. Empinador de Pipa, chega. Venha aqui.

Ele se virou e viu sua esposa colocando as comidas sobre a toalha de piquenique. Mas ele não queria se sentar. Até mesmo se sentar ao lado da mulher parecia uma traição, um sinal de que tudo ia ficar bem. E nada ia ficar bem. Não ia ficar nada bem para essas crianças também. Talvez se fossem um pouco mais novas ou mais velhas, ficariam bem, mas não agora. Ele ficou repassando essa ideia nos últimos meses, mas ela não iria muito mais longe do que a pipa nas mãos daquela garotinha ali. Elas eram jovens demais para entender.

– Você vem ou não? – Desta vez, sua voz foi mais insistente. Então, ele se sentou; mais uma traição para se somar a todas as outras. – Você está bem?

– Sim, é claro que estou bem. Por que não estaria bem?

– Não sei. Me fale você. – Ela parecia linda e frágil, porque isso é o que era: linda e frágil.

Quando começaram o namoro, a melhor amiga dela o avisou:

– Você vai ver que sua nova namorada às vezes fica meio que no limite. Você sabe, ela é um pouco sentimental demais, meio frágil. Mas encantadora, claro.

Na época, ele pensou que fosse só inveja. Ele era o bom partido bonitão e exótico, com ascendência russa, e ela era a garota que qualquer cara da faculdade queria. A amiga devia estar mesmo com uma ponta de inveja. Mas também tinha falado a verdade.

E agora isso.

– Estou bem.

Ela retirou o cabelo dos olhos.

– Acho que você está trabalhando demais. Você devia passar mais tempo em casa comigo e com as crianças. Não precisa fazer todas essas horas extras. Às vezes parece que você prefere trabalhar a ficar com a gente. É isso mesmo? Prefere trabalhar a ficar com a sua esposa e seus filhos? Minha melhor amiga é mais pai e marido que você.

Ela tinha lhe oferecido a oportunidade perfeita. *Vá em frente, conte a ela*. Ele planejou lhe contar qual era o problema naquela noite, quando voltassem do parque e as crianças exaustas estivessem enfiadas na cama. Era bem simples. *Olhe, preciso falar uma coisa...* Com certeza ia falar. Assim como com certeza ia falar na semana anterior. E na semana anterior àquela. E no fundo ele sabia que não ia falar, nem agora nem nunca. Era fraco demais para fazer a coisa certa e fraco demais para deixar de fazer a coisa errada. Ele não era muito diferente do avô, o homem que se passou por oficial da Guarda Imperial Russa, um herói de guerra que fugiu do país após a revolução. Na verdade, foi um desertor que fugiu para o Ocidente para evitar ser morto na guerra da Rússia ou em qualquer outra guerra.

As crianças enjoaram da pipa e foram ver o que tinha para comer. A mais nova agarrou a perna de John para se apoiar e ver o que o piquenique oferecia. Sua esposa perdeu o interesse em saber se ele estava bem ou trabalhando demais porque se ocupou com as crianças. Ele esfregou o rosto com as mãos e se deitou na grama para tomar sol. A menina se sentou na sua barriga para comer um sanduíche.

Talvez ele não precisasse fazer nada, no final das contas. Talvez tudo se resolvesse por si, como às vezes acontece. Talvez sua esposa se cansasse dele trabalhando tanto e arranjasse outra pessoa. Ela contrataria um advogado e o obrigaria a se mudar para poder morar com seu amante. As crianças cresceriam culpando a mãe por ter arruinado a infância delas e odiariam o novo companheiro. Aos olhos do mundo, ele não seria um cara patético, incapaz de tomar decisões; em vez disso, seria um herói trágico.

Ou talvez sua família fosse aniquilada em um terrível acidente e ele se tornasse o homem solitário no cemitério, portando flores e lágrimas, recitando trechos dos poetas russos que ele tanto adorava. É claro, não queria que eles morressem; não era nada disso. Queria só que o problema desaparecesse de vez, e de repente a morte era a única forma de isso acontecer. Ele realmente seria um herói. Ninguém o culparia por procurar consolo nos braços de outra mulher. Havia poesia suficiente para comprovar isso.

Ou talvez nenhuma dessas coisas acontecesse, mas tudo fosse ficar bem assim mesmo.

No final, não importava.

Ele estava convencido de que a melhor coisa era não fazer nada e ver o que aconteceria.

Dezoito

Alex para de ler. Nenhum de nós fala nada. Na verdade, não sei bem por que não estou saltitando pelo quarto toda animada. O homem sem rosto falou comigo de novo. Ele me ofereceu mais informações sobre sua vida para me ajudar a resolver o quebra-cabeça de sua morte. Então, percebo o que estou experimentando: uma enorme onda de decepção. Queria que o texto me dissesse mais. Que respondesse a todas as perguntas que fiz depois de ler sua carta de suicídio, ou melhor, de despedida. Qual era seu nome? Que erros ele cometeu? Quem são os inocentes que ele menciona?

Finalmente falo em um sussurro:

– Ele não falou qual era o seu nome.

Como sempre, Alex entende tudo com sua visão de advogado.

– Bem, é o típico drama russo. Casal com filhos, tudo parece estar transbordando uma alegria cor-de-rosa do lado de fora, mas por dentro é uma maldita confusão. Quem quer que tenha escrito isso devia estar escrevendo uma peça de teatro. Uma peça russa muito trágica que, pelo que sei, é o único tipo que existe.

– É trágica, sim – digo baixinho. – Mas não é uma peça, é tudo verdade.

Alex faz uma careta, confuso.

– Como você sabe?

Agora tenho que tomar uma decisão: mostro a carta de despedida ou não? A carta está tão carregada de sofrimento e remorso e é tão confidencial que parece quase uma traição compartilhá-la com outra pessoa. Mas como eu poderia fazer Alex entender por que preciso desvendar isso?

Ele fica surpreso quando vou até a minha bolsa. Pego a carta e a entrego a ele.

Ele me lança seu olhar preocupado quando termina de ler.

– O que é isso?

Solto de uma vez:

– Uma carta de suicídio, mas prefiro chamar de carta de despedida. No dia em que me mudei, encontrei o papel enfiado atrás das gavetas da mesinha de cabeceira. A escrita em cirílico no rodapé é o que mostrei pra você no *pub*. É a mesma caligrafia da parede. Ele está tentando...

Continuo falando sem parar, em um atropelo, de uma forma tão estranha que sugere que não tenho controle. E, pelo horror que vejo no rosto de Alex, talvez não tenha mesmo.

Ele me detém com uma mão firme no ar.

– Está me dizendo que esta é uma carta de suicídio escrita por um homem que morou aqui antes?

Assinto depressa.

– Mas Martha, bem, Jack, na verdade, insiste que ninguém tinha alugado esse quarto antes de mim. – Engulo em seco. – Acho que ele se matou aqui...

– O quê? Neste quarto? – Alex está horrorizado.

– Sim. Preciso descobrir por quê.

Alex me devolve a carta segurando-a na ponta dos dedos, como se ela portasse algum tipo terrível de doença contagiosa. Pela maneira como me encara, sei o que está pensando.

Explodo:

– Não ouse dizer que estou maluca.

– Não ia dizer. Isso é assustador. Perturbador. Um homem tira a própria vida no local onde estamos, deixa uma carta de suicídio e um texto em uma língua estrangeira na parede e você espera que eu encare como se tivesse acabado de ler um artigo do *The Guardian*?

Aceno para a parede freneticamente.

– Deve ter mais. Isso deve ser só o começo.

Para provar minha tese, começo a descolar a próxima tira de papel de parede, que não revela nada. Mas deve haver mais. Não consigo parar.

– Lisa, pare com isso.

O tom autoritário de Alex me faz recuar. Estou hiperventilando, atormentada, tremendo. O quarto está gelado, mas minha pele parece pegar fogo.

– Isso está me assustando – ele diz.

Alex se dirige para a porta e já está descendo as escadas antes que eu diga:

– Por favor, Alex, me ajude a descobrir o resto.

Ele volta batendo os pés e me encara.

– Não deve ter resto nenhum. O coitado deve ter se matado antes de conseguir escrever mais. Por que isso é tão importante para você?

Comprimo os lábios e, depois, digo:

– Quero que você me ajude a descobrir quem ele era.

Ele bufa de frustração e desce as escadas. Não o sigo. Fico parada no lugar. Alex é engolido pela penumbra; é uma sombra abrindo a porta e me deixando aqui. Jack insiste que esse inquilino nunca existiu, então como é que vou descobrir quem ele era?

Enquanto volto para o quarto, ouço meu celular apitando uma notificação. É uma mensagem de meu pai me lembrando da visita deles. Não respondo. Em vez disso, coloco o papel de parede que cobre os escritos do homem morto de volta no lugar.

* * *

Meus pais se sentam em um lado da sala, e me acomodo no outro. Minha mãe segura uma caneca de chá sem açúcar, enquanto meu pai tem um copo de conhaque. Eles chegaram pontualmente às quatro. Demos beijinhos e abraços na porta, como de costume. Estamos enrolando com aquele mesmo papo furado esquisito e apressado de sempre. Em especial minha mãe, que termina quase todas as frases com uma tosse nervosa. Falamos sobre todos os assuntos inofensivos: meu trabalho, o clima, a situação do país.

Até que topamos com um silêncio que conhecemos muito bem. Um momento de quietude, em que eles estão selecionando com cuidado o que querem falar de verdade.

Não é necessário dizer que a última coisa de que preciso neste momento é de uma visita dos meus pais. Para eles, estou efetivamente em observação agora. Assim como um criminoso é sempre um criminoso aos desconfiados olhos da sociedade, um potencial suicida é sempre um potencial suicida, mesmo quando você nunca quis se matar, para começo de conversa. Dessa forma, quando as pessoas perguntam "Então, como tem passado?", o que elas realmente querem saber é "Você andou tentando se matar?". Por isso, concordo que eles venham me visitar e torço para que não fiquem muito tempo.

Meu pai chegou trazendo flores do jardim deles, enquanto minha mãe trouxe uma cesta de frutas. Alguém da igreja deve ter falado que frutas são boas para os suicidas. Talvez sejam.

Ele quebra o silêncio.

– Então, como tem passado, Lisa?

Sei que meu pai me ama, que está preocupado com o meu bem-estar, que só quer o meu melhor, mas estou cansada dessas perguntas. Cada uma delas me cutuca nos lugares mais vulneráveis, e alguns deles saíram das sombras não faz muito tempo.

– Estou bem. – Sei qual vai ser a próxima pergunta, então acrescento: – Tenho ido ver o Dr. Wilson.

Minha mãe fica animada, e sua expressão revela um alívio abençoado.

– Que bom. Ando tão preocupada com você. – Ela tosse de leve para acalmar a emoção e a agitação que pairam na sala.

É em momentos como este que me envergonho de pensar que eles mentiram sobre o meu passado, sobre o acidente da minha infância. Tenho tanta sorte de tê-los como pais. Talvez seja hora de abandonar o passado e encarar o futuro.

– Sinto muito, mãe. Sei que você e papai só querem me ajudar. – Olho para baixo. – Devo ser uma grande decepção para vocês.

A resposta dela é firme e forte. Ela abaixa a xícara.

– Nunca diga isso. Desde o dia em que entrou na nossa vida, você tem sido nossa maior alegria.

Desde o dia em que você entrou na nossa vida. É um jeito estranho de falar. Certamente uma mãe diria algo como "A primeira vez que segurei você nos braços". *Pare! Pare! Lá vai você de novo, vendo coisas onde não há nada.* Ou, como Shakespeare diria, "Nada é senão o que não é".

– Ele é muito bom, não é? – meu pai pergunta, com certo orgulho do talento do Dr. Wilson.

– Ele tem um jeito fácil de conversar – concedo.

– Ele tinha um consultório na Califórnia nos anos 1990.

Meu pai obviamente acha que ter um consultório na Costa Oeste dos Estados Unidos prova se tratar de um ótimo psiquiatra.

– Você acha que está ajudando? – A pergunta de minha mãe está tão repleta de esperança que é até doloroso ouvir.

Decido falar algo que vai ser difícil de dizer e difícil para eles ouvirem:

– Discutimos se tentei me matar ou não.

Aí está. Saiu. A origem do mau cheiro enfim foi descoberta.

Meu pai parece que recebeu um soco, e minha mãe, pobre mamãe, parece prestes a vomitar.

Ele se recupera rapidamente e pergunta com seu tom de médico:

– E você tentou?

Sou sincera com meus pais pela primeira vez:

– Não sei. Estava estressada, e a vida estava correndo tão rápido que estava difícil acompanhar. Queria que tudo, tudo desacelerasse, ou até parasse, mas não aconteceu. Os pesadelos voltaram, assim como o sonambulismo. Chegava no trabalho parecendo um zumbi de *The Walking Dead.* – Meus olhos imploram por compreensão. – Só queria fazer tudo parar. Apenas parar.

Minha mãe deve notar que estou à beira das lágrimas, porque me envolve com seus braços carinhosos. Agarro-me nela com força, respirando o conforto e a segurança que estão em falta na minha vida há muito tempo.

– A gente ama você, querida – ela cantarola em meu cabelo. – Nunca se esqueça disso. A gente ama você.

Meu pai acrescenta depressa:

– Você pode nos procurar a hora que quiser. Estamos sempre aqui por você.

Eu me solto dos braços dela gentilmente para olhar seu rosto. A firmeza e as batalhas de uma vida toda estão estampadas ali. Levanto-me e vou até meu pai. Sento ao seu lado e apoio a cabeça em seu ombro. Ele me abraça.

– Você se lembra daquela vez que viemos para Londres quando você tinha 10 anos?

Assinto contra seu ombro.

– E decidimos passar na Harrods? Você ficava dizendo que estava entediada, que não queria ver roupas e calcinhas de velhinhas.

– Edward! – minha mãe interrompe, escandalizada.

Nossa risada ressoa pela sala. Deus, é tão bom curtir nosso momento a três, como uma família de novo. Se pudesse congelar uma cena, seria esta: eu no meio, com mamãe e papai ao meu lado. Estamos sorrindo com os olhos e gargalhando, aproveitando nossa vida nesta terra.

– Daí você se perdeu – meu pai continua. – Entramos em desespero. A próxima coisa que me lembro é de ouvir um anúncio pedindo para que os pais de Lisa Kendal fossem até o balcão de informações.

O que nunca lhes contei é que me encontraram no departamento de beleza, olhando as maquiagens. Uma das funcionárias me viu passando o dedo nos testadores de pó facial e aplicando-os no meu braço. Nunca me esqueci da nossa conversa.

– Onde estão seus pais, lindinha? – ela perguntou, se agachando na minha frente.

Escancarei a boca de espanto. Seu rosto era a coisa mais perfeita que meus jovens olhos já tinham visto.

Ignorei a pergunta e apontei para a maquiagem.

– Estou tentando escolher a cor certa para mim.

O sorriso deslumbrante que ela me deu era tão perfeito quanto o resto.

– E por que você quer passar isso nessa pele tão maravilhosa?

– Por causa disso. Quero cobrir.

Ergui a manga do meu vestido e mostrei minhas cicatrizes. Esperei a inevitável zombaria que ouvia das meninas da escola: "Ah, pobrezinha" ou *"Scarface"*. Mas aquela deusa não fez nada disso. Não deu nem um suspiro.

Seu sorriso se alargou.

– Querida, esse tipo de beleza é superficial. Sua verdadeira beleza está dentro de você. Aqui. – Ela pegou minha mãozinha e a colocou sobre o meu coração.

Devia ter feito dessas palavras minha música-tema. Devia ter deixado que me guiassem pelas dificuldades da vida. Provavelmente isso teria me poupado muita dor de cabeça ao longo do caminho.

– Sabe por que fiquei tão orgulhoso de você aquele dia? – meu pai pergunta, me trazendo de volta para a sala. – O homem do balcão de informações nos disse que você foi corajosa. – Ele me dá um beijo suave. – Você vai ser sempre nossa garotinha corajosa.

Sou tomada por uma sensação de pura alegria e pertencimento. Isso significa tanto para mim. Por muito tempo, acreditei que era a pior coisa que tinha acontecido a eles.

Ficamos ali conversando, compartilhando lembranças e rindo, quando minha mãe pergunta:

– Você não acha que é um pouco estranho que ele nunca tenha se casado? Quero dizer, ele é um homem tão bonito.

– De quem você está falando? – questiono.

– Tommy Wilson. – Ah, ela botou suas garras da fofoca no bom doutor. Em geral, ela não gosta de fofoca, mas de vez em quando não consegue se segurar. – Oh! Você acha que ele é... bem, você sabe?

– Gay? – sugiro. – Não é uma palavra proibida, mãe. Tem um monte de gays livres por aí, e, se o Dr. Wilson for gay, qual é o problema?

Meu pai se afasta de mim e franze a testa para ela.

– Podemos deixar Tom de fora desta conversa?

– Só estou comentando, querido. Você não disse que ele era mulherengo quando vocês estavam na faculdade de Medicina? Todo charmoso, elegante e dançarino? Claro, suponho que o fato de ele ser estudante de psicologia feminina tenha ajudado. Ele devia saber o que dizer quando saía para cortejar as garotas.

É difícil imaginar o bom doutor como um garanhão. Meu pai também acha isso; ele está com a cara mais impassível do século.

Mas minha mãe não percebe e acrescenta:

– Talvez ele nunca tenha conhecido a garota certa ou alguém partiu seu coração e ele renunciou às mulheres para dedicar a vida a serviço dos outros. Prefiro acreditar na segunda opção, claro, é tão mais romântica. Lembra, teve aquela figura volúvel...

Meu pai interrompe:

– Quer parar com essas bobeiras sem sentido, Barbara? Você está parecendo uma adolescente sentimental.

Minha mãe fica chocada, e eu também. Nunca ouvi meu pai falar com ela de um jeito tão agressivo assim. Ele não é do tipo que acredita que o homem é o chefe da casa e se orgulha de ter uma parceria de verdade com a esposa.

Ela o encara, agitada e brava:

– Não me critique assim, Edward Kendal. Tom não é só seu amigo, mas é meu também, desde que nos ajudou no acidente que Lisa sofreu quando era pequena...

Ela fecha a boca de uma vez. Meus pais trocam um olhar tenso e ansioso.

– O que foi? – pergunto, afiada e bruscamente.

Meu pai se levanta.

– Temos que ir. – Ele olha para minha mãe. – Não é?

– É claro. – Ela também se levanta. Toda a alegria se esvaiu. Ela não percebe que está torcendo as mãos.

Eles já estão saindo da sala, rumando para seus casacos perto da porta. Pergunto:

– Dr. Wilson ajudou vocês durante o meu acidente? Quando eu tinha 5 anos?

Eles trocam *aquele* olhar mais uma vez. Desta vez, minha mãe parece à beira das lágrimas.

Meu pai balança a cabeça.

– Sua mãe está confundindo um dos médicos que cuidaram de você no hospital depois do que aconteceu. – Ele pega o braço dela antes que possa perguntar qualquer coisa. – Temos que ir agora, senão vamos ficar presos no trânsito do horário de pico.

O muro entre nós se ergueu de novo. Um muro construído tijo-lo após tijolo, cimentado com mentiras. Ele está mentindo. Tenho certeza, porque ele não me olha nos olhos. Estava certa esse tempo todo. Em vez de me sentir satisfeita, estou arrasada pela dor. Por que não me contam a verdade? Quero gritar com eles, mas meu pai já abriu a porta e está conduzindo minha mãe trêmula para a rua, em direção ao carro.

Atordoada, fico parada no lugar enquanto o carro dá partida e eles me abandonam junto com as mentiras. Quero segui-los, exigir a verdade. Só que não vai adiantar nada; meu pai vai repetir a mesma história. Durante seu tempo como médico, sem dúvida aprendeu todas as maneiras de lidar com o sofrimento humano e desligar as próprias emoções. Por que sua reação ao meu sofrimento seria diferente?

Por fim, o que me dá forças para me mexer são as frases na carta de despedida que encontrei no quarto de hóspedes: *Não há necessidade de fazer perguntas. Elas não podem ajudar ninguém, nem a mim. Já parti. Deixe-me descansar.*

O homem que tirou a própria vida estava errado. Tenho tantas perguntas. Elas podem me ajudar. Eu não parti. Eu me *recuso* a descansar.

Se meus pais não querem me dar as respostas, sei quem pode me oferecer isso.

Determinada, visto um casaco leve, pego minha bolsa e abro a porta.

Dou um pequeno salto para trás ao perceber que há alguém bloqueando o caminho. Meu coração acelera quando percebo quem é.

– O que está fazendo aqui? – pergunto para Jack, surpresa.

Ele está parado na porta da minha casa. Sim, minha casa. Não a que eu divido com ele e Martha, mas minha casa que comprei no leste de Londres.

Ele estreita os olhos. Sei que está pensando: se Lisa tem uma casa própria, por que está alugando nosso quarto de hóspedes?

Dezenove

Enquanto encaro Jack, sinto a mesma sensação de uma criança que saltou para fora de um gira-gira em movimento: seus olhos dizem que o brinquedo parou, mas seus ouvidos dizem que ainda está girando e você fica enjoado. É assim que me sinto. Enjoada. Literalmente enjoada.

Ele cruza os braços, parecendo muito satisfeito consigo mesmo. Devia fechar a porta na cara dele, mas só fico parada ali.

– Olá, Lisa.

Gaguejo:

– J-Jack.

Ele olha a casa de cima a baixo.

– Casa legal.

E é mesmo. Uma casa semivitoriana na badalada Dalston, no leste de Londres. Consegui comprá-la antes que a linha de trem viesse para cá, fazendo com que os preços dos imóveis disparassem. Agora a região está cheia de cafés servindo pinhões e quinoa para os *hipsters*. Jack e seu coque se dariam bem por aqui.

Desde que me mudei para o quarto de Jack e Martha, bolei uma história caso eles descobrissem que tenho uma casa própria. É uma boa história, e a pratiquei na frente do espelho muitas vezes. Agora não consigo me lembrar do que devo dizer.

– Não, é de uma amiga. Ela está de férias e estou cuidando das coisas para ela, pegando a correspondência, abrindo e fechando as cortinas. Sabe... por causa dos ladrões. – Pareço patética e sei disso.

Sua voz escorre sarcasmo:

– Muito legal da sua parte. É bom ter amigos para cuidar da casa quando alguém está fora. – Ele está se divertindo, esse rato. – Só tem uma coisa engraçada: bati na porta do vizinho e perguntei se a Lisa mora aqui e eles disseram que sim. Mas, segundo eles, Lisa não tem aparecido muito ultimamente. Eles acham que ela está de férias. Que coincidência que sua amiga também se chame Lisa...

Ele está esticando o pescoço para ver minha casa por dentro. Puxo a porta para mais perto de mim.

— O que você está fazendo aqui, Jack?

— Outra coisa engraçada. Estava no centro da cidade hoje e quem vejo na rua indo para casa? Isso mesmo, você! E pensei: "talvez Lisa queira companhia no caminho de volta", mas você saiu andando tão rápido que não consegui acompanhar. Daí você pegou o trem errado e pensei: "engraçado, será que ela esqueceu onde mora?".

Ele parece um professor ou policial zombeteiro que acertou em cheio e está aproveitando cada segundo.

— E, no fim, encontrei você aqui. Mas você parecia ter companhia, então pensei: "vou esperar até que essas pessoas tenham ido embora antes de bater na porta e comentar que você veio parar na casa errada". São parentes seus? Seus pais? É, é isso mesmo, aposto que são seu pai e sua mãe.

Fico nervosa com a menção a meus pais, que minutos antes estavam sentados na minha sala. Só vim aqui para recebê-los. Nunca, jamais na face da Terra posso dizer para eles que estou na verdade morando em um quarto de hóspedes no sótão de uma mansão velha. Eles só me bombardeariam com perguntas, querendo saber o que diabos está acontecendo.

Conto a Jack uma meia verdade:

— Certo, esta casa é minha. Estou alugando para fazer uma grana. O casal que você viu está interessado e veio fazer uma visita. E óbvio, preciso morar em outro lugar enquanto isso, então aluguei o quarto na sua casa. Algum problema?

Ele me ignora. Ele olha minha casa de cima a baixo de novo e examina meu jardim. Então vira as costas. O sarcasmo se foi. Sua voz é mordaz e ameaçadora:

— Qual é o seu jogo, Lisa? O que está querendo com isso?

Consigo me recuperar um pouco.

– Não estou fazendo nenhum jogo nem querendo nada. Também não gosto de ser seguida pelo meu senhorio. Tenho quase certeza de que isso configura intimidação. Talvez fale com um advogado para ver o que ele acha.

Ele ergue a mão como se quisesse colocá-la ao redor da minha garganta e esmagá-la. Todos os meus instintos me dizem para correr para dentro de casa e me proteger. Mas me recuso.

Então, ele cerra a mão em punho e a abaixa.

– Você acha que não sei o que está fazendo? Acha que sou idiota? Sei exatamente qual é o seu joguinho e estou avisando agora que, se não desistir, arrumar as malas e sair da nossa casa, não serei responsável pelas consequências. – Ele se inclina para perto, cuspindo na minha cara. – Está entendendo?

– O que eu entendo é que tenho um contrato de aluguel legalmente válido por seis meses. Alugar minha própria casa não viola nenhuma regra.

Seus lábios se contorcem, e seus olhos estão furiosos, como se eu fosse um monte de lixo na rua.

– Ah, é? Quero lembrar você que existe mais de uma maneira de esfolar um gato. Eu disse gato? – Ele fecha uma mão na outra. – Oh, que malvado eu sou, que deselegante, dado o que aconteceu com a gatinha daquela velha. – Ele aponta um dedo na minha cara. – Você foi avisada.

– Está me ameaçando?

Ele me lança um último olhar de desdém antes de se virar para a rua e bater o portão atrás de si. Apesar de tê-lo desafiado, estou petrificada. Se voltar para a casa deles, que surpresas Jack vai preparar para mim? Não consigo entender por que está tão bravo. O que importa se já tenho uma casa? Ele vai continuar recebendo o aluguel. E ele precisa do dinheiro, pelo que Martha me confidenciou.

A resposta é óbvia: Jack está escondendo algo. Assim como está escondendo o que aconteceu com o inquilino que alugou o quarto de hóspedes antes de mim.

Mas ele não é o único que tem segredos.

* * *

– Por que você fingiu que não ajudou minha família durante o acidente que aconteceu comigo quando eu era pequena? – atiro a pergunta incriminadora para o Dr. Wilson enquanto me sento na ponta da cadeira de seu consultório.

Sinto um gostinho de vitória quando ele para de escrever naquele maldito caderno irritante. Tenho vontade de arrancá-lo de sua mão e rasgá-lo em mil pedacinhos. Ele não pareceu muito satisfeito ao me ver, mas suponho que seu profissionalismo não permita que me mande embora. Deve ter pensado que faria algo terrível comigo mesma, como fiz quatro meses atrás, se não me deixasse entrar.

– Você falou com os seus pais, como sugeri? – ele me devolve com calma.

Este homem é um mestre em seu ofício. Não importa o que eu atiro no seu caminho, ele sempre sabe como fazer a engrenagem voltar aos eixos para garantir que o tráfego flua na direção que quer.

Insisto, quase caindo da cadeira.

– Pelo jeito como meu pai fala de você... vocês não são só conhecidos. São amigos há anos.

Ele desvia minhas acusações com um simples arqueio de sobrancelha.

– É assim que você se sente, Lisa? Que as pessoas, todas as pessoas, estão mentindo para você?

Agora ele está tentando devolver minhas palavras, fazendo com que me sinta totalmente paranoica.

– Você sabe do que estou falando. Você mentiu na minha cara dizendo que não estava presente durante o meu acidente, sabendo muito bem que estava.

Ele faz anotações no caderno. Em seguida, levanta a cabeça para mim.

– Quem contou isso?

– Minha mãe.

– Lisa, só encontrei sua mãe em três ocasiões. Uma foi no clube de golfe do seu pai...

– Por que está fazendo isso comigo?

– Isso o quê? – Ele escreve no caderno.

Rangendo os dentes, pronta para causar grandes danos, me inclino, descalço um dos sapatos e o atiro pela sala.

Ele se endireita.

– Não vou tolerar comportamento violento aqui.

– Não se preocupe, doutor, não vou encostar num fio de cabelo da sua cabeça mentirosa.

Tiro o outro sapato e o atiro pela sala.

– Não quero ter que chamar a polícia, mas, neste momento, acho que não tenho escolha.

Não ouço nada enquanto salto para o divã de couro. Viro as solas dos meus pés para ele. Aponto para o único conjunto de cicatrizes que ninguém nunca vê. Seu rosto perde a cor.

– São feias, não? Quando eu era pequena, batizei cada uma no estilo dos anões da Branca de Neve. – Coloco uma perna sobre a outra para tocar meu pé. – Este aqui se chama Zangado, porque é bastante irregular, como se alguém tivesse tentado arrancar um pedaço de mim. Este aqui se chama Tropeço, porque ficava tão dolorido no inverno que me fazia cair.

– Lisa...

Pego o outro pé e não permito que ele me interrompa.

– Só tenho um amiguinho neste pé, como você pode ver. É o Esquecido. É tão pequeno que quase não dá para ver. Mas nunca me esqueço dele, nem desse nem de nenhum outro. É tão nojento. – Abaixo a perna. – Preciso que você me diga o que realmente aconteceu. Que tipo de acidente poderia ter deixado cicatrizes como essas na sola dos pés?

Ele pega meus sapatos e os devolve para mim.

– Está vendo como seu comportamento é irracional? Pessoas normais não saem atirando os sapatos por aí.

– Normais? Por que não diz o que quer? Que sou maluca?

Ele dá um passo para trás enquanto calço os sapatos.

-- Acho que não devemos continuar hoje. Quero que volte amanhã. Daí retomamos.

Estou prestes a concordar, quando percebo algo. Uma foto em sua escrivaninha. Como não reparei antes? É a mesma foto que meu pai tem na parede da sala, dos velhos tempos na faculdade de Medicina, com dois outros amigos. Esta é um pouco diferente; nenhum dos caras está usando máscaras cirúrgicas. Seus rostos estão à vista de todos. Reconheço meu pai, bonito e pronto para conquistar o mundo. Não conheço o segundo homem, e o terceiro é o Dr. Wilson.

Ele percebe para onde estou olhando. Vai até a foto e a vira para baixo com calma. Encara-me com um ar de desafio. Poderia questioná-lo, mas não adianta. Ele não vai falar nada, só vai cuspir mais de seu blá-blá-blá de terapeuta. Não importa. Não preciso mais de sua confissão.

Na porta, digo:

– Com esses pés marcados, vaguei pelas ruas de Londres tentando encontrar a casa da minha memória. Fiz isso por anos. Não conseguia parar.

– Que casa? – Ele balança a cabeça, franzindo a testa com força em confusão.

– A casa onde o acidente realmente aconteceu, quando eu era pequena.

– Lisa, não há casa *nenhuma*. – Ele me olha com pena. – O acidente aconteceu em uma fazenda, como seus pais contaram.

– Você está errado.

Ele nota algo diferente na minha resposta e pergunta quase sem respirar:

– O que quer dizer?

– Encontrei a casa.

– Lisa? – Ele não tem mais a postura de um médico, mas de um homem que levou um soco no estômago.

– Estou morando no quarto de hóspedes da casa. A casa dos meus pesadelos.

Vinte

Olho desanimada para os pratos de *sushi* sobre a mesa – pepino picante, atum e frango *teriyaki* – do restaurante japonês, sabendo que ele não vem. Caramba, acho que eu também não apareceria se estivesse no lugar dele.

A porta se abre. Fico aliviada. Ele chegou.

Sinto a necessidade de me levantar para cumprimentá-lo, como se isso pudesse mostrar meu máximo respeito.

– O que você quer, Lisa? – Alex está mais que descontente; está de fato irritado.

– Não quer se sentar? – Aponto para a cadeira do outro lado da mesa. – Pedi uns *sushis*. Frango *teriyaki*. – O *favorito dele*.

Ele não morde a isca e se senta de uma forma meio grosseira.

– Não estou com fome. Pensei...

– Morei naquela casa. Na casa de Martha e Jack. – Aí está. Botei para fora. Agora Alex também sabe.

Contei para ele o que disse para o Dr. Wilson algumas horas atrás, e ainda não consigo acreditar que fiz isso. Que revelei meu segredo. Não sou uma inquilina em potencial qualquer, como todas as outras pessoas de Londres. Escolhi aquela casa e aluguei aquele quarto só para poder entrar lá.

Minha mente voa para o inesquecível momento em que finalmente encontrei a casa que me assombra desde que me lembro por gente. Como disse ao Dr. Wilson, vaguei durante anos pelas ruas de Londres obcecada em encontrar a casa que assoma como um monstro furioso nos meus pesadelos. Após o incidente-barra-tentativa de suicídio, decidi que a única maneira de recuperar minha sanidade seria colocar um basta na minha busca pela casa. Desistir de algo que se tornou tão natural quanto respirar não foi nada fácil. Aquilo era tão vital para mim quanto um braço, uma perna, um segundo cérebro. Ficava me atormentando, não me deixava em paz, estava obcecada em descobrir a verdade. Mas a verdade era que encontrar a casa estava me empurrando para a beira do precipício. Sim, admito: estava me deixando maluca.

Era uma terça-feira chuvosa de verão quando voltei ao escritório, depois do almoço, e dei com Cheryl e Debbie debruçadas sobre o iPad de Cheryl. Quase passei reto por elas quando Cheryl me chamou.

– Qual desses quartos você acha que Debbie deveria alugar?

Hesitei. A última coisa que precisava era de um papinho amigável sobre a vida pessoal delas. Sabia que Debbie tinha se separado do namorado e é óbvio que estava procurando um lugar temporário para morar, para se recuperar.

Senti pena – e inveja – dela; conseguiu manter um relacionamento por sete anos inteiros. Não consegui manter um namoro nem por quatro meses. Ainda assim, não deve ser nada fácil recomeçar a vida. Então fui ver os quartos na tela do iPad.

Cheryl disse:

– Tem esse quartinho aconchegante em Camden.

Era um lindo quarto no térreo, todo branco e iluminado, com uma porta francesa que dava para um jardim e uma impressionante lareira dos anos 1930 com espelho. O aluguel mensal era uma facada.

– E tem esse... – Debbie tocou a tela e a foto da fachada de uma casa apareceu.

Há momentos na vida em que é impossível falar ou respirar, e você só fica congelada no tempo. Meu coração disparou quando notei algo na frente da casa. Senti minhas entranhas vibrarem ao reconhecer o círculo gravado na pedra contendo uma chave. Era como se essa fosse a minha chave secreta, feita especialmente para entrar na casa que procurei por tantos anos.

Nenhuma de minhas colegas percebeu minha estranha reação, e Debbie mostrou a foto do quarto de hóspedes.

Não olhei para o quarto, enquanto a excitação misturada com descrença e expectativa fluía através de mim. Eu me levantei e, sem fôlego, disse a Cheryl:

– Fique com o quarto em Camden. É meio caro, mas Camden é supermoderna. É para onde todas as pessoas estilosas estão indo.

Tive que bajulá-la; a última coisa que queria era que ela alugasse aquele quarto na minha casa. Porque aquela casa era minha. Passei o que pareceu uma vida inteira procurando essa casa pelas ruas de Londres. Não consegui acreditar. Por fim, ia desvendar os segredos do meu passado. Ou o que pensava ser meu passado.

Deixei as duas ali e fui para o banheiro com o celular na mão. Lá dentro, logo me cadastrei no site para ver a casa na minha tela. Agendei uma visita para ver o quarto.

Fiquei olhando para a casa em transe. Foi como encontrar uma velha amiga. Ou inimiga.

Alex está me encarando com a boca aberta, da mesma forma que o Dr. Wilson me olhou depois que contei meu segredo. O bom doutor, que se orgulhava tanto de seus modos distantes, disfarçou depressa seu espanto, insistindo para que eu falasse mais. Mas não poderia falar mais nem se quisesse. Estava acabada, detonada, mal conseguia pensar.

– Não entendo – Alex diz, balançando a cabeça de leve. – Como assim você morou lá? Na casa ao lado da casa de tia Patsy?

– Não, na casa ao lado da do Papai Noel, no Polo Norte – respondo com sarcasmo. – Claro que é a casa onde aluguei um quarto.

– Quando você morou lá? – Fico satisfeita em vê-lo pegando seu *sushi* favorito.

Agora é que vem a parte difícil.

– Não sei.

O *sushi* paira na frente de sua boca enquanto ele me encara com um olhar desconfiado.

– Passei o dia lidando com um cliente muito exigente hoje, um verdadeiro otário do tipo você-sabe-com-quem-está-falando, não parei nem para almoçar e tudo o que quero é beber uma cerveja e ir para cama.

Ele parece mesmo cansado. Há círculos escuros entalhados debaixo dos seus olhos e sua pele parece precisar de uma dose de vitamina D.

– Lembra o que aconteceu naquela noite que fomos para a sua casa? – pergunto devagar.

Quem poderia esquecer?

Ele assente, relutante, e enfia o *sushi* na boca.

Estou nervosa.

– Tenho pesadelos. Às vezes, fico sonâmbula. Isso me acontece desde criança. É sempre a mesma coisa: uma mulher gritando, uma criança gritando, alguém correndo atrás de mim com facas que se transformam em agulhas malvadas. Um rato morto me olhando com olhos arregalados. Termina com um homem gritando. Um grito muito diferente. Quando dou por mim, estou em um carro sendo levada para longe da casa.

Molho os lábios com a língua rapidamente e continuo:

– A única coisa que se destaca do lado de fora da casa é um círculo gravado na pedra com uma chave dentro. Tenho certeza de que você já reparou nas suas visitas à tia Patsy.

Seus olhos se estreitam enquanto ele pensa. Então, suas sobrancelhas saltam para cima quando ele se lembra.

– É uma marca de pedreiro. Quem quer que tenha construído a casa... deixou sua marca, uma espécie de assinatura, que diz ao mundo que ele fez a casa. Pesquisei marcas de pedreiro e não encontrei nenhuma como essa. É única, não há outra igual. Pensei que, se eu a encontrasse, bingo, encontraria a casa. E encontrei.

Alex engole o resto do *sushi*, e seu pomo de adão se move de forma irregular.

– Pesado. Gritos e facas e agulhas. Marcas de pedreiro.

– Lembra as cicatrizes que você viu no meu corpo?

Ele é uma das únicas pessoas que não desviam os olhos com pena ou nojo quando minhas cicatrizes surgem. Mesmo em nossa primeira vez na cama, ele não virou o rosto. Não me perguntou se elas desapareceriam com o tempo. Não me perguntou sobre cirurgia corretiva. Não perguntou nada.

Ele diz:

– As cicatrizes nunca foram um problema. – Ele parece magoado.

– Eu sei.

As cicatrizes não foram o motivo de ele ter terminado comigo.

– Você acredita em mim? – questiono.

– Acredito que você tem esses pesadelos, mas o resto... – Ele abre bem as mãos. Pelo menos não saiu correndo.

Solto uma risadinha sem graça que faz meu peito queimar.

– Sei que parece loucura.

– Não é isso. – Ele fica muito agitado, movendo as mãos, erguendo os ombros, olhando de um lado para o outro. – É só que nossa mente pode nos pregar tantas peças. Anos atrás, fiquei muito bêbado e acordei pensando que tinha pedido minha namorada em casamento. Revi a cena toda na minha cabeça nos mínimos detalhes, tudo o que tinha acontecido. Era real. Estava me cagando de medo. Ela era um amor, mas uma esposa? Obrigado, mas não, obrigado. Descobri que nunca tinha falado nada; foi tudo uma ilusão de bêbado.

– Você com uma esposa? – provoco.

Ele revira os olhos.

– Eu sei. Me mande para o psiquiatra agora mesmo... – O bom humor dele se esvai de repente. – Lisa, eu não quis...

– Tudo bem. Pare de me tratar como uma peça delicada de cristal. Meus pais fizeram isso a minha vida toda.

– Você perguntou para eles sobre o seu passado? Sobre a casa?

– Perguntei, e eles negaram tudo. – A raiva fervilhante está de volta. – Sei que não estão me falando a verdade.

– E por que eles mentiriam para você?

Agora é a minha vez de ficar agitada.

– Conversei muito sobre isso com o meu terapeuta. – Não menciono que desconfio que o Dr. Wilson também esteja escondendo algo de mim. – Esse homem que se matou e o texto na parede... – continuo. – Não sei como explicar. Pode chamar de sexto sentido, mas tem alguma coisa a ver com o meu passado. Com o que aconteceu comigo naquela casa.

Quando descobri a carta de despedida, foi como se outra peça do quebra-cabeça do meu passado tivesse se encaixado no lugar. É por isso que preciso descobrir mais sobre o homem que a escreveu; a rota até ele é o caminho para o meu próprio passado.

— E você quer que eu ajude a descobrir se há mais textos na parede e traduza para você? — Alex resume tudo com perfeição.

Vou direto ao ponto:

— Você faria isso?

Ele me faz esperar enquanto come outro *sushi*. Sinto a adrenalina bombando pelo meu corpo. Se não puder contar com ele, não sei o que vou fazer.

Ele lambe o molho dos dedos e se inclina para a frente:

— Vamos combinar assim: se existirem mais textos no seu quarto, vou ajudá-la. Se não, quero que você cancele o contrato e saia daquela casa.

No início, fico indignada. Quem ele pensa que é para me dar ordens? Será que realmente acha que posso deixar aquela casa do nada depois de ter demorado tanto tempo para encontrá-la? Prefiro cortar minha garganta. Mas ele não precisa saber disso.

— Combinado.

Apertamos as mãos para selar o acordo.

— Quando você quer que eu vá?

— Acho que eles vão sair amanhã à noite. Martha disse que vão ver *Macbeth* no teatro. Eu ligo pra você.

Passei anos procurando uma casa com uma marca de pedreiro singular e me mudei para lá para tentar descobrir o que aconteceu ali vinte anos atrás. Tudo com base na lembrança de ouvir uns gritos e ser levada embora em um carro. Quando tinha 5 anos. Não é só loucura. É uma loucura total.

Não estou ficando maluca, estou? Alguma coisa aconteceu de verdade naquela casa. Ou não?

* * *

Olho para ela. Para a casa. Assim como fiz no dia em que vim visitá-la pela primeira vez. Agora que meu segredo não é mais só meu, ela parece diferente. As paredes de pedra não são mais o retrato da alegria calorosa com cor de biscoito; estão sombreadas pela hostilidade e escondem os mistérios sobre as pessoas – as famílias – que moraram aqui antes. A trepadeira se tornou assustadora, crescendo e se contorcendo como se fosse estrangular seu hospedeiro. Observo a marca de pedreiro contendo a chave. É a única parte da casa que continua igual. É meu amuleto da sorte. A estrela da memória cuja luz me guiou até aqui.

Quando abro a porta, meu único propósito é chegar ao meu quarto o mais rápido possível, porque não estou a fim de encarar mais uma discussão com Jack sobre a minha casa de verdade. Se bem que o que ele pode fazer? Não infringi nenhuma lei. Queria vê-lo tentar me botar na rua. Ele pode gritar, berrar, provocar, ameaçar. Não vou a lugar algum. Só que, por mais que tente reunir coragem, há uma semente de medo dentro de mim que não para de crescer. Não posso mais me esconder, agora que revelei meu verdadeiro motivo para estar nesta casa para duas outras pessoas. Agora que Jack sabe que tenho minha própria casa.

Talvez seja por isso que, em vez de subir direto para o quarto, sou atraída para o tapete preto e vermelho no coração da casa. Assim que piso nele, sinto uma calma se infiltrando pelos meus pés marcados, espalhando-se pelo meu corpo. A sensação calorosa e acolhedora afasta todas as preocupações. Pelo nariz e pela boca, inundo meus pulmões com ar fresco. Retomo o equilíbrio, a calma e a energia.

Lá em cima, fecho a porta e passo a corrente. Não acendo a luz. Perscruto em volta, procurando mais alguma brincadeira de Jack.

Está tudo em ordem.

Deveria comer algo, mas não estou com fome. Vou até a parede coberta pelo papel de parede e coloco a palma da mão nela. É isso que queria fazer quando descobri o texto: correr o dedo por cada letra, na esperança de que elas falassem sobre o passado. Viro-me para as outras paredes, querendo retirar cada faixa de papel de parede. Descascar mais segredos. Decido que é melhor não. Vou esperar Alex. Tenho muito medo de fazer isso sozinha. De onde vem essa sensação, eu não sei.

Apronto-me para deitar. Sinto a suavidade do lenço entre os dedos antes de amarrar minha perna na cama. Estou cansada demais para dançar esta noite, mas ainda preciso da música para mudar o ritmo do meu corpo e conseguir dormir.

Deito na cama. Coloco os fones de ouvido. Aperto o *play*.

"Tears Dry on Their Own", de Amy, me acalma.

Fecho os olhos e espero.

Vinte e um

Na noite seguinte, chego em casa do trabalho e encontro a casa silenciosa. Nada indica que há alguém aqui. Não existe vestígio daquela energia sutil que as pessoas emitem, denunciando que estão por perto, mesmo quando você não pode vê-las. Bom. Martha e Jack já saíram. Não consigo evitar um sorrisinho satisfeito.

Sigo para o meu quarto e mando uma mensagem para Alex. Vinte minutos mais tarde, ele responde: *Estou na porta.*

Corro para baixo e o puxo para dentro. Linhas de preocupação marcam a testa e os olhos dele, e seu cabelo está um pouco bagunçado, sugerindo que passou a mão por entre os fios. Ele não está feliz de estar aqui. A culpa me atormenta, mas a afasto sem dó. Preciso que Alex me ajude a descobrir a verdade.

Ele está vestido com elegância em um terno preto e gravata. Ele me percebe avaliando suas roupas.

– Tenho que ir a uma festa do trabalho organizada por um cliente superimportante. Avisei que vou me atrasar, mas não posso chegar tarde demais. Então, eu não tenho muito tempo.

Não consigo deixar de pensar que ele quer se livrar de mim o mais rápido possível, que ele só está fazendo isso por uma lealdade equivocada em relação à sua ex-namorada. Enquanto subimos as escadas, fico me lembrando de como as coisas entre nós foram de ótimas a desastrosas.

Era uma daquelas noites de sábado em que o metrô estava abarrotado e tantas pessoas se espalhavam pelas ruas de Londres que me perguntei como é que havia espaço suficiente para todos nós vivermos nessa cidade incrível. Fiquei surpresa com o tanto de gente porque estava frio demais, aquele tipo de frio que congela e paralisa os ossos. Alex tinha conseguido ingressos para o mais novo, disputado e imperdível musical cinco estrelas da cidade. Apesar de o espetáculo ter sido maravilhoso, aplaudir de pé e me juntar a uma estrondosa ovação não eram muito a minha praia. Queria continuar escondida em meu assento. Alex não quis nem saber: me levantou, passou o braço pela minha cintura e me puxou para o seu calor. Sua alegria era tão contagiante que não pude evitar sorrir como se não houvesse amanhã e aplaudir. Depois, fomos para um bar e bebemos muitas *margaritas*. Trôpegos, fomos abrindo caminho até a casa dele. Não conseguia acreditar que aquele cara lindo que adorava fazer piadas, que não estava interessado em enfiar ideias na minha cabeça, que adorava viver o momento, era meu. Todinho meu.

No apartamento, não ficamos de papo; fomos direto para a cama e transamos. Na primeira vez que fizemos amor, algumas semanas antes, me surpreendi por não ter ficado nervosa e por ter aberto o jogo sobre as minhas cicatrizes. Não abri o jogo sobre as outras coisas nem deixei que ele percebesse que era a minha primeira vez. Isso ainda importa hoje em dia? A palavra "virgindade" ainda está nos dicionários?

Alex, meu querido Alex, não disse nada. Em vez disso, tirou minhas roupas e... isso ainda traz lágrimas aos meus olhos... beijou cada cicatriz que conseguiu encontrar. Beijos curtos e suaves, como se estivesse plantando sementes de amor. Foi forte e doce. Depois, fiquei encolhida nos braços dele.

Não usei o lenço na primeira noite que dormirmos juntos, torcendo para que não fosse precisar. E deu certo. Pela primeira vez em muito tempo, acordei para um novo dia me sentindo renovada, pronta e, mais importante, ainda estava na cama. A segunda e a terceira vez foram parecidas. Foi uma ilusão, claro, eu deveria saber. Minha vida nunca foi fácil.

Naquela noite, os pesadelos voltaram. Foi péssimo. Lâminas afiadas e brilhantes se transformaram em agulhas pontiagudas feito picadores de gelo, formas mutantes surgiram, cores se distorceram, eu corri, corri e corri. Acordei com um sobressalto, suando em bicas, e dei com Alex pairando sobre mim, assustado.

– Você está bem? – Era uma pergunta idiota, porque estava claro que eu não estava nada bem.

Podia ter mentido – olhando em retrospecto, talvez devesse ter feito isso –, mas as reações dele às minhas cicatrizes me fizeram pensar que podia contar o resto. Dei um beijo nele, levantei da cama e saí procurando minha bolsa. Olhei para ele segurando meu único amigo, o lenço. Ele se sentou, e não pude culpá-lo pela expressão desconfiada que me lançou.

Ele tentou aliviar o clima:

– Só para você saber, nunca amarrei ninguém antes.

– Não é nada disso. – Só me restava falar muito sério. Ninguém, nem mesmo meus pais, sabiam disso. – Preciso amarrar minha perna na sua cama.

– Como assim? – Sua leveza se esvaiu.

– Às vezes, fico sonâmbula. Tenho pesadelos terríveis. Isto – ergui o lenço – em geral me impede de sair andando por aí enquanto durmo, mas não funciona sempre.

O olhar que ele me lançou mostrou descrença se transformando em confusão e, depois, em distanciamento. Foi quando soube que o tinha perdido.

Ele se levantou e não se aproximou de mim. Fui teimosa e me recusei a explicar mais. Se ele não podia me aceitar, o que diabos eu estava fazendo naquele quarto gelado que me prometera amor e cuidado incondicionais?

– Vou dormir no sofá. Pode... – ele gesticulou para mim e para o meu lenço – pode ficar com a cama.

Fui tomada pela amargura. Por que abri meu coração para esse tipo de rejeição de novo? Chorei a noite toda. Chorei de verdade, enfiando o lenço na boca para abafar o som. Não fiquei surpresa quando, na manhã seguinte, ele me disse com a máxima educação que não sabia se devíamos nos ver de novo.

Mais uma vez, estava sozinha.

Assim que entramos no meu quarto, Alex percebe onde meus pensamentos estão porque faz uma careta enquanto nos sentamos na cama. Ele abaixa os olhos por um segundo antes de me encarar.

– Sinto muito por aquela noite...

– Olha, Alex, já tem um monte de merda rolando por aqui sem que você precise me arrastar para esse túnel do tempo pedregoso.

– Meu irmão é bem mais velho que eu. – Ele me ignora e começa a contar sua história. – Ele estava no exército. Voltou da guerra do Iraque totalmente diferente. Tinha pesadelos, gritava de noite... – Ele pressiona os dedos sobre os lábios, e as maçãs do rosto se projetam contra a pele.

– Alex, você não precisa...

Ele solta de uma vez:

– É por isso que me comportei feito um idiota naquela noite. Não queria passar por tudo aquilo de novo. Meus pais conseguiram oferecer a ele o tratamento de que ele precisava, mas o caminho até lá foi um verdadeiro inferno. – Ele me olha nos olhos. – Não queria uma namorada com esse tipo de trauma. Sei que é egoísta, mas ver meu irmão daquele jeito, dia após dia, me fez sentir que estava morrendo por dentro. Joel foi quem me ensinou a andar de bicicleta, me fez beber álcool pela primeira vez escondido dos meus pais, me levou para minhas primeiras férias no exterior. – Ele ergue uma mão. Um sofrimento assombroso embota a cor do seu rosto. – Sei que tinha vergonha que eu o visse daquele jeito. Ele se orgulhava de bancar o irmão mais velho. – Seu tom de voz é infiltrado por uma forte energia. – Nunca me envergonharia dele. Mas, ao mesmo tempo, é uma experiência que não quero nunca mais viver.

Fico chocada. Estou tão triste por ele. Pensei que Alex fosse diferente, mas a verdade é que ele é como eu. A gente projeta uma coisa para o mundo, mas por dentro há sofrimento, dor e lembranças nos perseguindo, lembranças que nunca vão nos deixar em paz. Ainda assim, me sinto culpada por ter feito meus demônios desenterrarem os dele.

Fico de pé e coloco meus próprios desejos de lado.

– Alex, você não precisa ficar.

– Não seja boba. – Ele agarra minha mão e me puxa de volta para a cama. – Não quero que você se ofenda, mas minha opinião é que você precisa de ajuda profissional. – Isso me irrita, então tento interrompê-lo, mas ele não deixa. – Não estou dizendo que o que você me contou não é verdade, a sua verdade. Minha maior preocupação é com o seu bem-estar...

Fico furiosa.

– Bem-estar? Por que não fala de uma vez? Que fiquei lelé, não estou batendo bem da cabeça, perdi uns parafusos...

Ele segura meus braços e me puxa para perto.

– Conheço todas essas palavras, Lisa. As pessoas diziam isso do meu irmão. Mas não eram verdadeiras. A verdade é que ele precisava de tratamento. De ajuda. Do tipo certo de ajuda. – Ele abaixa a voz. – É disso que você precisa. Do tipo certo de ajuda.

Afasto meus braços. Balanço a cabeça com uma tristeza sombria.

– Você não consegue entender, Alex? Esta casa – abro os braços – é o meu tratamento. Posso tomar mil remédios pelo tempo que for, frequentar inúmeros consultórios frios e falar com incontáveis psiquiatras preocupados, mas sabe de uma coisa? Esta casa vai continuar me assombrando até o dia que eu morrer. Me recuso a continuar vivendo desse jeito. – Preciso parar, então me controlo antes que a emoção me leve para um lugar que não quero que Alex veja.

Estou mais calma, ao menos por fora, quando falo de novo:

– Não posso continuar assim. – Levanto-me e corro o olhar ao redor do quarto. – Vai me ajudar a procurar mais textos na parede?

Solto um longo suspiro de alívio quando ele fica de pé e começa a descolar a próxima faixa de papel de parede perto das primeiras escrituras que descobri. Vou ajudá-lo. Retiramos com cuidado duas tiras. Emito um grunhido de frustração; não há nada ali. Merda!

Alex se vira para mim.

– E se não tiver mais nada? Falei isso da última vez.

Balanço a cabeça em negação.

– Tem mais. Sei que tem. A casa está falando comigo através dessas paredes.

Alex não consegue evitar aquele olhar surpreso que diz "Isso é loucura".

– Vamos fazer o seguinte – ele sugere. – Por que não trabalho ali, perto da janela, e você trabalha aqui?

Fazemos isso pelos próximos minutos, até que ele fala, animado:

– Encontrei algo.

Corro até ele. Não consigo acreditar. Já estava começando a duvidar de que houvesse mais. Juntos, retiramos o papel de parede até o rodapé. Minha respiração fica presa na garganta, como sempre acontece quando olho para a escrita na parede. A caligrafia não é tão forte, a tinta está meio apagada, em alguns lugares um pouco oscilante, como se a pessoa que escreveu estivesse tremendo.

Estou ansiosa demais para esperar.

– O que está escrito?

Alex não responde enquanto lê. Depois, se vira para mim:

– Desta vez, tem uma data. 1998...

– É o ano em que fiz 5 anos. – Estou empolgada. É minha primeira ligação real com o autor da carta de despedida.

– O que o seu aniversário tem a ver com isso?

– Acho que este foi o ano que o que quer que tenha acontecido nesta casa aconteceu. – Olho para ele com olhos suplicantes. – Acredita em mim agora?

Alex não fala nada. Em vez disso, se concentra no texto.

– É nosso velho amigo de novo, o Doutor Morte, Solanov. Os versos retirados de sua obra dizem: "Se se apaixonar por uma mulher bonita, vai cavar a própria cova e a cova dos que você ama".

Não me impressiono.

– Então ele não gostava muito de mulheres.

– Talvez ele tivesse amado muito uma mulher e tudo deu errado. Muitos homens conhecem esse sentimento.

Alex não me dá a chance de perguntar se seu comentário enigmático se refere a mim.

E começa a traduzir.

Vinte e dois
Antes: 1998

Atordoado, ele saiu correndo pela rua. Ao chegar em casa, esperava ver luzes acesas por toda a parte e ouvir os barulhos que sempre associava à família, mesmo quando estavam dormindo. Mas é claro que não havia luzes. Nem barulho. Nunca mais haveria nada disso.

Abriu a porta. Não entrou. Ficou parado na soleira temendo entrar. No ritmo acelerado de seu coração, ele logo teria um ataque cardíaco. Santo Deus, ele até mesmo gostaria que isso acontecesse. Vamos! Faça com que não tenha que enfrentar o que sabe que precisa enfrentar.

Deu um passo para dentro da casa. Fechou a porta com um *clique* suave. Colocou as chaves sobre a mesa do corredor e olhou a cena em volta.

O pior já tinha passado. Na verdade, não era o pior; isso ainda estava por vir. Ele teria que começar a mentir agora. Mentir o tempo todo e para sempre. Também teria que fingir. Seguir a vida como antes. Que homem poderia sustentar isso? Mas sabia que não tinha escolha. Ele devia isso às pessoas. Devia isso à sua família. E a ela em particular. Tinha que fazer o que fosse preciso.

Porque era ele o culpado.

Acendeu uma luz no armário embaixo da escada. Tudo de que precisava estava lá. Sacos de entulho verdes reforçados, esfregões, panos, escovas, vassouras, detergentes, alvejante e palha de aço. Teria que fazer uma busca minuciosa em toda a casa para ter certeza de que encontraria todas as evidências do que havia acontecido, eliminando-as.

A coisa mais simples a fazer seria usar gasolina, espalhar esse líquido nocivo por toda a parte – móveis, roupas, livros, fotos, brinquedos

– e incendiar o local. Mas não era uma opção; a única alternativa era mentir e fingir, porque ele devia isso às pessoas e era ele o culpado.

Culpa. Suas pernas cederam, jogando-o contra a parede. A bile subiu pela garganta e ele vomitou várias vezes no chão. Não poderia continuar assim. Lágrimas surgiram em seus olhos, escorrendo pelas bochechas.

Ou talvez houvesse alternativa.

Voltou até o armário embaixo da escada. Encontrou a corda. Apanhou-a e ficou olhando para ela antes de guardá-la de novo. Ele a usaria um dia. Mas, por enquanto, tinha que dominar primeiro a mentira e o fingimento.

Começou com a sala de jantar. Caos total. A mesa estava fora do lugar, empurrada para um lado. As cadeiras, derrubadas. A comida estava espalhada no chão, pisoteada nos tapetes, manchando as paredes. Pratos quebrados e talheres foram parar nos lugares mais estranhos, como se tivessem sido dispostos ali de propósito. Havia um copo ainda cheio de suco de laranja em uma prateleira. E brinquedos, é claro. Por toda a parte.

Ele ficou parado ali por um momento, segurando o saco de entulho aberto, e o deixou escorregar por entre os dedos. Não seria capaz de fazer isso agora, e de qualquer maneira não havia pressa. Ninguém viria, poderia esperar até amanhã. Podia levar o tempo que precisasse.

Em meio ao silêncio incomum, caminhou até a sala e se sentou no banco do piano. O instrumento estava aberto e era óbvio que alguém o estivera tocando, porque uma das regras da casa era mantê-lo fechado quando não estava sendo usado. Devia ter sido seu filho. Seu adorado filho era um pianista promissor.

Mentir. Fingir.

Sem pensar, apertou as teclas e tocou "Prelúdio em Dó Sustenido Menor", de Rachmaninoff, e foi como se seu filho estivesse sentado ali. Sua alma atormentada se acalmou. Por que essa obra sempre está entre as favoritas dos ingleses? Somente um russo poderia entender essas notas e o que significam. Ingleses não entendiam nada de música. Era verdade que ele mesmo não era russo, tendo nascido na

Inglaterra, mas seu pai era. O sangue e a linhagem da Mãe Rússia corriam em suas veias também. Eles entendiam. Eles entendiam o que sangue e morte significavam; sua história estava cheia deles.

O telefone começou a tocar. Enquanto as notas se extinguiam, ele pegou o celular do bolso para atender.

– Desculpe, agora não. Aconteceu algo terrível, mas não posso falar sobre isso agora. Ligo depois.

Já estava mentindo e fingindo. Mas não precisava.

A voz dela era tanto sedutora quanto zombeteira:

– Sim, sei que aconteceu algo terrível, e você sabe de quem é a culpa, não é? – Ela esperou alguns momentos antes de desferir o golpe mortal: – Sua.

Vinte e três

Minha respiração e a de Alex ressoam no quarto, rápidas e irregulares, alteradas pelo impacto do que ele acabou de ler.

Olhamos de soslaio um para o outro. Começo:

– Então ele já estava pensando em tirar a própria vida.

Alex assente devagar. Solta um longo e trêmulo suspiro.

– Não foi uma leitura fácil. Quase parei no meio do caminho.

Olho para a escrita de novo, franzindo a testa, escondendo a esperança no meu coração. Mas me atrevo a dizer:

– A comida, os pratos quebrados...

– Copos no chão – Alex continua. – Acha que era a sua festa de aniversário? – Ele me observa com atenção. Ainda posso ouvir a dúvida em seu tom.

Há uma dor profunda dentro de mim que quer muito que isso seja verdade. Mas...

– Não sei. – Faço uma careta enquanto me esforço para lembrar.

– Não quero ser um desmancha-prazeres, mas comida e pratos e copos quebrados podem ser qualquer coisa.

Alex está certo. Começo a andar de um lado para o outro, com os braços apertados de tensão em volta do meu peito vacilante. Estou frustrada. Queria que o texto trouxesse alguma lembrança. Não funcionou. Nada disso é real. A única realidade aparece em meus pesadelos uivantes.

Ele diz suavemente:

– Quer minha opinião?

Assinto e continuo andando.

– Certo, pelo que li, o que entendo é o seguinte. – Ele se vira para mim. – É 1998. Então a data corresponde ao momento que você completou 5 anos, e digamos que você teve uma festa de aniversário.

Ele espera que eu confirme, então confirmo.

– Quando ele volta, a casa está uma bagunça, como se um tornado tivesse passado por ali. Ele se culpa a ponto de pensar em suicídio.

Estremeço. A palavra é tão feroz.

Alex continua:

– Parece uma cena clássica de fim de relacionamento. Eles brigaram, se agrediram fisicamente. A casa fica um caos. Quando ele sai para o trabalho, ela junta as coisas e vai embora com as crianças. Em retrospecto, ele se culpa, desejando que a briga nunca tivesse acontecido.

– Mas e a parte de precisar mentir? Fingir? Por que usar essas palavras em particular? – Desdobro os braços e vou até ele. – É uma escolha estranha de palavras para se referir a uma briga.

Alex passa os dedos pelo cabelo.

– Quando era estagiário, trabalhei em um escritório especializado em casos de divórcio. Tive um cliente que estava tentando impedir que sua esposa se divorciasse dele, e insistia que ela o havia deixado fazia pouco tempo. Por isso, ela teve que esperar anos antes de conseguir iniciar o processo de divórcio. Acontece que ele estava *mentindo* e *fingindo* para a família toda, para os amigos e para a gente; ela o largara um ano e meio antes. Ele estava fingindo para todo mundo que as coisas estavam normais, que ela ainda estava morando na casa deles.

Alex encolhe os ombros, como que dizendo "Vai saber".

– Acho que é isso que nosso homem aqui quis dizer. Ele ia ter que fingir e mentir para todo mundo e mostrar que estava tudo bem. Sabe por que nosso cliente fez isso? – Ele não espera minha resposta. – Estava envergonhado demais e com medo de que as pessoas descobrissem que o casamento dele tinha acabado.

Continuo insistindo:

– Mas e a mulher que ele menciona no final? A que liga para ele? Ele parece surpreso que essa mulher misteriosa já soubesse o que tinha acontecido na casa, seja lá o que for.

– Quem sabe o que estava acontecendo na casa?

Escarneço:

– Quem quer que seja essa mulher, ela não mostra muita empatia. Na verdade, ela parece uma babaca bem desagradável.

– Talvez fosse uma amiga da esposa? Alguém da família dela?

Sinto uma vontade repentina de colocar as mãos em volta do rosto de Alex, sempre tão gentil. Ele é o tipo de cara com quem adoraria passar o resto dos meus dias, apoiando a cabeça em seu ombro para obter conforto e força.

Agora estou prestes a estragar a tranquilidade entre nós.

– Preciso descobrir tudo o que conseguir sobre este homem...

Ele ergue as sobrancelhas.

– E você quer que eu a ajude.

– Você é advogado, então tem acesso a todo tipo de coisa. Você pode achar documentos relacionados a esta casa. – Não estou implorando de joelhos, mas é quase isso.

O silêncio fica intenso enquanto Alex pensa no que lhe pedi.

– Certo. – Um sorriso explode em mim enquanto ele continua: – Não se esqueça do nosso acordo. Se isso não tiver nada a ver com você, você precisa sair desta casa.

– Sim, senhor. – Bato continência e fico em posição de sentido. Então, eu me lembro de algo. Corro os olhos pelas paredes. – O que você leu hoje parece o final de uma história. Acho que deve ter mais por aí. O meio dessa história. – Viro para ele esperançosa. – Você pode...

– Não. – Ele olha para o relógio. – Já estou atrasado para a festa da firma. Não vai pegar bem com o chefe se eu não aparecer.

O quarto parece sumir enquanto nossos olhares se cruzam com intensidade. Sei o que vai acontecer a seguir. Ele também. Nós nos beijamos. Sem pressão, sem língua; é um roçar de lábios simples e doce, que termina em segundos. Nenhum de nós questiona o significado disso. Alguns presentes devem continuar embrulhados, sem nunca serem abertos.

Ele se dirige para a saída sem olhar direito para o meu rosto. Desço as escadas com ele. Na porta, pergunto:

– Outro dia, Patsy ia me dizer algo importante, daí ela viu a gata nos meus braços...

– Você quer que eu pergunte para ela?

– Seria tão bom se você fizesse isso.

Ele abre a porta e fala:

– Enquanto isso, não procure mais nada. Deixe-me ver o que consigo descobrir. Descanse. Recupere a energia. Nos falamos depois.

E ele vai embora. Assim que volto para o quarto, o texto na parede me chama. Sinto aquela atração de novo. Uma necessidade incontrolável de tocá-lo e me aproximar dele. O vínculo é tão forte que chega a ser assustador, quase além do que posso controlar. Dou um passo para trás depressa.

Na manhã seguinte, coloco o papel de parede de volta no lugar.

O conselho de Alex foi: "Descanse".

Não consigo. Sei que estou chegando perto da verdade.

Deito na cama. Ouço a casa me chamando de novo.

Pela primeira vez na minha vida, fico feliz por não conseguir dormir.

✳ ✳ ✳

Pouco depois da meia-noite, Martha e Jack voltam para casa, rindo e conversando. Ele parece bêbado e um pouco trôpego.

As escadas rangem à 1h da manhã. Meus senhorios seguem para o andar de cima. Sabe Deus o que esses dois ficaram fazendo lá embaixo esse tempo todo. Sexo selvagem sobre a mesa de jantar? Não. Não consigo imaginar Martha deixando que ele estrague seu glamour. Por falar nisso, não consigo imaginar Jack fazendo qualquer coisa que signifique a desintegração de seu coque. A porta do quarto deles se fecha.

Às duas da manhã, a casa está silenciosa. Estou pronta.

Saio do quarto. Caminho com passos leves na escuridão. Vou até o meu banheiro de merda, seguindo as regras do contrato. Faço o que preciso fazer e puxo a corrente da antiga descarga. A latrina – não precisamos fingir que é um "banheiro" de verdade – praticamente balança com o movimento da água. O barulho da caixa d'água enchendo domina o lugar com o que parece ser o som de mil bolhas. Já passei há muito do estágio de ressentimento por não poder usar o grandioso banheiro do andar de cima. É a casa deles; eles têm direito à privacidade. O estranho é que passei a gostar deste que é o cômodo mais inóspito da casa. Há algo elegante e primordial no tubo longo e curvo que se conecta à caixa. Adoro a robustez das paredes e a janela que dá para o jardim proibido.

Na verdade, é por isso que estou aqui: o jardim.

Estou vestida como uma ladra noturna, com calças pretas velhas e um pulôver. Meu cabelo está escondido sob um boné e estou armada com meu celular, a lanterna pronta para entrar em ação. A janela está bloqueada como sempre, o que explica o forte odor do lugar, mas já sei que qualquer chave de janela pode abri-la. Comprei uma mais cedo. O único problema é o tamanho da janela, mas essa é a vantagem de ser pequena: posso me esgueirar entre as coisas.

Subo no assento do vaso. Destranco a janela. Empurro-a para fora. Ela não se move. Não desisto. Por fim, com um gemido agudo e prolongado, ela se abre. Empurro um pouco mais e se abre mais um tanto. Não posso forçar mais para evitar que a moldura toda caia no terreno do lado de fora. Viro de lado e tento me contorcer. Consigo sair com facilidade, mas é alto demais e não há nada para me segurar. Usando a parede do banheiro como apoio, empurro meus pés com força. Caio meio atrapalhada em uma geringonça de madeira podre que cede com o meu peso. Deve ser mais um dos trabalhos não terminados e descuidados de Jack.

Saio correndo para longe da casa e me escondo atrás de uma daquelas miniestufas que se compra em lojas de jardinagem e se instala sozinho. O plástico está rasgado, se agitando com o vento. Não há nada dentro. Espero um ou dois minutos para o caso de Jack ter ouvido o barulho, mesmo sem ter a menor ideia de qual vai ser a minha desculpa para ter pulado pela janela. Mas ele não vem. Sigo andando. Ligo a lanterna do celular.

O jardim é denso. E me surpreende como está descuidado e desprezado.

"Ele é um pouco possessivo com o jardim. Cultiva todo tipo de coisa ali." Foi o que Martha disse para justificar o fato de Jack ter agarrado meu braço quando tentei sair. Ela está certa, há todo tipo de coisa aqui, mas os supostos dedos de jardinagem de Jack não estão cuidando de nada. Grandes árvores frutíferas com maçãs e peras estão tomadas por ervas daninhas. Os arbustos poderiam exibir lindas flores

se fossem podados, regados e fertilizados. Tufos marrons de grama estão sedentos, os caminhos, cobertos de mato, uma máquina de lavar está abandonada e uma bicicleta enferrujada tem uma roda faltando. Este jardim está parecendo amaldiçoado. Só as cercas de ambos os lados estão sendo cuidadas. Acho que devo me sentir grata por não ter encontrado montes de terra com cruzes fincadas ali.

É isso o que estou procurando? Um cemitério? A escrita na parede e a carta de despedida teriam sido obra de um homem que agora está enterrado no jardim? Mesmo para mim, isso parece coisa de filme. Ainda assim, Jack está escondendo algo aqui. Esta casa está em meu sangue; estou motivada a descobrir tudo o que puder sobre ela.

Vou adentrando cada vez mais nas profundezas do jardim. Há mais lixo espalhado e mais vegetação densa. Então algo muda. É como se tivesse topado com um jardim completamente diferente. Agora, é possível ver pequenas faixas de terra sendo regadas, capinadas e bem-cuidadas e com caules que sustentam plantas altas, saudáveis e felizes. A luz da lanterna do celular ilumina as folhas e revela um verde deslumbrante. Essas plantas estão escondidas no meio da selva, mas devem receber bastante sol durante o dia. Ao lado, estão as ferramentas de um jardineiro dedicado: enxadas, ancinhos e tesouras. Há uma torneira com uma mangueira enrolada em volta. Ao contrário da maçaneta e da trava da janela do banheiro, a torneira de metal parece nova e reluzente. Também há umas pontas de metal no chão perto da cerca emitindo luzinhas vermelhas que piscam.

Uau! Retiro o que disse sobre Jack; com certeza ele sabe como cuidar de um jardim.

Fico olhando maravilhada, sem conseguir acreditar. Por que Jack esconderia do mundo esse oásis encantador? Não faz sentido. Avanço um pouco mais e um pequeno grupo de plantas fica mais frequente. Seguro uma folha entre meus dedos. Não sou nenhuma especialista em jardinagem ou plantas, mas ela me parece familiar. Meu cérebro acelera enquanto me esforço para lembrar onde... De repente, afasto a mão com a sensação de estar sendo escaldada. Sei que planta é essa. Descobri o segredinho sujo do jardim.

Cannabis.

Vinte e quatro

Jack e Martha estão administrando a própria miniplantação de maconha escondida no meio desse subúrbio silencioso. Agora entendo que o homem que vi com Jack no jardim no dia em que encontrei Bette em meu quarto devia ser um usuário ou um traficante. Não posso acreditar que Martha está envolvida nisso. Ela não enfiaria suas unhas bem-cuidadas na terra suja para cuidar de plantas ilegais, então isso deve ser coisa de Jack. Será que ela sabe? Desvendei o mistério do motivo de esses dois quererem me botar para fora? Ou só encontrei mais um, ou seja, por que eles me permitiram alugar um quarto aqui, para começar?

Não posso entregar Jack para a polícia; se fizer isso, não vou poder mais morar aqui. Daí vou voltar à estaca zero e não vou descobrir por que esta casa significa tanto para mim.

Não há muito mais para ver na miniplantação de Jack, o fazendeiro, então começo a voltar por onde vim. Pequenas luzes vermelhas piscam conforme caminho, como olhos observando cada movimento meu. Desligo o celular quando me aproximo da casa. Procuro alguma coisa para me ajudar a alcançar a janela. Qualquer um pensaria que seria fácil achar algo neste ferro-velho, mas não é.

Uma luz branca me surpreende, me cegando. Instintivamente, cubro os olhos. Há uma explosão de luzes poderosas brilhando para fora da casa, penduradas nas árvores e nos postes altos. O jardim inteiro se transforma em uma espécie de campo de futebol todo iluminado para um jogo noturno.

Enquanto pisco depressa para recuperar minha visão, ouço a fechadura da porta dos fundos ser destrancada e ferrolhos sendo abertos. É tarde demais para sair correndo e me esconder. A porta se abre, e Jack aparece. Está todo amassado por ter sido acordado no meio da noite. Usa um par de botas de operário desamarradas, uma samba-canção desalinhada, exibindo suas pernas peludas, uma camiseta branca e, por cima dela, um colete verde fofo e sem mangas, do tipo que os amantes de cavalo usam. No bolso do colete, dá para ver o cabo de uma faca comprida, e ele balança um taco de beisebol nas mãos. Fica parado por um momento, emoldurado na porta, mantendo a postura ou de um homem determinado a defender sua propriedade ou de um criminoso com maldade no coração. Não sei. O que sei é que estou tremendo de medo.

Jack balança a cabeça com um sorrisinho cruel de reconhecimento.

– É você, não é? Bem que adivinhei.

Ele caminha na minha direção. Estou petrificada. Será que vai me bater? Vai me espancar até que eu concorde em guardar seu segredo sujo. Penso nele esmagando o rato até que o sangue e os pelos se espalhassem pelo assoalho do meu quarto. Jack olha para mim como um animal ignorante. Recuo com as mãos levantadas em sinal de rendição, tropeçando e cambaleando. Penso em gritar, mas sei que isso só funcionaria como um sinal para ele me atacar com o bastão. Penso em chamar Martha, mas já sei que ela está disposta a ignorar as merdas de Jack, e talvez esta seja mais uma coisa que ela vai escolher deixar pra lá.

Ele está bem na minha frente agora, com o rosto bem iluminado e um sorriso malicioso. Cutuca meu peito. Dou alguns passos para trás, desajeitada.

Jack fala com desdém:

– Está trabalhando para quem, hein? Para a polícia? Está recebendo dez libras por semana de algum membro entediado do esquadrão antidrogas pelos serviços prestados? É isso? Não, acho que não, eles não costumam trabalhar com pessoas esquisitas como você... Não acho que seja a polícia...

Seu cutucão desta vez parece mais uma punhalada. Caio em um arbusto espesso, mas tomo impulso e recupero o equilíbrio. Eu me viro para correr, mas já sei que a cerca é como o Fort Knox e nunca mais vou sair daqui viva.

Ele continua de onde parou:

– Ou um dos meus clientes decidiu acabar com o intermediário e abrir um buraco na minha cerca para ele mesmo colher o produto quando estiver maduro... e você está aqui para mantê-lo informado sobre o andamento das coisas? É... acho que é isso. Vamos fazer o seguinte: você vai me contar quem é esse desgraçado, e cuido das coisas daqui para a frente. Se você se comportar, talvez até deixe que pague o aluguel, faça as malas e vaze esta noite. Mas você vai me contar para quem está trabalhando, ah, se vai.

Tento usar seu tom desprezível:

– Um de seus clientes insatisfeitos acertou sua cara, não é? – O hematoma que vi depois de encontrar Bette está sumindo, mas ainda posso vê-lo sob a luz.

É estranho, mas ele não diz nada, e sua expressão denuncia um leve constrangimento. As luzinhas vermelhas se tornam uma extensão dos olhos de Jack, piscando enquanto recuo pelo jardim. Então compreendo que elas são os olhos dele. São detectores de movimento. Tropecei neles; foi assim que ele descobriu que eu estava no seu jardim ilícito.

Agora ele está tirando sarro de mim:

– Oh, Jack, vou levar você e Martha para o tribunal com um dos meus super-hiperamigos advogados que conheci na escola pública. Você não ia gostar de nada disso, não é? – Em seguida, ele adiciona com a própria voz: – Sua idiota esnobe.

Sua imitação ridícula funciona como um lembrete de por que estou aqui, nesta casa. Nada nem ninguém, nem mesmo plantações de maconha, vão me fazer sair daqui. Endireito a postura com uma determinação renovada e fico parada no lugar. Que ele me empurre de novo e de novo; vou levantar todas as vezes.

Ele vê a firmeza na forma como levanto o queixo com ar de desafio e recua, um pouco surpreso. Falo:

– Não dou a mínima para a sua operaçãozinha ilegal. Não sou informante da polícia nem trabalho para traficante nenhum. Não preciso do dinheiro. Sou muito, muito melhor que isso. Não sou uma viciada endividada. Você passou dos limites.

Agora entendo do que ele estava me acusando quando descobriu que tenho uma casa, quando perguntou o que realmente estou fazendo aqui. Jack achou que eu fosse informante da polícia ou que estivesse trabalhando para alguém. Se essa situação não fosse tão horrível, eu estaria morrendo de rir.

Ele se aproxima de mim e apoia o bastão no ombro. Cola o rosto no meu. Sinto seu bafo de sono em minha pele.

— Saiu para tomar um ar, não é? É isso? Ou só estava curiosa? Porque você sabe o que acontece com gatos curiosos... não sabe?

Agora é a minha vez de invadir o seu espaço. Nossos olhos estão a centímetros de distância. Sibilo:

— Bem, você deveria saber tudo sobre gatos mortos depois do que fez com Bette.

Ele pisca rápido e sua voz sai menos raivosa; na verdade, ele parece até mesmo cansado. O bastão mortal se inclina um pouco.

— Por favor, não me venha com essa gata de novo. Por que eu mataria aquela maldita gata?

Seu feitiço se dissipa um pouco, então o empurro de leve.

— Então Bette subiu no telhado, prendeu o rabo na minha janela e se envenenou? Será que ela quis fazer desse suicídio uma espécie de arte performática? — Agora é minha vez de zombar. — Eu deveria ter enviado o cadáver dela para o Prêmio Turner[3] do ano que vem.

Ele parece não entender de verdade.

— Nunca toquei naquela gata. Por que faria isso? Gosto de gatos; é a única coisa que gosto naquela velha. Até dava pedaços de fígado para eles quando vinha regar as plantas. Você está maluca.

Ou ele está dizendo a verdade ou está perdendo tempo como um faz-tudo fracassado e cultivadorzinho de maconha de merda, porque deveria estar exibindo seus dons no palco do West End.

— Certo. Vou voltar para casa agora. Não dou a mínima para o que você está fazendo neste jardim.

---

[3] Prêmio anual concedido a um artista britânico da área das artes visuais com menos de 50 anos de idade. [N.T.]

Sua linguagem corporal muda.

– Se precisar de algo, sou seu cara. Tenho todo tipo de delícias modernas dentro da minha manga empreendedora.

Descarado! Passo reto por ele. Posso sentir seu olhar em mim, mas ele não me segue. Volto para dentro, mas paro no meio do caminho. Na janela do andar de cima, vejo uma figura sombria à meia-luz com os braços cruzados. Martha me olha por um momento e depois se vira.

* * *

O perfume de Martha me avisa que ela está me esperando. É mais forte que o de sempre, cítrico e delicado, um aroma irresistível, como se um punhado de lírios tivesse sido esmagado por uma mão. Afasto a cabeça para me livrar dele, mas não funciona. Estou assustada. Não quero admitir, mas como poderia explicar a adrenalina gelada correndo pelas minhas veias? Essa mulher tem o poder de destruir qualquer coisa. Absolutamente qualquer coisa.

Dou o último passo. Levanto o olhar. E ali está ela, no pé da escada que leva ao meu quarto.

O cintilante robe vermelho de Martha a faz se destacar contra o brilho suave da arandela. Pela primeira vez, percebo que ela veste sua sensualidade como uma segunda pele. Sua cabeça está inclinada no ângulo certo para captar a luz e ressaltar perfeitamente sua forte estrutura óssea – as maçãs do rosto, o queixo, até mesmo a ponte do nariz. O volume do enchimento artificial me fez desdenhar seus lábios carnudos antes, mas agora sua boca está diferente, entreaberta enquanto ela respira leves golfadas de ar. O brilho dos olhos verdes me hipnotiza. Uma faixa de perna aparece por baixo do robe. O pingente de prata na gargantilha de veludo preto que envolve seu elegante pescoço pisca para mim. Estava completamente enganada achando que Martha era estonteante na juventude; ela ainda é estonteante. Talvez Jack tenha sido cativado por ela, e não o contrário.

– Lisa – ela me chama, sem simpatia nenhuma, o que me deixa tensa e nervosa. – Preciso falar com você.

Meu coração bate mais forte. Deixo Jack e seu reino de maconha de lado, porque sei o que está por vir. Engulo o nó na garganta seca e caminho até ela com toda a confiança que consigo reunir.

– Não pode esperar até de manhã?

Poderia dar um tapa na minha cara, porque a pergunta saiu muito defensiva. Como se eu estivesse escondendo algo.

Ainda sem sorrir, ela corre os olhos sobre mim, me avaliando como se fosse a primeira vez que me vê. Bem, é assim que parece.

– Fiquei sabendo de algo hoje e preciso esclarecer com você.

– Suas palavras são fáceis. Não há tensão nenhuma. Mas sei o que está por vir.

Esforço-me para manter o tom igualmente tranquilo.

– O que quer que tenha ouvido, tenho certeza de que podemos resolver.

Falei a coisa errada de novo! Estou sugerindo que fiz algo errado.

Martha molha seus lábios grossos.

Sei o que está por vir.

– Jack me disse que você já tem uma casa. – Martha continua, maculando sua beleza com uma careta confusa. – Não entendo por que você não nos contou quando veio visitar o quarto.

Estou emanando autoconfiança, já com a história pronta:

– A verdade é que tive uns contratempos financeiros recentemente e me enfiei em um buraco. O dinheiro que vou ganhar alugando minha casa por seis meses vai ajudar muito. Precisava encontrar outro lugar para morar enquanto isso. – Já adianto qual vai ser sua pergunta pela expressão que ela faz, então acrescento: – Poderia ter voltado para a casa dos meus pais... – Encolho os ombros falsamente. – Eles são ótimos, mas me tratam feito uma menininha. Além disso, isso é problema meu, e vou resolver.

Martha fica em silêncio, com a confusão ainda estampada no rosto.

– Vou ser direta e honesta com você. Quando Jack me contou, me senti um pouco incomodada. Comecei a achar que estou dividindo o teto com uma mentirosa.

– Não era minha intenção, peço desculpas por isso. – Martha me olha como se tivesse uma *serial killer* na casa. Acho que eu reagiria da mesma maneira. – A verdade é que tenho vergonha. Ninguém gosta de admitir que não consegue administrar as finanças.

Martha muda a postura; ela esconde a perna no robe e me olha nos olhos. Seu olhar esverdeado pode ser bastante desconcertante.

– Está me dizendo toda a verdade? Tem mais mentiras?

Mentiras. Meu coração acelera de novo. Será que ela está tentando me dizer algo? Como me colocar debaixo do holofote para confessar por que estou na casa dela? *Pare com isso*, minha voz interior me repreende suavemente. Como diabos ela poderia saber?

Sustento seu olhar com firmeza.

– Garanto que não estou escondendo mais nada. Estou tão cansada, Martha. Vou dormir um pouco.

Ela me surpreende inclinando-se em minha direção e me dando tapinhas no braço.

– Não quero que as coisas fiquem estranhas entre nós.

– Também não.

– Que bom. – A mulher enfim sorri com doçura. Estranhamente, isso me acalma. – Boa noite.

E, quando ela se afasta, o pingente em sua gargantilha chama a minha atenção. É só um vislumbre e não tenho certeza, mas juro que vi algo gravado ali. Um nome.

Bette.

* * *

Engasgo e me esforço para não vomitar enquanto coloco a corrente na porta, atrapalhada. Será que vi o que acho que vi? O pingente de Bette na gargantilha de Martha? Ou meus olhos cansados me enganaram? Foi tão rápido, a luz estava tão fraca. Havia algo escrito ali, disso tenho certeza. Mas o nome de Bette? Fecho os olhos com força, tentando relembrar a cena. O pescoço longo e esguio de Martha. Os seios redondos se pronunciando em seu colo conforme ela respirava. Seu robe ligeiramente aberto. Seu cheiro forte cobrindo meu rosto feito uma máscara. O pingente balançando... Vejo um "b". Foi mesmo real ou minha mente inventou tudo?

Abro os olhos. A enormidade do que posso ter acabado de descobrir me atinge, como se as paredes da casa estivessem caindo sobre mim. Só há um jeito de Martha ter conseguido aquele pingente: foi ela quem matou a gata. Não Jack, e sim a mulher dele. E quanto ao rato? Tento me lembrar... Jack ficou furioso quando disse que não tinha colocado o animal preso na ratoeira no meu quarto. E se ele estiver falando a verdade? Teve aquele momento em que desci as escadas e ouvi uma porta batendo no andar de cima e pensei que fosse ele indo até o meu quarto às pressas para colocar o rato lá. Mas e se foi Martha? E se ela estivesse esperando atrás da porta de seu quarto, segurando o rato nojento e a ratoeira em sua mão elegante e macia, me ouvindo descer as escadas? E se ela abriu a porta, caminhou na ponta dos pés e executou sua tarefa vil? E quanto aos pombos e às moscas? Foi Martha, não Jack, quem mencionou o assunto, dizendo que tinha visto uma mosca na casa. Não vi mosca nenhuma fora do meu quarto. E ela já tinha a desculpa pronta, dizendo que pombos presos nas chaminés são uma coisa comum nesta casa. Eu a imagino rindo por dentro enquanto dizia isso, saboreando cada momento da conversa.

Mas e a gata? Será que ela realmente matou Bette? Meu estômago se revira. O que mais poderia explicar a possibilidade de estar usando o pingente da pobrezinha? Será que ela atraiu a coitada para dentro e a envenenou?

Estou tendo dificuldade para entender o que significa isso. Meu Deus, andar por aí usando o pingente de um animal que ela matou é doentio, doentio de verdade. Pura maldade.

Isso se ela realmente fez isso.

Não consigo acreditar. Não quero acreditar que foi Martha. Ela foi tão paciente e carinhosa quando eu estava sonâmbula. Ela me ajudou a levantar com gentileza, me levou até o quarto como uma mãe que ama sua filha aflita. Ela ficou comigo até que me acalmasse. E aquela vez que ouvi Jack batendo nela? Não, digo a mim mesma. Isso foi Jack, não Martha. Talvez ele a tenha obrigado a usar o pingente.

Ele está sendo abusivo com ela, está machucando-a fisicamente, Deus sabe por quanto tempo. Não é isso que dizem? Que mulheres vítimas de abuso ficam com seu agressor porque estão morrendo de medo de ir embora, com a autoestima arrancada de si?

Mas o que realmente vi e ouvi naquele dia? Cheguei em casa e me surpreendi com o som de carne contra carne. A porta da sala estava fechada, o que significa que não vi nada de verdade. Ouvi vozes exaltadas. Não. Uma única voz exaltada. Agora me lembro, não consegui identificar se era um homem ou uma mulher porque a voz estava carregada de raiva. E não é Martha quem tem um hematoma feio no rosto, mas Jack. Penso em nós um instante atrás em seu esconderijo canábico no jardim e lembro que ele ficou constrangido quando mencionei o machucado. E se não foi constrangimento, mas vergonha? Humilhação por sua esposa ter batido nele?

Vejo outra possibilidade bem na minha frente, clara como a escrita na parede: e se for Martha quem quer que eu faça as malas e vá embora? Balanço a cabeça; não faz nenhum sentido. Consigo entender que Jack queira que eu vá. Ele deu em cima de mim e eu o rejeitei, ele ficou irritado porque não consegue lidar com o fato de uma mulher não o querer, então quer me expulsar de casa. Eu entendo.

Mas Martha? O que fiz para ela? Será porque ela não quer competir com uma mulher mais nova dentro da própria casa? Não que exista qualquer competição rolando aqui. Martha não admitiu que não tinha considerado as consequências de ter uma mulher mais nova perto do marido todos os dias?

"Você dormiu com ele?"

Essas foram exatamente as suas palavras.

Estou confusa. Não consigo entender o que está acontecendo. Coloco a cadeira debaixo da porta e arrasto a escrivaninha para lá também. Estou assustada. Apavorada.

Será que o perigo nesta casa é Jack? Ou Martha?

Ou estou vendo coisas que não existem de verdade?

Vinte e cinco

Na tarde do dia seguinte, minha mãe fica me olhando incrédula enquanto eu saio do carro. Ela fica nervosa e verifica a hora em seu relógio.

– O que está fazendo aqui? Você disse que viria de noite. Lembra que seu pai está fora esta tarde? – Sua mente parece agitada, e evidentemente está preocupada. – Querida, tem alguma coisa errada?

Tirei o resto do dia de folga – com a desculpa de uma consulta odontológica – e dirigi até Surrey. Dou um beijo em sua bochecha, oferecendo-lhe um conforto imediato. Ela cheira a cravo; está bebendo seu gim-tônica especial, em que ela enfia três cravos numa rodela de limão.

– Algo inadiável apareceu esta noite, e não queria remarcar a visita. Então aqui estou. – Pego sua mão. – Para ser sincera, mamãe, não gostei de como as coisas terminaram ontem. Você estava tão chateada.

Ela me lança um daqueles sorrisos generosos que às vezes acho que reserva só para mim. Só que, desta vez, os cantos do seu lábio tremem e seus olhos não brilham.

Ela pega meu braço e me conduz para dentro.

– Estava me sentindo um pouco indisposta. É essa coisa da menopausa. A Mãe Natureza com certeza reservou um bocado de merda para nós, mulheres.

– Mãe! – Fico chocada. Nunca a ouvi falando desse jeito.

Ela não pede desculpas.

– Bem, que palavra você usaria para descrever menstruação e menopausa? "Merda" parece a única adequada.

Tomei a decisão certa vindo para cá enquanto meu pai está fora. Quando ele não está, ela fica diferente e é possível vislumbrar a jovem que ela deve ter sido. Mas não estou aqui para jogar conversa fora. Minha mãe é o elo fraco do que quer que tenha acontecido no meu passado, e posso persuadi-la a falar se meu pai não estiver aqui. Não gosto de usar esses truques desonestos, mas que escolha eu tenho?

A casa cheira a gim e limpeza. Ela tem muito orgulho da casa e sem dúvida estava tomando seu drinque favorito enquanto fazia faxina.

– Vou pegar um copo de suco de abacaxi. – Ela sorri depressa. – Sei que você gosta de abacaxi.

Quero lhe dizer que não ligo mais tanto assim para suco de abacaxi, sendo uma devota de água engarrafada, mas não falo nada. Preciso que ela se sinta à vontade, o mais à vontade possível. Além disso, só tomei um café com leite do Starbucks hoje, então algo para molhar meus lábios será muito bem-vindo.

Enquanto ela vai para a cozinha, me encaminho para a sala de estar. No mesmo instante, noto que há algo diferente. As coisas aqui são sempre iguais, então, quando algo muda, logo percebo. A foto do meu pai jovem com os outros dois estudantes de Medicina vestindo máscaras cirúrgicas desapareceu da parede. Foi substituída por uma de nossa família de férias na França.

Fico parada olhando para ela, e minha mãe se junta a mim.

– Ótima foto, mãe.

– Ah, essa foto. Sim, é ótima, não é? Foi tirada em... – Ela olha a moldura. – 2001. Perto de Bordeaux. Alugamos um lugar ali perto. Lembro que você adorou.

Ela está relembrando uma memória preciosa, então por que sua mão treme no copo? Está parecendo um cão que perdeu seu pastor – o pastor sendo meu pai, que sempre responde a todas as minhas perguntas sobre o passado.

Minha mãe me entrega o copo apressadamente sem fazer contato visual.

– Vou ligar para o seu pai. Talvez ele possa voltar mais cedo.

– Está tudo bem. Ele não precisa estar aqui. Posso ver minha mãe sozinha, não é contra a lei.

Ela parece ansiosa. Passa os dedos pelo cabelo.

– Mas sei que seu pai quer ver você. Ele vai ficar chateado.

– Bem, quando ele chegar, você pode falar que estou bem.

Sento no sofá, obrigando-a a se sentar na poltrona à minha frente. Ela mantém as mãos presas entre os joelhos, e sua pose lembra algum tipo de tortura medieval.

No caminho, pensei em preparar uma armadilha para ela: primeiro, eu lhe daria uma falsa sensação de segurança tagarelando sobre trivialidades e, então, a pegaria desprevenida. Mas agora que estou aqui, não quero perder tempo com esse tipo de jogo.

– 2001? Três anos depois do acidente na fazenda?

Ela pega o gim-tônica na mesinha de centro.

– Isso mesmo, querida. Alugamos uma casinha perto da praia, me lembro que...

Eu a interrompo:

– Não estou nem um pouco interessada na França, mãe. Só quero saber o que aconteceu no meu aniversário de 5 anos na fazenda.

Ela envolve o copo com as mãos com força, e a voz sai em um sussurro:

– Você sabe o que aconteceu. Você sofreu um acidente. Foi horrível, mas graças a Deus se recuperou. Isso é tudo o que importa.

Espero que ela evite me olhar nos olhos, mas não é o que acontece. Ela me encara com um olhar firme. Quer manter a história deles custe o que custar, e afundar com o barco se for preciso. De certo modo, admiro sua determinação. Mas isso não é bom para mim.

– Já que você usou essa palavra mais cedo, vamos parar com essa merda? Nunca houve acidente em fazenda nenhuma. – Minha voz fica estridente. – Por que não me conta o que aconteceu de verdade? Por que não posso saber?

Ela termina o drinque e coloca o copo com cuidado sobre a mesa.

– Já falamos sobre isso um milhão de vezes, Lisa. Não sei por que não acredita na gente. – Há raiva, mas também medo, no que ela diz a seguir: – Por que está se torturando assim? Por que está nos torturando com isso? Não vê o sofrimento que está causando em todos?

Também coloco meu copo sobre a mesa e me aproximo da beirada do sofá.

– Porque não é verdade, por isso.

– Você sabe como me senti quando recebemos a notícia de que você estava no hospital fazendo lavagem estomacal? – Sua voz não treme; está firme e segura. – Foi como se eu estivesse morrendo. E, quando vi você na cama, foi como se alguém tivesse enfiado a mão no meu peito com um punhal para arrancar meu coração.

Ela fecha os olhos com força, em uma tristeza profunda. Esta é a primeira vez que ela conversa comigo abertamente sobre o que aconteceu. As outras vezes sempre foram permeadas por "Como você tem se sentido?", "Está comendo?", "Deixe-me lhe dar um abraço". Ela tem mantido o impacto emocional das minhas ações guardado em silêncio.

É nesse momento que compreendo. De todas as pessoas da família, é sempre ela quem esconde seus sentimentos com cuidado, como se dissesse que é isso que as mães fazem. As mães mantêm todos unidos e nunca podem desmoronar. São a verdadeira sustentação da família.

– Você não entende? – grito. – Somos uma família: conversamos, comemos, nos amamos, mas quando conversamos sobre nossas emoções? Nunca...

– Está dizendo que o que aconteceu foi culpa nossa? – Agora ela realmente parece sentir o coração arrancado do peito.

– Não.

Respiro fundo. Tento me acalmar. Abro a boca, depois fecho. É tão difícil. Não estou falando com o Dr. Wilson nem com Alex, e sim com a minha mãe. A mulher que me pegou nos braços durante os anos em que sofri com os pesadelos e o sonambulismo nesta casa. A pessoa que massageou minhas cicatrizes quando minha pele repuxava. Ela merece palavras francas e verdadeiras – até certo ponto –, mas não consigo. Não quero magoá-la.

Começo:

– Não me sinto eu mesma já faz muitos anos, porque não sei quem é esse "eu". À noite, coisas, imagens, vêm me mostrar que tem uma parte da minha vida faltando. Sei que tem algo a ver com o meu aniversário de 5 anos.

– É por isso que você veio aqui sabendo que seu pai não estava? – Seu tom agora é o da secretária jurídica que ela era quando conheceu meu pai. – Você está querendo me intimidar para que lhe conte as mentiras que quer ouvir? É isso? Não é digno de você, Lisa. Estou decepcionada. Esperava que você fosse melhor do que isso.

Não desisto.

– O Dr. Wilson sabe o que aconteceu no meu aniversário? Você mesma disse que ele ajudou no acidente.

– Como seu pai e eu esclarecemos, me confundi.

– Então por que a foto de papai com o Dr. Wilson não está mais na parede? E, antes que pergunte como sei que é ele, ele tem uma foto no consultório em que eles não estão posando com as máscaras cirúrgicas. Está na escrivaninha, como as pessoas fazem com as fotos de sua adorada família.

Ela olha para o teto, como se pedisse a Deus uma força divina.

– Você vai ficar aqui, mocinha, até que seu pai volte para casa. Então, vamos decidir juntos como uma família de que tipo de ajuda você precisa. Está claro que o Dr. Wilson não resolveu...

Fico de pé.

– Eu vou descobrir, mãe. Já estou no caminho certo. Sei muito bem que não teve acidente nenhum em Sussex. Sei onde a... – Engulo as palavras de volta. Não quero que ela saiba que estou morando na casa. – Estou juntando todas as peças do quebra-cabeça.

De certa forma, admiro minha mãe. Ela está sendo leal a algo ou a alguém. Suspeito que ela pense que está sendo leal a mim ao esconder o que aconteceu de verdade, mas não está. Não consigo entender por que ela não compreende isso. Talvez ela esteja contando essa mentira há tanto tempo que acabou acreditando nela, como cônjuges que traem e contam tantas mentiras para seus parceiros que depois não sabem mais o que é verdade.

Minha mãe parece perturbada. Tenho certeza de que ela quer me contar, mas não pode.

– Vou lhe dizer qual é o caminho que você está seguindo, Lisa. Você está indo direto para o colapso total. Não sou só eu que penso isso, apesar de ser sua mãe e sentir. Mas tanto seu pai quanto o

Dr. Wilson são médicos e estão vendo todos os sintomas. Eles estão tentando ajudar, mas você não deixa. Por que você não nos deixa ajudar a mantê-la segura, fazer com que se sinta melhor? Por que está tão determinada a se jogar do penhasco? Não sabe o que espera você lá embaixo?

Estou de saco cheio de tudo isso.

– Não me importo com o que há lá embaixo, desde que descubra a verdade.

Vou até a porta, com minha mãe e o aroma de cravos e gim me seguindo de perto. Abro a porta e saio.

– Lisa! Só estamos tentando ajudar! – Seus olhos denunciam o desespero de seu coração pesado.

Explodo feito fogos de artifício:

– Vocês não estão me ajudando. Não consegue ver? Vocês estão me deixando louca. Estão me matando, matando a própria filha. Vocês estão me matando lentamente!

Enquanto dou a partida no carro, vejo no retrovisor minha mãe parada na garagem. Ela parece tão sozinha. Não sei o que ela faz a seguir, porque paro de olhar. Endureço meu coração.

Ela fez a escolha dela, e eu, a minha.

Vinte e seis

Estou parada no semáforo vermelho, bebendo água, e meu celular vibra.

Verifico a mensagem.

Alex.

Me encontre na tia Pats.

Vou direto para a casa de Patsy. Assim que chego, Alex me conduz depressa para dentro. Sinto-me estranha. Não consigo explicar. É como se eu não estivesse ali. Estou flutuando; meus pés não parecem tocar o chão. Ouço um zumbido baixo, como se todas aquelas moscas-varejeiras que invadiram meu quarto estivessem dentro dos meus ouvidos. Sei que estou estressada com a conversa com minha mãe, mas não deveria estar me sentindo assim.

A boca de Alex está se movendo como se ele estivesse debaixo d'água; não ouço uma palavra do que está dizendo. Seus lábios continuam se contorcendo em formas esquisitas, ficam maiores e tomam seu rosto. Uma imensa onda de exaustão me domina. Minhas pernas não estão funcionando. Tombo na parede do corredor, ofegante. O que está acontecendo comigo?

O rosto assustado de Alex pergunta o mesmo.

– Lisa? O que você tem? – Sua boca voltou à forma e ao tamanho adequados. Ele toca meu braço rígido com uma mão confortadora.

– Estou bem, estou bem.

Claro que não estou bem, mas a última coisa de que preciso é de outro discurso do tipo você-precisa-de-ajuda, uma réplica do discurso de minha mãe. Talvez devesse comprar uma camiseta com a frase "S.O.S. Preciso de ajuda".

De alguma forma, consigo me recuperar e endireitar a postura. Espero um segundo para garantir que não vou fazer papel de boba e cair. Afasto-me da parede. De repente, uma vivacidade desperta dentro de mim. Eu me sinto incrível, no topo do mundo, sorvendo o ar ao meu redor. As cores do papel de parede do corredor de Patsy são alegres e fortes e saltam para a frente, implorando para serem tocadas. Não entendo nada; em um minuto, estou parecendo uma bêbada e, no seguinte, estou totalmente energizada.

Tranquilizo-o, dizendo:

— Foi um longo caminho da casa dos meus pais até aqui e estou cansada, só isso.

O olhar preocupado de Alex fica penetrante.

— Lisa, talvez seja melhor você voltar para casa, sua casa de verdade, e descansar por algumas horas.

— Preciso saber o que você descobriu.

Ele não fica feliz com a minha resposta, mas me leva até a sala de estar. Paro quando vejo Patsy sentada em uma velha poltrona, embalando Davis nos braços. Está protegendo-o de mim, a vizinha assassina de gatos. Seu olhar é inflamado e cortante, me acusando de algo que não fiz. Quero lhe contar sobre Martha e o pingente de Bette. Mas é melhor não, ainda mais porque não tenho certeza do que vi. De qualquer forma, a última coisa de que preciso é de uma reprise do incidente; já me sinto mal o suficiente.

— Olá, Patsy — eu a cumprimento, um pouco constrangida.

Como deveria me sentir? Ela acha que matei a gata dela.

Como sempre, ela está usando um chapéu de lã. Este é azul-escuro, com uma flor de um vermelho vivo. Patsy faz um drama me desprezando e lançando seu olhar severo para Alex.

— Pode dizer a ela que só meus amigos me chamam de Patsy? Para ela, sou a sra. Hawkens. Não que vá deixá-la falar comigo. — Ela termina bufando, o que faz Davis reclamar, desconfortável. Ela faz carinho atrás da orelha dele, acalmando-o, sussurrando: — Não se preocupe, querido. Não vou deixá-la pegar você, como ela fez com a nossa amada Bette.

Sei que estou me sentindo meio esquisita, mas isto é muito, muito esquisito. Estou na casa de uma pessoa que se recusa a me receber. Olho de lado para Alex, como se fosse ele quem precisasse de tratamento médico.

Ele faz a gentileza de parecer constrangido.

– Eu disse à tia Patsy que você não machucou Bette... – A velha senhora bufa. – Disse que você nunca faria uma coisa dessas. – Ela bufa mais alto desta vez. – Depois que eu falar com você, talvez ela decida contar o que sabe e quem sabe lhe ajudar.

Interrompo, falando diretamente com a minha vizinha:

– O que a senhora ia me dizer aquele dia, quando vim aqui com a...? – Minha voz some quando me dou conta que ia terminar a frase mencionando Bette. *Não vá por aí.*

Patsy estremece, sem dúvida revendo sua pobre gatinha enrolada no meu lenço.

– Pode lembrar essa pessoa de que ela não deve direcionar nenhuma palavra a mim?

Não consigo evitar; esta situação está começando a me enfurecer. Por que ela não pode simplesmente me contar o que sabe? Chega de brincar de gato e rato. Opa, gato e rato? Que inferno, já tive o suficiente deles para uma vida toda. Sinto uma vontade incontrolável de agarrá-la pelo chapeuzinho de lã e sacudi-la sem parar até que me conte o que sabe. Minhas mãos se fecham em punhos furiosos.

Se acalme, caramba. De onde está vindo essa vontade de socar alguém? Posso ter meus problemas, mas nenhum deles é ser violenta com velhinhas. Nem com ninguém, aliás.

Um, dois, feijão com arroz.

Três, quatro...

Sinto-me melhor. Mais relaxada.

Falo para Alex:

– Por favor, diga à sra. Hawkens que ficarei eternamente grata por qualquer coisa que ela puder me contar.

Patsy se levanta, ainda agarrando Davis.

– Alex, quando você terminar de falar com essa pessoa, venha me encontrar no jardim. Daí vou decidir se conto a ela o que eu sei.

Patsy passa por mim de nariz erguido. Fico surpresa que ela não faça o sinal da cruz para se proteger da minha presença maléfica.

– Acho que você está precisando comer algo – Alex diz.

Não me lembro de ter comido nada esta manhã. Deveria estar com fome, mas não estou. Só sinto estranhas oscilações de exaustão e energia. Faço um lembrete mental: ficar sem comer é um gatilho. Bote alguma coisa para dentro logo.

— Alex, me conte o que você descobriu. — A esperança é nítida em minha voz. Por favor, que ele possa me ajudar.

Sentamos no sofá velho coberto por uma manta de crochê. As flores combinam com as dos chapéus de Patsy. Ah, deve ser obra dela. Mas não há lã nem agulhas na sala. Eu a imagino sentada na poltrona em frente à lareira no inverno, com os gatos contentes e aninhados a seus pés e as agulhas estalando em suas mãos. Será que a criancinha que fui também se sentava perto da lareira na sala da casa ao lado?

Alex joga a mochila no colo e se acomoda. Sento-me ansiosamente na beirada do assento. Ele pega seu celular, procura algo e se aproxima para me mostrar a tela. De início, não entendo o que estou vendo.

Ele percebe minha confusão e explica:

— Esta foto é de um cadastro eleitoral da casa no início do milênio, no ano 2000. — Normalmente, me irritaria por ele falar comigo como se eu fosse uma criança; sei o que é milênio. Mas não fico ofendida, só quero que ele desembuche o que descobriu.

— Como encontrou isso?

Ele me lança um sorriso torto.

— Vamos dizer que os advogados têm seu jeitinho. — Ele volta a atenção para o celular. — Até 2000, os registros estavam no nome de John Peters e sua esposa.

John Peters. Busco alguma memória. Não vem nada. O nome não significa nada para mim. Não conheço nenhum John.

Alex mostra outra foto.

— Esta é uma cópia do censo de 2001, que foi um censo importante porque marcou duzentos anos desde o primeiro, em 1801.

Em qualquer outro dia, talvez eu curtisse uma aula de História. Minha irritação fica óbvia em meu rosto, porque ele ergue as sobrancelhas, como se pedisse desculpas, e continua:

– Mostra os nomes dos membros da família que moravam na casa. O único nome que consta aqui é Martha Palmer.

– Deve ser Martha... – Endireito a postura, tensa. – O que aconteceu com John Peters e sua família?

– Claramente foram embora. Se lembra da segunda parte do texto, em que ele fala que a esposa pegou as crianças e o deixou?

Fico impaciente.

– Para onde eles foram? – De repente, estou de pé, me dirigindo para a porta.

Alex larga o celular depressa e vai atrás de mim. Ele estica a mão e me puxa de volta antes que eu alcance o corredor.

– Aonde você está indo?

Aquela animação exagerada está de volta, junto com uma determinação feroz. Solto entre os dentes:

– Vou perguntar a Patsy de uma vez o que ela sabe sobre a família que morou...

-- Não. – Ele respira fundo antes de acrescentar, com uma voz mais calma e baixa: – Deixe a encantadora tia Patsy comigo. Se for falar com ela agora, ela provavelmente vai jogar Davis em você. – Ele me examina de perto, fazendo com que eu me sinta nua e vulnerável. – Você parece um pouco agitada. Não está normal. – Ele não precisa dizer "de novo".

Faço uma careta.

– Como você quer que eu me sinta, Alex? É claro que estou desmoronando. Como você se sentiria – eu o cutuco no peito – se achasse que toda a sua vida é uma mentira? Se tivesse acabado de ver sua mãe e soubesse que ela está escondendo algo importante de você?

Minha respiração está entrecortada. Sinto um músculo repuxar na minha bochecha.

Ele relaxa a mão em meu braço.

– Vamos nos sentar, encontrei mais uma coisa interessante.

Eu o deixo me conduzir de volta. O silêncio que se instala enquanto ele pega o celular é espinhoso.

– Este é o registro do imóvel. – Ele me mostra outro formulário. – Como pode ver, a casa agora está no nome de uma empresa chamada MP. Suponho que seja Martha Palmer, sua senhoria. É do mesmo ano, 2001.

– Então ela é a proprietária da casa há dezesseis anos?

Ele hesita e abaixa o celular.

– Parece que sim. O censo de 2011 mostra que, naquele ano, o marido dela, Jack, já estava morando lá. O estranho é que também informa que o antigo proprietário da casa, John Peters, também estava morando lá.

Fico confusa.

– Não entendo.

Alex encolhe os ombros.

– Nem eu. – Ele solta um longo suspiro. – Talvez em 2001, quando a esposa de John foi embora, a casa tenha sido vendida. Eles se divorciaram e cada um seguiu seu rumo.

Desesperada, tento analisar as coisas de forma que façam sentido.

Digo devagar, mais para mim que para ele:

– John Peters tem uma casa, onde mora com a esposa e os filhos. Então, ele a vende para Martha. Depois, anos mais tarde, Jack vai morar com ela. E John Peters também. Por que ele voltaria para lá?

– Se tem uma coisa que aprendi na advocacia é que as pessoas vivem das formas mais estranhas. Talvez ele tenha voltado porque sabia que podia alugar um quarto ali? Se ela estava tentando esconder que ele estava lá, por que colocou o nome dele no censo?

– Vou contar pra você a razão – outra voz fala, se juntando a nós na sala.

Nós nos viramos para encontrar Patsy parada na porta, sem o gato.

– Naquela época, eu ainda falava com o Diabo e seu discípulo. Um dia, esbarrei com ele com o censo pronto para ser enviado pelo correio. Ele disse que a madame estava ocupada demais e passou a tarefa para ele. Deve ter sido ele quem colocou o nome de John. Talvez não tenha percebido que não deveria fazer isso. Vamos ser sinceros, meu dedão do pé tem mais bom senso do que aquele rapaz.

– A senhora conhecia esse John Peters e a família?

Ela estreita os olhos, sem dúvida se preparando para soltar o discurso não-estou-falando-com-você. Começo a ficar com calor.

Mas ela me surpreende:

– Conhecia. Ótima família. Ele adorava a esposa e os filhos.

– Por que eles se mudaram?

Ela balança a cabeça com tristeza.

– Gostaria de saber. – Ela se mostra irritada de novo. – Você me perguntou se eu sabia quem era o homem que alugava o quarto antes de você. Era John. Não lhe falei antes porque não tinha certeza. O que posso dizer é que eu raramente o via. Ele quase nunca saía. Tive uns vislumbres da sala... Eu nunca o via lá também. Nem no jardim, exceto naquela vez. Fico pensando que ele passou dia após dia, ano após ano, naquele quarto, sozinho. Sem companhia. Sem ninguém.

Davis chama a sua atenção com um miado.

– Oh, é hora do jantar.

Ela sai da sala com pressa, mas sei que na verdade está fugindo. Recordar o passado trouxe lágrimas aos seus olhos. Ou será que está escondendo algum segredo, como por que ficou com medo de Jack no dia da morte de Bette quando ele mencionou a polícia?

– Tem mais uma coisa que você precisa saber sobre John Peters – Alex diz.

Seu tom sério me faz me virar em sua direção.

– O quê? – pergunto, me aproximando.

– O nome original da família não era Peters, mas Petrov. É um sobrenome russo bem comum, relacionado ao nome Peter. Acho que a família dele quis parecer mais inglesa quando eles imigraram e mudou o sobrenome para Peters.

Finalmente! Uma revelação.

– Está dizendo...?

– Que o homem que escreveu a carta suicida e os textos na parede provavelmente é John Peters, antigo proprietário da casa. Patsy acabou de confirmar isso.

Pego a mão de Alex e o puxo para o corredor. Ele fica perturbado.

– O que você está fazendo?

Olho para ele sem acreditar, atônita.

– Vamos para o meu quarto. Encontrar o resto do texto para você traduzir para mim.

Ele afasta a mão com rapidez e parece muito, muito irritado.

– Você precisa se acalmar.

Será que ele não entende? Precisamos resolver esse quebra-cabeça. Estou ficando desesperada, não consigo entender por que ele não está se movendo. Mais uma vez, me sinto desorientada; agora parece que minha cabeça está pendendo dos meus ombros.

– Não quero me acalmar, diabos! – Meu grito reverbera entre nós. Estou fervendo. – As mulheres estão de saco cheio de homens mandando que elas se acalmem. Você pode ter medo das suas emoções. Eu não. Tudo o que preciso saber é: está disposto a me ajudar?

Ele cruza os braços, tão teimoso quanto eu.

– Posso ajudá-la, acredite em mim, mas só depois que você comer algo e dormir e...

– Quer saber de uma coisa, Alex? Não preciso de você. Fique bem longe de mim, daqui por diante.

Saio antes que ele fale mais uma palavra.

Não posso esperar um minuto mais. Vou encontrar o resto da história de John Peters, nem que eu tenha que derrubar o quarto todo.

* * *

John Peters. John Peters. John Peters.

O nome se agita na minha cabeça conforme entro na casa com uma determinação maníaca. Quem é que precisa de Alex? Vou descobrir o resto do texto sozinha. Não estou nessa busca há anos? Recuso-me a considerar que isso seja uma missão impossível, que não haja mais escritos na parede. Tem uma parte – ou partes – faltando, tenho certeza.

A sensação estranha passou, e quase me sinto no controle. Quase. Há uma exaustão pairando sobre mim que não me abandona. Seguro no corrimão conforme subo as escadas. Estou com sorte, porque não vejo sinal dos proprietários.

Comemorei cedo demais, porque trombo com Jack ao virar no corredor do primeiro andar. Ele está péssimo, todo sujo; devia estar fazendo um de seus trabalhos manuais duvidosos. No entanto, seu coque está impecável, como se ele fosse a rainha do baile.

– Preciso falar com você – ele diz, se aproximando. Está fedendo à terebintina.

– Foi mal, vai ter que ficar para depois, estou com pressa.

Passo por ele ignorando seu chamado. Não estou no clima para o que quer que ele tenha naquela manga imunda. Felizmente, ele não vem atrás de mim e sigo ansiosamente para as escadas do meu quarto.

John Peters. John Peters. John Peters.

O nome fica mais alto; meus pés acompanham o ritmo. Estou no corredor, encarando a porta. A expectativa do que posso encontrar é tão alta que acho que vou perder o controle de novo. Tento acalmar minha respiração.

Um, dois, feijão com arroz.

Estou pronta. Espero que John também.

Estico a mão. Abro a porta.

E fico chocada. Desacreditada. Indignada. Horrorizada.

Meu quarto foi completamente pintado de preto.

Vinte e sete

As paredes, o chão, o teto, a claraboia, as molduras da janela...
Não! Não! Não! As paredes. Perco a consciência do que estou
fazendo, dos meus movimentos. Quando dou por mim, estou deses-
perada, tentando soltar o papel de parede com meus dedos curvados.
Só que eles só encontram tijolos duros e frios. Não há papel nenhum.
Ele foi removido. Isso não pode ser real. Isto não está acontecendo.
Estou no meio de outro sonho maluco ou estou sonâmbula de novo.
Fecho os olhos e tento controlar minha respiração acelerada.

Um, dois, feijão...

Esqueço a rima. Tento de novo.

Um, dois, feijão...

Abro os olhos de uma vez. Ah, não, é real. Cubro minha boca
trêmula com uma mão vacilante e dou um giro no lugar, impotente.
A parede da janela é preta. A parede da cama é preta. A parede da
porta... preta. Preto. Preto. Preto. Um preto infinito e brilhante feito
ébano.

O texto de John já era. Já era.

Uma dor esmagadora me despedaça, e quase desabo no chão
pintado de preto, hediondo.

Gemendo, bato as duas mãos na parede mais próxima, tentando
limpar a tinta. Esfrego. Esfrego. Esfrego. Não vai sair. Estou paralisada. Atordoada, fico olhando para as palmas das minhas mãos, como
se esperasse vê-las cobertas de sangue.

Uma fúria tão sombria quanto o quarto me consome. Se aquele cultivador de maconha de merda acha que pode fazer isso, está
vivendo em outro planeta. Saio do quarto batendo os pés, desço as
escadas e encontro Jack assobiando na cozinha, preparando uma
xícara de chá.

— Como se atreve? – atiro nele com toda a força da minha raiva. Ele tem aquele sorriso doentio e malicioso no rosto.

— Tentei avisar você que o quarto tinha sido redecorado, mas você saiu toda esbaforida de nariz empinado e não deixou.

— Redecorado? – estou gritando, e não me importo. – Quem deu a você permissão para entrar no *meu* quarto e mudar tudo? Você não tem o direito.

Ele fica muito sério.

— Direito? Primeiro, o quarto é *nosso*, está na *nossa* casa. Segundo, se você ler seu contrato, vai ver que diz com todas as letras que o proprietário pode fazer as mudanças estéticas que quiser.

Ele me pegou. Estou furiosa comigo mesma.

— Quero que você tire aquela tinta. Não importa como, mas você vai tirar.

Ele segura sua xícara e dá um gole.

— Não posso, querida. – Ele tem a audácia de sorrir. – Pensei que você ficaria feliz por eu ter consertado a claraboia. Falei para Martha que ia arrumar depois, mas a patroa mandou me livrar logo disso.

De repente, fico rígida. Muito rígida.

— Martha mandou você fazer isso?

Ele bebe um longo gole de seu chá e estreita os olhos para mim.

— Qual é o seu problema? A claraboia foi consertada. Você estava me enchendo o saco por causa disso desde que chegou aqui, não é? – Ele levanta o queixo com arrogância. – Sabe o que pode fazer se não gostou?

Quase solto um grunhido, mas me controlo. Não quero dar essa satisfação a esse babaca.

Decido matá-lo com gentileza. Com a mais suprema graça e leveza, digo:

— Vou ficar aqui durante os seis meses previstos no contrato. Tenho certeza de que você vai se acostumar.

Dou meia-volta e saio. Enquanto subo as escadas, um nome ressoa na minha cabeça. Não John Peters, mas Martha Palmer.

Só há um motivo para ela ter mandado o marido pintar meu quarto de preto: para me expulsar daqui. O rato, as moscas, Bette...

foi tudo Martha. Pense bem, ela está usando o pingente da coitada da gata no pescoço como se fosse uma medalha de honra. Não é isso o que *serial killers* fazem? Colecionam troféus de suas vítimas? É ela quem manda nesta casa. Sério, deveria aplaudi-la por sua atuação brilhante bancando a pobre esposa sofredora. Seu discurso de "Nós, mulheres, temos que nos ajudar" foi simplesmente perfeito.

Sinto algo frio e calculista em Martha que me deixa apavorada.

* * *

Fico no meu quarto naquela noite. Sem comer. Sem beber. Sem Amy. As paredes pretas parecem ter feito o cômodo encolher. Em geral, adoro preto. Tem um espectro que poucas pessoas entendem. Mas este preto que me envolve é sufocante. É tão infinito quanto meu desespero.

– Martha fez isso com você também, John? – pergunto para o quarto, me deitando na cama. – É por isso que você acabou com sua vida? Porque ela estava tentando expulsá-lo daqui?

Não. Não acho que o quer que tenha feito John se despedir do mundo tenha a ver com Martha, a maluca assassina de gatos. Sua escrita revelou algo muito mais profundo, mais doloroso, que o lançou além do limite. O que foi?

Agora nunca mais vou saber, porque seus textos, sua história, se apagaram.

Vinte e oito

As violentas batidas na porta da casa na manhã seguinte me arrancam do sono. Desesperada, olho para as paredes. Solto um gemido. É o mesmo preto funeral. As paredes parecem ter se fechado ainda mais, transformando o que antes era um quarto de hóspedes em um túnel para o inferno. Era isso que John Peters pensava sobre esse quarto? Que é o inferno na Terra?

Pego a garrafa de água, precisando molhar minha boca anormalmente seca. Sem força, giro a tampa. Levo o bocal aos lábios.

O grito furioso que ouço no andar de baixo me imobiliza.

– Onde está minha filha? O que vocês fizeram com ela?

Meu pai. Levo um momento para processar o que está acontecendo. O que diabos ele está fazendo aqui? E como me encontrou?

Levanto da cama com esforço e ouço Jack responder:

– Não sei do que está falando, cara. Agora caia fora, seja legal, você está em uma propriedade privada. Ei, aonde pensa que está indo?

Ouço uma luta. A distorção na minha mente faz com que as paredes escuras se fechem ainda mais enquanto cambaleio em direção à porta. Não consigo me equilibrar; balanço a cabeça, tentando limpar a mente. Se meu pai me vir assim, não consigo imaginar o que ele vai fazer. Desço as escadas, mas é mais como se estivesse escorregando. No final, recuo um pouco e paro. Começo a contar e respirar:

Um, dois, feijão com arroz.

Três, quatro, feijão no prato.

Os barulhos ficam mais altos. Não posso ficar aqui contando e respirando, preciso ver o que está acontecendo. Agora. Quando chego ao corredor, paro no coração da casa, pisando no tapete, alarmada com a cena diante de mim. Meu pai está tentando passar por meu senhorio, mas Jack não cede e o empurra para trás com suas mãos enormes.

Meu pai me vê por sobre os ombros de Jack e grita:

— Arrume suas coisas. Você vai embora daqui. Vamos levar você para casa.

Estou atordoada demais para dizer qualquer coisa.

Martha surge, caminhando de forma afetada e se colocando atrás do marido.

— Quem diabos é você?

— Sou o pai de Lisa, e, se vocês não me deixarem levar minha filha embora, vou chamar a polícia.

Martha o olha de cima a baixo. Sua voz é calma.

— Se não sair da minha casa, *eu* vou chamar a polícia.

Mais uma vez, meu pai tenta passar por Jack, falhando de novo. Ele está fora de si.

— Não vou a lugar nenhum sem minha filha.

Martha se vira, me lançando um olhar curioso.

— Você conhece este homem?

Estou envergonhada, da mesma forma que você sente vergonha de seus pais quando é adolescente.

— Ele é meu pai.

— Bem, é melhor você sair e resolver isso. E só para lhe lembrar — ela acrescenta incisivamente —, seus pais têm permissão para visitá-la, mas você precisa nos avisar antes.

Com a cabeça baixa, passo por Jack e saio da casa. A porta está entreaberta, e tenho certeza de que eles ficam escutando com prazer por trás dela.

Dou um grito quando meu pai me agarra pelo braço e me arrasta pela entrada até onde seu carro está estacionado. Minha mãe está no banco do passageiro, e seu rosto é o retrato da pura angústia materna.

— O que diabos está acontecendo, menina? — Meu pai ainda está berrando, cravando os dedos na minha pele. Meu pai nunca, jamais, foi violento. — Essas pessoas machucaram você? O que você está fazendo aqui?

Estou sem palavras. Considerei várias possibilidades que pudessem ocorrer quando viesse para a casa com a marca de pedreiro, mas nunca pensei que meus pais pudessem me seguir até aqui.

Tento parecer calma e indignada com a intervenção deles, mas sei que não está dando certo:

– Aluguei um quarto aqui, só isso. É mais conveniente para chegar ao trabalho. Agora, por favor, vão embora.

– Não minta!

Sinto uma pontada na bochecha. Por um momento, não sei bem o que aconteceu, até que entendo que ele acabou de me dar um tapa. Nunca apanhei de nenhum dos dois antes, e não consigo acreditar. Seu rosto está contorcido de raiva, e estou com medo dele de verdade pela primeira vez na minha vida. Ao mesmo tempo, ouço um grito de angústia do carro. A porta do passageiro se abre, e minha mãe vem correndo para tentar nos separar.

Ela está aos prantos:

– Edward! Edward, o que está fazendo? Não bata nela.

Meu pai dá uns passos para trás. Ele parece tão arrasado quanto eu me senti deitada na cama.

– Desculpe, Lisa. Você sabe que nunca machucaria você. – Sua voz fica baixa e controlada, mais severa que qualquer grito. – Entre no carro. Vou pegar suas coisas. – Ele já está se virando.

– Não se atreva.

Saio atrás dele, mas minha mãe agarra meu braço e me segura no lugar. Lutamos um pouco, mas me surpreendo com quanto ela é forte e com quanto sou frágil. Não consigo me livrar dela.

De maneira brusca, ela me vira de frente para ela.

– Lisa, querida, o que está acontecendo? O que está fazendo nesta casa? Por que não está morando na sua própria casa?

Estou prestes a despejar a desculpa de morar mais perto do trabalho, mas não tenho coragem porque ela está transtornada demais.

– Lisa, você não está bem. Você está péssima, minha anjinha. Você precisa vir para casa com a gente agora.

Meu pai empurra a porta da casa. Fico surpresa por Martha e Jack não tentarem impedi-lo. Nenhuma palavra é trocada. Talvez eles o tenham visto me batendo e não queiram interferir. Ou talvez eles achem que esta é a oportunidade perfeita para se livrarem de mim sem terem de recorrer aos tribunais. Que golpe de sorte para eles.

Meu pai sobe as escadas dois degraus por vez e dispara para o meu quarto.

– Lisa? Está ouvindo? – Minha mãe chama a minha atenção de volta. – Parece que você está sem comer, sem dormir. – Ela fala de um jeito choroso e urgente, me envolvendo com os braços.

Eu me apoio nela, de repente me sentindo sugada. Estou tão cansada. É aquele tipo de exaustão que faz você querer se deitar em um parque qualquer e dormir.

Dormir. Dormir. Dormir.

Seria tão mais fácil dizer que vou com eles. Despedir-me desta casa e dos seus segredos, que provavelmente estão me fazendo mal. Abandonar essa busca, que está me destruindo aos poucos.

A assassina de gatos e o plantador de maconha agora estão do lado de fora com expressões vazias me observando. Meu pai sai furioso, carregando uma mala cheia com as minhas coisas. Estou tremendo, embora não esteja frio. Ele joga a bagagem no porta-malas e me pega pelo braço. Deixo que ele me coloque no banco de trás. Ele se senta no banco do motorista e, por um momento, inclina a cabeça para trás, como se estivesse aliviado. A chave gira na ignição e partimos.

Por um instante, compartilho o alívio de meu pai. Mas, então, olho pela janela traseira do carro. Não para Martha e Jack, ainda parados do lado de fora, mas para a casa. Para as largas janelas que escondem seus segredos de mim e do mundo de fora. Para a alvenaria, que parece ficar mais sombria e mais ameaçadora a cada dia. A marca de pedreiro continua a mesma. Minha pedra de toque que vai me permitir encontrar meu passado.

Em algum canto das profundezas da minha memória e da minha alma, sou aquela menininha de 5 anos de novo, sendo arrastada para longe daquela casa. O que estou fazendo? Não posso ir embora, não agora. Preciso ficar e encarar isso até o fim, não importa o quanto esteja fraca, arrasada e assustada.

Se não fizer isso, não vou conseguir continuar. Essa estrada vai me levar à vodca, aos comprimidos e...

Luto contra a porta. Minha mãe grita e me segura para me impedir de sair do carro em movimento. Meu pai está berrando por cima do ombro, mas não consigo ouvir o que ele está dizendo. O carro treme e dá uma guinada antes de chegarmos à avenida.

Pulo para fora, para longe dos braços amorosos de minha mãe e me viro para a casa. Caio no chão de pedras e grama. Está úmido e frio, e rastejo em direção à porta da frente como uma peregrina em busca de salvação. Os soluços de minha mãe não param.

Olho para cima. Meu pai assoma sobre mim. Ele não tenta me arrastar para longe. Em vez disso, coloca meus pertences no chão ao meu lado.

Sua voz é calma e controlada:

– Muito bem, Lisa. Faça do seu jeito. Temos outras opções para salvá-la, não se esqueça disso. – Ele se vira para ir embora, mas acrescenta: – Só estamos fazendo isso porque amamos você. Você sabe disso, não sabe?

Quero falar, tranquilizá-lo, mas minha boca não se move. Seus pés esmagam o cascalho enquanto ele caminha de volta para o carro. Ele bate a porta, mostrando suas verdadeiras emoções. Meus amados pais vão embora. E eu sofro. Sofro por estar lhes causando tanta dor e tanta angústia. Mas eles poderiam acabar com tudo isso se me contassem a verdade.

Tudo está perfeitamente silencioso agora. Os pássaros estão cantando. A verdade é que poderia ficar aqui para sempre, olhando para o esplendoroso céu azul, respirando o ar tranquilo de verão. Quero me levantar, mas acho que não consigo. Não sei por quanto tempo fico deitada ali. Acho que por um minuto ou dois, antes que uma figura se aproxime. Martha. Não há sinal de Jack.

Ela me lança um sorriso de reconhecimento.

– Você é uma guerreira, Lisa, tenho que admitir. Você só está lutando pelas coisas erradas. Devia ter ido com os seus pais. Se eles tivessem me avisado que viriam, em vez de agirem feito jogadores de futebol americano, eu teria ajudado.

– É por isso que você...? – Eu me seguro para não confrontá-la sobre ter pintado o quarto de preto. Isso pode levá-la a intensificar seus atos maliciosos contra mim.

Martha inclina a cabeça de uma forma que torna o sol inimigo de seu rosto, expondo as rugas e marcas da sua pele sob camadas e camadas de maquiagem.

– Eu o quê?

– Por que você os deixou entrar? – A mentira vem rápido.

Ela me oferece uma mão, mas não aceito. Levanto-me sozinha com dificuldade. Martha encolhe os ombros e volta para dentro. Quando ela se vai, pego a mala com meus dedos fracos e cubro a curta distância até a casa com os olhos fixos na minha chave especial na marca de pedreiro.

No entanto, minha mente se fixou em outra coisa.

Só há um jeito de meus pais terem descoberto que estou morando aqui.

* * *

Deveria estar quente, mas a brisa de verão parece gelo rasgando minha pele enquanto caminho com um propósito maníaco em direção ao estúdio do Dr. Wilson no dia seguinte. Estou determinada a resolver as coisas com ele. Ele me entregou para os meus pais. Contou onde estou morando. E lá se foi a sagrada confidencialidade médico-paciente. Revelei meu segredo mais profundo e ele... Como ele pôde fazer isso comigo?

Pelo menos, tive uma boa noite de sono. Sem pesadelos, sem sonambulismo. Talvez esteja melhorando e nem percebi. Sei, sei, e talvez os Beatles voltem a tocar juntos. Tomei uns comprimidos para acalmar os nervos. Conforme vou andando pelas luxuosas ruas de Hampstead perdida em pensamentos, minhas pernas parecem pertencer à outra pessoa. Não consigo parar de pensar no que o Dr. Wilson fez.

A risadinha aguda de uma criança saltitando ao lado da mãe empurrando um carrinho chama a minha atenção. Então, eu a vejo. Saindo da estação de Hampstead está uma mulher usando um terno preto feito sob medida, saltos incrivelmente finos e um elegante chapéu de palha com listras pretas inclinado em um ângulo descolado. Ela carrega uma bolsa chique e desliza com a graça de uma modelo na passarela da New York Fashion Week. Primeiro, penso que é a cara da Martha. Mas tem uma postura diferente da Martha que conheço.

Ela ostenta a mesma elegância que minha senhoria, porém emana arrogância. Sua cabeça está erguida; ela olha para os transeuntes como se não fossem dignos de dividir as mesmas ruas do norte de Londres que ela. Abrigo-me em uma porta e finjo olhar a vitrine enquanto ela passa flutuando cheia de não-me-toques.

O ar quase fica preso na minha garganta. É mesmo Martha.

Não tenho muita certeza do motivo pelo qual estou tão chocada em vê-la aqui. Não existe nenhuma lei que impeça minha senhoria de circular nesta parte de Londres ou caminhar feito uma modelo. Mas não é isso. Não estou acostumada a vê-la parecendo a dona do lugar. Normalmente, ela não parece dona nem da própria casa, quem dirá de Hampstead.

Saio da porta da loja e fico olhando para ela. Não há motivo para não cumprimentá-la; não tenho problemas com ela. Em vez disso, observo-a virar à esquerda em uma rua secundária, uma rua que passei a conhecer bem nas últimas semanas. Não há lojas nessa ruazinha. Será que veio visitar alguém?

Então, começo a me perguntar...

Acelero o passo para segui-la. Martha entra em outra rua lateral, a mesma por onde vim alguns minutos antes. Discretamente, observo-a examinando as casas e os chalés. Procurando... o quê? Sua bolsa de grife está rígida ao seu lado quando ela encontra o que está procurando e vai até a porta. Tenho que tomar cuidado agora. Eu me abaixo e avanço por trás dos carros estacionados até estar a cerca de vinte metros de onde Martha está. Ela olha com desprezo para uma placa de latão acima de uma campainha. Não há a menor dúvida agora. Ela realmente está fazendo uma visita.

Ao Dr. Wilson.

Ela toca a campainha. Não há resposta. Então, ela a aperta de novo, impaciente, deixando o dedo ali por cerca de cinco segundos para marcar bem a sua chegada. A porta se abre um pouco. Não consigo ver quem está ali, mas suponho que deva ser o bom doutor. Ela inclina a cabeça para trás e o trata como se fosse um criado. Eles trocam algumas palavras que não consigo ouvir. Então, a porta se abre por completo. Martha entra. A porta se fecha.

Fico de pé e balanço a cabeça sem acreditar. Não que não possa acreditar que ela esteja visitando um psiquiatra. Quem não está? Mas quais são as chances de que o psiquiatra dela seja o mesmo que o meu? Não é coincidência demais? E quanto aos honorários dele? Uma consulta com o Dr. Wilson não é barata. Ele cobra mil libras só por um telefonema, imagine deitar no seu divã. Como é que ela consegue essa grana? Jack, o faz-tudo, não faz muita coisa; ele nunca está trabalhando, e a casa está caindo aos pedaços porque falta dinheiro. Além disso, Martha me disse que um dos motivos de eles terem alugado o quarto é porque Jack precisava de grana extra.

Estou tão perdida em meus pensamentos que quase não percebo a porta do Dr. Wilson se abrir alguns minutos depois e a dupla improvável surgir na rua. Eu me abaixo atrás dos carros de novo. Os dois passam por onde estou escondida.

Ouço parte da conversa:

— Você devia ter ligado antes. Não gosto de ser pego de surpresa assim. — Sua voz sustenta uma firmeza de aço. Certamente um psiquiatra não usaria um tom tão áspero com uma paciente.

A voz dela é igualmente dura:

— Não. Aposto que não gosta.

Suas vozes iradas se misturam, desaparecendo à medida que se afastam. Meus dedos estão comprimidos; não tinha nem percebido que minhas mãos estavam fechadas em punhos. Desde ontem, estou furiosa com o dr. Wilson por ter contado aos meus pais sobre a casa. Agora estou morrendo de medo de que ele diga algo à minha senhoria, inadvertidamente ou não. Que ele conte que a inquilina de seu quarto de hóspedes escolheu a casa dela de propósito.

Há a hipótese de que ela seja uma paciente. *Talvez ela seja uma paciente.* Dou voltas e voltas com isso na cabeça, um cântico que quero que seja verdade. Porque se não for... não consigo lidar com isso. Não consigo lidar com Martha querendo me expulsar. E se ela ligar para Jack e, quando voltar, eu encontrar minhas coisas amontoadas no chão? Cheguei tão longe. Não vou – não posso – deixar que nada me impeça de descobrir a verdade.

Sinto uma urgência à minha volta. Uma necessidade avassaladora de voltar para casa e... o quê? Trancar-me no quarto? Seguir em frente como se não tivesse visto Martha com o bom doutor? Sim. É isso que vou fazer. Fingir. Sou mestra na arte do fingimento.

Saio caminhando apressada pela rua, batendo os pés contra o chão duro, tentando não perdê-los de vista sem saber a razão. Penso em esbarrar neles por acaso para que vejam que sei o que está acontecendo. *Isso é completamente estúpido. Eles não podem saber.*

Vislumbro-os virando na rua que dá na avenida, mas, quando chego, eles já se foram. A adrenalina correndo pelas minhas veias faz meu corpo tremer. Para onde eles foram? Dou uma olhada no primeiro bar que vejo. Nada. Verifico na cafeteria. Nada ali também. Distraidamente, tomo um comprimido para acalmar meus nervos hiperativos.

Pense. Pense. Pense.

Retrocedo. Olho na cafeteria de novo. Ah, ali estão, confortáveis em seu próprio mundo em uma mesa nos fundos. Eles vão me ver se eu entrar, então fico observando da janela. É possível tirar muitas conclusões sobre uma pessoa apenas olhando para ela.

Ele interrompe a fala toda hora e evita os olhos dela. Ela retorce o canto dos lábios habilmente pintados, sugerindo raiva. E se levanta com tanto ímpeto que dou um salto para trás.

Dr. Wilson parece constrangido com o que ela diz a seguir, mas não fala nada e gesticula para que ela se sente de novo. Em vez disso, ela pega a bolsa na mesa. Inclina-se e se aproxima do rosto dele. Somente ele ouve as palavras dela. Sua boca se move tão rápido que os lábios se transformam em vermes vermelhos se contorcendo pelo rosto.

Depressa, eu me viro um pouco, me colocando de frente para o salão de beleza ao lado. *Tac tac tac.* É o som de Martha marchando para a porta. Sinto um perfume cítrico e delicado. Ela está na rua.

Eu me viro de vez. Ela não pode me ver. Quando olho para trás, eles estão cara a cara na rua.

Penso ouvir o Dr. Wilson dizendo:

– Ela era sua melhor amiga...

Ela era sua melhor amiga...

Um caminhão passa e não consigo ouvir o resto.

Tac tac tac; ela está indo embora.

Ele grita atrás dela:

– Não me venha com ameaças, Martha. Não vou ser intimidado. Minha consciência está limpa!

– Você não vai ser intimidado? – Martha deve estar de frente para ele de novo. Eu a imagino ostentando aquele charme hollywoodiano da noite em que veio ao meu quarto depois que ela e Jack tentaram me expulsar. – Você é um homenzinho patético! Posso quebrar você como um galho velho!

Ela está se movendo de novo. Ele não a chama de volta. Ouço um carro se aproximar. Ele para. Uma porta se fecha com um estrondo. O motor ronca quando o carro dá partida. Suponho que ela pegou um táxi.

Dr. Wilson começa a andar e ouso me virar. Seus ombros estão curvados e, sim, ele está tremendo. Será que está chorando? Desta vez, não o sigo.

O que acabei de testemunhar e ouvir? Um médico e uma paciente que ficaram próximos demais? Um homem revelando meu segredo mais profundo? Dois amigos discutindo? Ficar parada na rua não vai me ajudar a descobrir. Só tenho uma coisa a fazer ao chegar em casa: esperar.

Deixar Martha dar o primeiro lance.

Vinte e nove

É como se o Dr. Wilson estivesse me esperando. Não temos nenhuma consulta agendada hoje, então, quando toco a campainha de seu estúdio, espero que sua secretária barre minha entrada, me aconselhando a marcar um horário para depois.

Surpreendentemente, ele mesmo abre a porta, assim como fez com Martha.

– Lisa, tínhamos uma sessão marcada?

Ele não parece perturbado com a minha aparência. Suponho que, em sua profissão, ele veja todo tipo de gente em todo tipo de condições batendo à sua porta.

Ele me conduz para dentro e logo estamos ambos sentados em seu consultório. Escolho a cadeira, não o divã.

Enquanto ele pega o caderno, digo:

– Prefiro que o que eu tenho para dizer fique só entre nós, não registrado no seu caderno.

Sua mão fica pairando sobre sua ferramenta de trabalho de confiança.

– Esta é uma visita profissional?

Estico os dedos em minhas coxas por pura ansiedade.

– Como você conhece Martha Palmer? – Parto direto para o ataque. Ele precisa entender desde o começo que sou eu quem vai comandar esta conversa.

Ele não decepciona:

– Quem?

Então, estamos jogando *esse* jogo. Ele não consegue esconder a palidez ao redor da boca ou as piscadas rápidas dos olhos geralmente imparciais. Pela primeira vez, vejo o preço que ele paga por ouvir e conviver com os problemas dos outros. É uma coisa estranha. Pensei que ia ficar mais rígida com a tensão, mas, em vez disso, uma espécie de controle e calma me envolvem, como se o bom doutor estivesse no divã e eu fosse a pessoa tomando notas.

Mantenho o olhar firme:

– Vi você com ela...

– Estava me espionando? – Agora ele está irritado.

– Por que ela veio aqui?

Ele recobra o controle, revelando uma expressão vazia e relaxando na cadeira.

– Sei que você foi ver sua mãe e fez umas alegações muito graves contra ela e seu pai.

– Se bem me lembro, foi você quem me aconselhou a falar com eles e perguntar o que aconteceu de verdade no dia do acidente.

– E o que ela disse?

Ele não está usando o caderno, seu suporte para controlar nossa conversa, o que não o impede de pensar que é ele quem está no domínio. Que é ele quem está sentado na ponta da mesa fazendo as perguntas.

Está completamente enganado.

– Você não me respondeu sobre Martha.

Dr. Wilson se permite um tempo para pensar.

– Se quer saber, ela é uma paciente de longa data. Estaria violando a confidencialidade se contar mais do que isso. – Ele bate a ponta do dedo na coxa e estreita o olhar. – Martha parece importante para você. Como você a conhece?

Quase dou risada. O descaramento desse homem é inacreditável.

– Sei o que você fez. Contou aos meus pais...

– Que você está morando em um lugar que eles não sabem? Sim, contei. – Ele não pede desculpas. Estica o pescoço, como se quisesse me ver melhor, e suaviza o olhar. – Eu normalmente não faria isso. Lembre-se de que seu pai é meu amigo há anos. Lisa, como acha que me sentiria se algo acontecesse com você e eu nunca contasse a eles onde está morando? Eles acham que você está morando na sua própria casa.

Não posso culpá-lo pela sua lealdade. Tenho lutado contra a lealdade aos meus pais há muito tempo por esconder deles que passei anos procurando a casa, procurando meu passado. Por não aceitar a versão deles sobre o que aconteceu na minha infância.

Dr. Wilson interrompe meus pensamentos.

– Seu pai ficou muito chateado quando contei que você estava morando em outro lugar, e é compreensível. Eles encontraram você no novo endereço?

Abaixo a cabeça.

– A coisa foi feia, muito feia. Nossa roupa suja foi lavada em público, para todo mundo ver. Minha mãe deve ter odiado. Eles me trataram como se eu fosse uma criança. Sabe, me mandando ir para o quarto sem jantar até que eu pedisse desculpas pelos meus modos desafiadores e travessos.

– Como você se sentiu?

Ergo a cabeça, mantendo o olhar fixo nele. *Não, doutor, não vou deixar você me pegar.*

– John Peters. O que sabe sobre ele? – Despejo de repente. Não espero que ele saiba algo sobre o ex-inquilino de Martha, mas não custa nada perguntar.

A preocupação retorna ao seu rosto.

– John? Posso dizer com sinceridade que não estou tratando ninguém chamado John Peters.

Não há sinal de que não esteja falando a verdade. Mas não desisto.

– O que você contou a Martha?

Ele move a boca, mas não fala nada. Então diz:

– Não entendo. O que eu poderia ter dito a Martha? – Ele franze as sobrancelhas.

– Ela o chamou de patético. – Digo a palavra com tanto desdém quanto consigo reunir; quero provocar uma reação nesse homem. Nada acontece. Suas emoções estão congeladas. – Ela disse que podia quebrá-lo feito um galho velho.

Ele age como se eu não tivesse falado nada.

– Vou lhe perguntar de novo: por que está obcecada com Martha?

Não respondo; em vez disso, fixo meu olhar rígido nele, tentando desesperadamente descobrir se está mentindo. Presto atenção nos olhos dele, na postura de seu corpo, das mãos. Não vejo nada, exceto um homem preocupado com o meu bem-estar. Será que acredito nele? Ele trabalha com emoções. Fazer as pessoas lidarem com a vasta gama de emoções – traição, raiva, estresse, amor e todo o resto – é o pão com manteiga de seu trabalho. Ele saberia o que esconder em uma situação como esta.

Então, percebo:

– Concordamos que você contou aos meus pais onde estou morando?

– Não tenho motivos para mentir para você.

– Como você sabia onde é a casa?

Ele inclina a cabeça para trás de leve.

– Como assim? Você me contou, Lisa. Me deu seu endereço.

Volto para o momento em que revelei meu segredo nesta mesma sala. Contei?

– Não acredita em mim? – Ele vê minha dúvida e me confronta.

– Se acredito em você? – Poderia rir ou chorar; ambos funcionariam. – Acreditar nas pessoas mais próximas a mim parece ser o centro dos meus problemas, não acha?

Ele se inclina para a frente.

– Não, não acho. Acho que a pessoa em quem você não acredita é você mesma. Seus sonhos distorcidos são o resultado da sua incapacidade de lidar com o que realmente aconteceu com você em seu aniversário de 5 anos. Acho que esse John Peters e sua fixação por Martha sejam parte de sua instabilidade. E sabe o que mais eu acho?

O peso de sua voz suave me prende na cadeira, embora eu esteja desesperada para me levantar e sair dali. Não falo nada. Não consigo tirar os olhos dele.

– A única forma de fazer as pazes com o passado é com um tratamento de longo prazo, do tipo que eu não posso oferecer.

Isso faz com que eu me mexa tão rápido que a cadeira fica se balançando sobre as pernas. A imagem do que ele está sugerindo me deixa assustada, fervendo de raiva, quase incapaz de ficar em pé.

Ele continua sentado e fala com mais calma que antes:

– Você vai sucumbir, Lisa. A qualquer momento. Já vi o colapso para o qual está se dirigindo muitas vezes. Um dia, você vai ver que não consegue se levantar da cama. Ou vai viver sua vida e de repente desmorona. Você vai se partir em mil pedacinhos e vai se perguntar se será capaz de se recuperar. Precisa de ajuda agora, antes que seja tarde demais. Posso recomendar...

Não lhe dou a chance de continuar. As imagens que ele pintou são uma história de terror para a qual não posso voltar. Será que ele está certo? Vou ter um colapso?

* * *

Avidamente, estico o braço para pegar a garrafa de água na mesinha de cabeceira. Enquanto o líquido fresco acalma minha garganta seca, penso que deveria comer algo. Mas como posso comer estando tão arrasada? Os pensamentos agitados e as imagens na minha cabeça se transformam em nós apertados.

Martha matando a gata.

Martha usando o pingente de Bette com seu melhor vestido de gala dos anos 1950.

Martha com o Dr. Wilson.

Dr. Wilson contando aos meus pais meu maior segredo.

Plantação de maconha.

Bette.

Martha.

Dr. Wilson.

Meu pai.

Bette.

Preto. Preto. Preto.

Me deixem em paz. Me deixem. Em. Paz.

Aperto as mãos na cabeça, tentando me livrar das imagens torturantes do quebra-cabeça. Quero chorar em posição fetal. Mas que bem isso faria? Só me deixaria uma pilha de destroços, só me faria sentir pena de mim mesma. E estou cansada disso. Da baixa autoestima. De não me sentir merecedora desse mundo.

Bebo mais água. Está um pouco rançosa, mas estabeleci uma nova regra para viver nesta casa: não tocar em nada cuja procedência eu não possa garantir. Se Martha envenenou uma gata, pode estar disposta a me envenenar também. Talvez isso seja paranoia demais. Mas não há dúvida de que nada a agradaria mais do que eu ser arrastada para fora em um caixão. Certamente foi como John Peters saiu daqui, apesar de eu não ter encontrado nenhum registro disso.

Quando coloco a garrafa de volta na mesinha de cabeceira, aquela estranha sensação de ultra-alerta retorna. Estou animada. Não, eufórica. Sento-me sentindo que nasci de novo. Que cheguei a um mundo repleto de beleza apenas. É quando eu as escuto. As vozes.

Não acho que são Jack e Martha. Presto atenção. As vozes são distintas. Uma mulher e uma criança. Será que estou sonhando? Sonâmbula? Sei que não. Para ter certeza, acendo o abajur. Sim, o quarto se ilumina. Toco a superfície do móvel. É dura e não se move debaixo da minha mão.

Tudo isso é real, mas ainda posso ouvir as vozes vindo da sala de jantar como se as pessoas estivessem no quarto comigo. Então, percebo algo mais. A escuridão das paredes se torna o domínio das cores, exalando poder e mistério. Como não vi isso antes? É incrível. Seu inegável direito de estar neste quarto. As paredes se movem para dentro e para fora com elegância e ritmo, como se estivessem respirando. Levanto-me da cama e coloco a mão na parede que se move para dentro e para fora, para dentro e para fora. Ela é sólida, mas envolve minha mão como um plástico macio. Como ela faz isso?

Eles me avisaram. Avisaram-me que, se continuasse desse jeito, ficaria maluca, e agora enfim está acontecendo. Vozes na sala de jantar e paredes que respiram? Perdi o controle e não sei se sou capaz de encontrar o caminho de volta para um mundo onde não existam vozes na sala de jantar nem paredes respirando. Meu peito se move conforme respiro, e o preto se transforma em roxo imperial, brilhando feito diamantes. Devia estar morrendo de medo, mas estou fascinada.

Mudei-me para esta casa esperando que ela falasse comigo. E ela está. Está viva. Só não sei o que está dizendo.

Abro a porta do quarto, saio para o corredor e acendo a luz. Isso vai avisar Jack e Martha de que estou me mexendo, mas não me importo. Do lado de fora, tudo parece estar fora de proporção e distorcido. A longa escadaria parece a de um palácio ou de um transatlântico. Ela se contorce e gira, se estreita e se alarga, como as escadas daqueles assustadores filmes de terror alemães em preto e branco. As paredes inspiram e expiram, fazendo todo tipo de barulhinhos. É a casa dizendo algo que não consigo entender. Mas, acima de tudo, ouço as vozes na sala de jantar. Preciso descer e ver quem são e o que estão dizendo.

Agarro o corrimão com força e desço as escadas um pé de cada vez para evitar tropeçar nesses degraus malucos. Sigo pelo próximo lance, até que estou no coração da casa, o *hall* de entrada. A porta da sala de jantar está fechada, mas posso distinguir com clareza os movimentos atrás dela. Uau, que emoção! Rio alto. Tenho superpoderes.

Minha atenção se desvia quando ouço o som suave de passos. Olho para trás e vejo Martha descendo as escadas. Bem, não descendo, mas flutuando. Flutuando de verdade. Ela está realmente aqui? Seus enormes olhos verdes me observam de perto. Estão tentando me dizer algo. Mandando-me fazer algo. Mas não consigo entender.

Por que esta casa, as pessoas na sala de jantar e os olhos de Martha não podem falar claramente e me dizer o que está acontecendo?

Sua voz é suave e maternal.

– Você está bem, Lisa?

– Sim, claro. Estou ótima.

Não gostei da sua interrupção. Quero entrar na sala de jantar e ver quem está ali.

– Tem certeza? Você parece um pouco perturbada. Quer que chame um médico?

A voz rabugenta de Jack vem do andar de cima:

– O que está acontecendo?

Martha olha para ele. É curioso que ela esteja bem à vontade com toda a bizarrice rolando ao meu redor, ao mesmo tempo que parece a mesma Martha de todos os dias.

– É a Lisa.

– O que está acontecendo com ela? Está matando gatos de novo?

Martha me olha com uma expressão inocente.

– Não seja grosso, querido. Eu a encontrei sonâmbula um tempo atrás. Mas não acho que seja isso de novo. Ela não parece muito bem e não quer soltar meu braço.

Jack está impaciente.

– Não temos o telefone dos pais dela? Ligue para eles e mande ela embora. Não dá mais para aguentar as merdas dela. Ela é maluca.

Martha olha para mim de novo e diz com gentileza:

– Podemos fazer isso, Lisa? Ligar para os seus pais?

Pareço uma criança prestes a fazer birra.

– Não, quero saber quem está na sala de jantar.

– Não tem ninguém na sala de jantar.

– Tem, sim, tem, sim! Estou ouvindo!

Martha está certa, estou agarrando o braço dela. Ela pega minha mão com o braço livre.

– Certo, vamos ver quem está na sala de jantar. – Caminhamos pelo corredor. Martha solta minha mão e abre a porta. – Está vendo? Não tem ninguém aqui.

Mas ela está errada. Há pessoas aqui. Só que não são exatamente pessoas. Três cadeiras estão saltitando pelo cômodo enquanto um armário alto as supervisiona e fala para elas se comportarem. Estou hipnotizada. Não consigo tirar meus olhos delas. Como pude pensar que a sala de jantar era a coisa mais sem graça desta casa?

Martha repete:

– Não tem ninguém aqui.

Alguém bate na porta. Fico encantada quando vejo o armário passando por nós. Ele abre a porta. Há uma mulher ali. Não consigo vê-la, mas de alguma forma sei que é uma mulher. Então, o armário e a mulher vão para o *hall* de entrada. Eles ficam conversando; não consigo ouvir o que dizem. Parece ser assim que as coisas são. Mas ouço o que acontece a seguir. Há gritos no *hall*, um animal ferido uivando em agonia. As cadeiras param de saltitar pela sala de jantar e se agrupam, amedrontadas.

Não estou mais gostando disso. Estou aterrorizada. Minhas roupas estão cobertas de suor. *Por favor, pare de gritar. Pare. Pare de gritar.* Ela não para.

– Lisa? Lisa? Você precisa sair dessa. – É Martha, que não devia estar aqui.

Solto seu braço e corro para a sala de jantar. Encolho-me em um canto. Coloco as mãos sobre os ouvidos. Os gritos não param. Não param. Não param. Estou tremendo e suando feito um porco, e isso também não para. Minha garganta está seca e sedenta como o deserto. E a gritaria continua.

Jack está aqui agora.

– O que diabos está acontecendo?

Martha diz:

– Não sei. Ela está tendo algum tipo de crise.

Jack é seco:

– Bem, chame uma ambulância.

Martha devolve:

– Não, ela não precisa de uma ambulância. Vá pegar uns tranquilizantes. Vamos dar isso para ela.

– Tranquilizantes?

Martha fica nervosa e agarra a camiseta dele abaixo do pescoço, puxando-o para perto de si ferozmente.

– Sim, tranquilizantes. Você não é um porra de um traficante? Deve ter uns calmantes em algum lugar na sua coleção de merda.

A gritaria enfim para e consigo recuperar o fôlego. Estou sufocando em lágrimas.

Jack desaparece. Quando dou por mim, Martha está agachada ao meu lado, segurando um copo d'água e dois comprimidos.

– Tome isso, vai se sentir melhor.

– Não.

– Vai ajudar.

– Não. Sei o que está fazendo, você está querendo me envenenar.

Martha tenta enfiar os comprimidos na minha boca, mas os cuspo no chão e afasto o copo.

– Assim como fez com Bette. – Soluço. – A pobre Bette.

Ela coloca um braço em volta de mim.

– Estou tentando ajudar.

Olho para ela.

– Quer me ajudar? Me conte o que aconteceu nesta casa. É assim que você pode me ajudar.

Ela fica pálida.

– Não sei do que está falando.

– Sabe, sabe, sim – acuso severamente.

Martha me observa incrédula. Posso ouvir sua mente se revirando. Então, seus braços estão em volta de mim, me colocando de pé.

– Vamos lá, garota, vamos colocar você no quarto.

A última coisa de que me lembro é do pingente de Bette balançando como a lâmina de um carrasco em torno da garganta dela.

Trinta

Na manhã seguinte, acordo arrasada. Sou a personificação de um zumbi, deitada de costas na cama. Bem, acho que é de manhã, não tenho certeza. Não me lembro de ter me deitado. Lembro-me de voltar para o quarto. Não preciso do reflexo cruel do espelho para me dizer como minha cara deve estar, com bolsas inchadas sob os olhos injetados de sangue, a pele opaca e sem vida. Meus músculos doem. Tenho arranhões e hematomas em lugares estranhos e minha boca está seca. Parece a manhã seguinte de uma despedida de solteira que saiu do controle ou de uma meia maratona que deveria ter sido cancelada por causa do calor.

Vejo lampejos de algumas cenas de ontem. Vozes. Cadeiras. O armário da sala de jantar. A movimentação. A gritaria. A mesma gritaria que assombra meus pesadelos estilhaçando minha cabeça. Fecho os olhos com força, tentando abafar aquele som terrível e desumano.

Saia da minha cabeça. Saia da minha cabeça. Saia. Saia. Saia.

Quando o som vai embora, quero me encolher feito uma bola, quero encolher e encolher até desaparecer. O que diabos está acontecendo comigo? O que aconteceu ontem? Estou sonhando acordada de novo?

Então me lembro: Martha e Jack também estavam lá. Não estavam? Só há um jeito de descobrir. Não quero falar com eles, mas que escolha tenho?

Vou até a cozinha, pego um copo no armário, encho-o de água da torneira e o levo aos lábios. Mas me lembro de que só bebo água da garrafa no meu quarto. Não devo pegar nada desta cozinha, caso Martha queira fazer comigo o que fez com Bette.

Enquanto estou jogando a água fora, a porta dos fundos se abre e Jack surge. Quando me vê, ele fica receoso e coloca dois vasos de flores no chão de ladrilhos. Pouso o copo no escorredor com uma mão trêmula. Ele tranca a porta com cuidado e me olha com uma suspeita profunda e aversão.

– Você está bem? – Mais parece um policial interrogando um suspeito que um senhorio preocupado com a inquilina.

Sinto um frio na barriga e resisto à necessidade de envolver os braços em volta do meu tronco.

– Sim, estou ótima.

– O que aconteceu ontem? – ele pergunta, relutante e simpático.

Pelo menos, agora sei que algo realmente aconteceu.

Não tenho certeza do que dizer, porque não sei o que aconteceu.

– Acho que estava um pouco estressada. Sabe, tive um dia ruim.

– Um dia ruim? – Suas sobrancelhas sobem junto com seu tom. – Não foi...

Mas ele não termina a frase. Martha surge e o interrompe:

– Não incomode a garota, ela não está bem.

Jack me olha feio. Talvez precise ser hostil comigo quando a esposa está presente.

– Com certeza essa é uma explicação. Posso oferecer outras.

Martha não está interessada nas explicações dele.

– Por que você não vai cortar a grama ou algo assim?

Jack recebe a ordem e não parece estar a fim de retrucar, e agora sei o porquê. Sei quem manda nesta casa. Ele se afasta, olhando para mim e evitando Martha. A porta dos fundos bate atrás dele.

Faço uma careta enquanto encaro Martha; me ocorre que, durante o terrível incidente de ontem, eu a acusei de algo. O que foi? Não importa o quanto vasculhe meu cérebro, não consigo me lembrar.

Ela parece preocupada, como se fosse uma professora severa.

– O que aconteceu com você ontem à noite, Lisa? Vagando pela casa em transe, falando todo tipo de coisas malucas, fazendo acusações horríveis? Agindo como uma adolescente, bêbada feito um marinheiro? É isso? Você é alcoólatra? Ou tem problemas de saúde mental?

Em meio a essa tempestade de perguntas, vem uma memória: o pingente de Bette balançando na gargantilha que Martha estava usando. Observo seu pescoço fino, mas é claro que ele sumiu. Se é que alguma vez existiu.

— Não tenho problemas com álcool nem com drogas, Martha. — Então algo me ocorre. Lanço a ela um olhar penetrante. — Você tentou me dar tranquilizantes?

Uma careta faz seu rosto ficar sombrio.

— Tranquilizantes? Nem saberia onde encontrá-los. Não, pedi a Jack para dar a você um pouco de paracetamol.

— Mas você chamou Jack de traficante.

Um leve sorriso abatido cruza seu rosto. Penso ver o pingente de Bette em sua garganta de novo, mas é claro que não há nada ali.

— Você estava fora de si ontem. Nosso cérebro pode ser uma coisa delicada. Não sou psiquiatra, querida, mas isso soa como paranoia para mim. Você realmente devia ver um médico.

Como nosso amigo em comum, Dr. Wilson, quase despejo.

— Sabe do que mais, Martha? — insisto. — Você xingou Jack feito um caminhoneiro. Falou palavrão como se fosse parte do seu vocabulário. A Martha que conheço não fala assim.

Ela balança a cabeça.

— Olha, Lisa, não temos preconceito com pessoas com problemas mentais. É uma coisa muito comum nesses tempos difíceis. Mas você não pode esperar de verdade que a gente assuma a responsabilidade por eles. Você entende, não? Entende o que estou dizendo? Acha justo jogar seus problemas em nós quando está na cara que você precisa de ajuda profissional? O melhor lugar para você é sua própria casa. — Ela pega meu braço, acho que para expressar algum tipo de conforto físico. Eu me afasto.

A boca dela se contorce com a minha reação.

— Vá para casa, Lisa. Ligue para um médico e fique bem, em um ambiente onde você se sinta segura e confortável.

Eu a olho bem nos olhos.

— Está dizendo que aqui não é seguro para mim?

Não lhe dou a chance de responder, me viro e vou embora. Não há resquício da Martha que me ajudou na noite em que me encontrou sonâmbula. De uma coisa eu sei: a Martha real é a mulher arrogante e cortante que vi com o Dr. Wilson. A mulher que caminha com o queixo erguido, olhando com desdém para o mundo. Eu a vi na cafeteria, conversando com o Dr. Wilson como se ele fosse uma pedra no seu sapato.

Tudo o que posso fazer é tomar cuidado e tentar me manter um passo à frente dos futuros horrores que ela está guardando para mim. Pode fazer o que quiser; nada vai me tirar desta casa.

Lá em cima, fecho a porta e me preparo para sair. Pego uma das garrafas d'água que escondi no armário. Dou um gole longo, tentando clarear a mente.

* * *

É como se houvesse um monstro dentro de mim agora. Aquela sensação intensa de poder caminhar sobre a água vendo um mundo bonito que senti ontem agora está mostrando seu lado negro. Não estou mais nas nuvens, mas tomada por ansiedade e depressão.

Estou caminhando pela rua principal, mas é como se estivesse andando sobre uma esteira elétrica, porque não estou chegando a lugar nenhum. Como pode? Consigo sentir meus pés se movimentando, um depois do outro, mas, quando olho em volta, ainda estou perto da estação de metrô. O pânico toma conta de mim. Minhas terminações nervosas são minúsculos pontos de eletricidade contra a minha pele. As cores vibrantes da rua se dissiparam, substituídas por uma única cor: sombras. Sombras que oscilam e se movem, balançando. As pessoas me observam; meus lábios se movem. Estou falando? A rua é um lugar feio do qual preciso fugir urgentemente, mas meus pés se recusam a ajudar. Talvez alguém como eu mereça estar em um lugar como esse.

Estou fora de controle. *Por favor, me ajudem. Alguém me ajude, por favor.* Dr. Wilson está certo. Estou desmoronando.

Uma mão toca meu ombro. Não dou um pulo de susto, mas paro de andar. Puxa, conheço essa mão. Ela já me trouxe conforto antes, já me fez sentir segura. Já me fez esquecer de todos os meus problemas por um tempo.

Viro e me deparo com Alex. Ao contrário do meu entorno, ele tem cores brilhantes.

Ele está chocado. Não o culpo. Devo parecer o desastre do século: um espantalho assustador de cabelos curtos e olhos grandes e esbugalhados.

– Lisa, quero que me escute. – Ele fala devagar, como se eu fosse uma idiota. – Vou levar você até a lanchonete do outro lado da rua. Vou pedir um café duplo. Você vai beber tudo. Depois, vai me contar qual é o problema.

Não respondo, mas permito que me leve até a lanchonete. Nós nos sentamos em uma mesa nos fundos. Logo que bebo o café, a cafeína bate com força total, me tirando um pouco deste mundo que não posso controlar.

– O que está acontecendo? – Seu rosto está tão cheio de preocupação que quero abaixar a cabeça na mesa e chorar.

– Não sei. Não dormi bem esta noite – explico. – Minha mente estava agitada. – Não menciono o estranho incidente de ontem. – Estou tão cansada. Tão cansada.

Ele pousa sua mão sobre a minha mão fraca.

– Por que não vem até minha casa e descansa...

– Não. Não posso fazer isso. Preciso voltar para casa. – Tento me levantar. Sua mão me mantém no lugar.

A expressão dele é intensa.

– Você está usando drogas?

Sei a que tipo de drogas ele está se referindo: o tipo que se compra nas esquinas, que não se consegue com uma receita médica.

– Não uso essas merdas. – Arrasto a bolsa para o meu colo. Pesco meus comprimidos, enquanto meu rosto fica quente de humilhação por ele descobrir outro dos meus segredos vergonhosos.

Seguro o frasco de remédio como uma granada de mão.

– Você quer a verdade? Então aqui está – disparo. – São antidepressivos. Estou tomando isso desde que... – Fecho a boca; não quero que ele saiba sobre o incidente-barra-tentativa de suicídio. – Faz um tempo. Tomo conforme a necessidade.

– Eles fazem seus olhos ficarem dilatados como estão agora?

Quero rugir de volta para ele, mas minha voz sai tão fraca quanto me sinto.

– Como é que vou saber? – Meu tom fica ácido com sarcasmo. – Antes de tomá-los, não converso com eles, pedindo que me contem todos os detalhes de como funcionam.

Por que estou sendo tão cruel com Alex? Ele só quer me ajudar.

Ele afasta a mão, e seu olhar é franco.

– Quando vi você lá fora na estação, estava se balançando e repetindo "Onde eles estão? Onde eles estão?".

– Você acha que estou ficando louca? – Alex, entre todas as pessoas, vai me dizer a verdade.

Ele se inclina para perto.

– Acho que você precisa voltar ao seu médico e pedir que mude a dosagem ou o tipo de medicação.

– Você poderia amar uma mulher como eu? Amar de verdade? – Não sei de onde veio isso; com certeza não é o que eu pretendia dizer.

– Quer que eu seja sincero? – Ele não hesita.

Assinto e rezo. A última coisa de que preciso é de mais uma rejeição.

– Não consigo pensar em amor nesse momento. É muito trivial comparado com o que está acontecendo com você. O que sinto por você é medo. Estou morrendo de medo de que você esteja sendo arrastada para um buraco sem fundo do qual nunca vai conseguir sair. E me sinto culpado...

– Por quê? – minha pergunta soa como um lamento.

Ele acena a mão, em um gesto de desespero.

– Se não tivesse lhe dado as informações sobre esse John Peters, talvez, só talvez, você teria feito as malas e ido embora daquela merda de lugar. Ali não é seguro para você.

– Sei que devo estar parecendo um personagem de *The Rocky Horror Show* – ambos nos permitimos um sorrisinho –, mas nunca teria chegado nem perto da verdade sem você. E estou chegando perto, acredite em mim.

Seus lábios se contraem, e ele franze a testa. Conheço essa expressão; ele está decidindo se vai me contar algo ou não.

Eu me aproximo, cheia de expectativa.

– Se descobriu mais alguma coisa, *qualquer coisa*, não esconda nada de mim.

– Ok. Descobri uma coisa.

– O quê?

– Vou dizer, mas só depois que você for para minha casa e descansar um pouco.

Trinta e um

Nunca pensei que Alex fosse do tipo que faz chantagem emocional, mas aqui estou em seu apartamento alugado. Tem um jardim e fica em um prédio geminado estilo vitoriano a um pulo do Camden Market. Já estive aqui uma vez, em uma noite que começou promissora e terminou muito mal.

Ele me leva direto para o quarto. Tudo está em seu devido lugar; os livros estão nas prateleiras, o tapete, perto da cama, a cama está perfeitamente arrumada, o armário está fechado sem roupas penduradas para fora. O que chama a minha atenção é o que está na parede.

Sou atraída como se estivesse em um sonho.

– Como você fez isso?

Há dois pôsteres pregados na parede. São cópias das escritas da parede do meu quarto, traduzidas em inglês.

Alex fica constrangido e um pouco acanhado.

– Uma das secretárias do escritório é uma maga da tecnologia. Ela arranjou isso em um instante.

Meu coração dispara. É tão bom ver esses textos de novo. Minha tábua de salvação. É nela que me agarro nos momentos de dúvida, cada vez mais frequentes.

– Pintaram meu quarto de preto – finalmente conto a Alex.

– O quê? – Ele se coloca ao meu lado, ignorando os pôsteres, mantendo os olhos fixos em mim.

– Jack disse que foi Martha quem mandou. Eu estava enchendo o saco para ele arrumar a claraboia, o que ele fez. Mas também pintou o quarto de preto. *Ela* o mandou fazer isso. – Acrescento baixinho: -- Foi ela quem matou a gata da sua tia Patsy.

Alex fica furioso, como se quisesse dar um soco na cara de alguém.

– Lisa, você não pode voltar para aquela casa. Essas pessoas são perigosas.

Rosno de volta:

– Você não entende? Nunca vou ser normal...

– E quem diabos é normal? – Ele está enraivecido e não tem receio nenhum de demonstrar. – Aliás, o que quer dizer normal? É só uma merda de um mito, isso sim. Sabe o que minha avó me disse uma vez? "Vocês, jovens, pensam que devem ser felizes o tempo todo." Ela estava certa. A vida é cheia de altos e baixos. Quanto mais cedo nos acostumamos com isso, mais cedo podemos relaxar para viver a vida.

Eu o encaro com tristeza, vendo o fogo em mim se apagar.

– O momento alto da minha vida foi ter conhecido você. Fora isso, foi só ladeira abaixo. – A dor se infiltra na minha voz. – Não posso mais viver assim. Só os segredos daquela casa podem me ajudar.

Cambaleio um pouco, e Alex me segura.

– Agora você vai descansar, depois conversamos.

Mergulho em sua cama perfeitamente arrumada. O colchão afunda e o calor do corpo de Alex me envolve. Quase em pânico, como se tivesse medo de que ele fosse desaparecer, me agarro nele, enfio a cabeça em seu peito e me seguro com uma força que diz que nunca mais quero me soltar.

Ele me conforta com um beijo no topo da cabeça.

– Não pense, querida, só descanse.

Não penso no meu lenço, apenas caio no sono. Meu corpo relaxa. A neblina difusa de minha mente se dilui.

Estou dormindo.

Dormindo.

Dormin...

* * *

Acordo em um quarto escuro. Sou tomada pela ansiedade e pelo pânico. Não sei onde estou. Então, me lembro. Não sinto mais o calor do corpo de Alex.

Sua voz suave me acalma:

– Finalmente voltou ao mundo dos vivos?

Ele está sentado, com as pernas esticadas em uma cadeira moderna que me lembra uma tulipa começando a fechar.

– Pode fechar as cortinas, por favor?

Enquanto ele faz isso, me levanto da cama. Fico de pé. Experimento dar um passo para verificar se estou estável. Vou até os pôsteres na parede. Sento-me na frente deles e cruzo as pernas. Alex faz o mesmo. Não consigo evitar reparar que ele está usando suas meias bizarras: uma é vermelha com porcos voadores, a outra é branca com pinguins.

Não estou me sentindo incrível, mas estou bem melhor, mais eu mesma.

– Por favor, me conte o que descobriu.

– Comecei a investigar esse John Peters. Pesquisei informações sobre ele. Ele era um renomado cirurgião do trauma.

– O que é isso? – Minhas costas ficam rígidas de expectativa.

Ele apoia os cotovelos nos joelhos e o queixo nas mãos em conchas, com os olhos brilhando de vivacidade.

– Uma das minhas clientes do escritório também era cirurgiã do trauma. Ela via seu trabalho mais como o de uma especialista em urgências: precisava ser rápida, avaliar uma situação e, então, tratar pacientes com vários tipos de lesões. Vítimas de violências terríveis, de acidentes de carro, esse tipo de coisa.

Ele se inclina para trás.

– John Peters era professor em um dos maiores hospitais universitários. O estranho é que, depois que voltou para a casa como inquilino de Martha Palmer, ele largou o emprego.

– Por que ele faria isso?

Alex encolhe os ombros.

– Queria ter uma bola de cristal para descobrir. Talvez o trabalho tenha cobrado seu preço. Ele deve ter visto coisas que uma pessoa comum não gostaria de ver nem em um milhão de anos. – Ele pisca. – Isso traz alguma lembrança pra você?

Se ao menos Alex estivesse na casa na noite passada quando a porta da minha memória se abriu... Não me importo com a opinião das pessoas – sei que aconteceu algo ali. Se soubesse dessas coisas antes, talvez também tivesse visto John Peters, talvez descobrisse quem ele era ou como está conectado a mim. Sinto uma frustração tão grande se agitando dentro de mim que poderia gritar.

Mas não grito.

– O que mais você descobriu?

– Sua esposa se chamava Alice. Ela era dona de casa. Na primeira parte do texto – ele aponta para a parede –, ele a descreve como linda e frágil. Não consegui descobrir nada sobre ela.

– E quanto aos filhos?

Alex suspira. Eu me sinto mal por ele, por ter lhe trazido tantos problemas.

– Talvez consiga descobrir mais coisas sobre eles. Sabe, nomes, escolas que frequentaram...

– Por que "talvez"? – Também noto certa relutância em seu tom.

Ele apoia as mãos contra o chão para girar o corpo e ficar de frente para mim.

– Lisa, o problema é que acho que você não está bem. Desde que apareceu na casa da tia Patsy e depois na avenida, você tem se mostrado instável. Você estava se balançando e falando sozinha, pelo amor de Deus.

Fico furiosa.

– Quem você acha que é? – Fico de pé. – A polícia do comportamento? Meu único problema é que as pessoas que dizem me amar estão escondendo meu passado de mim. São eles que precisam de tratamento médico.

– Os vilões não são seus pais, mas seus senhorios. Martha e Jack pintaram seu quarto de preto, caramba. – Ele parece disposto a causar sérios estragos em alguém. – Mataram a gata da tia Patsy, e suspeito que tenham feito um monte de outras coisas que não me contou. – Não consigo esconder a culpa dos meus olhos. – Sei que seus pais tentaram levá-la embora.

Fico surpresa.

– Como você sabe disso?

– Tia Patsy viu toda a cena do conforto de seu lar, atrás das cortinas da sala. – Ele implora: – Não volte para lá. Isso deixou de ser só esquisito e assustador e se tornou muito perigoso.

Adoto uma postura desafiadora:

– Deixe que eles façam o pior. Só vou sair daquela casa depois que descobrir a verdade.

Estou fula, não consigo evitar. Na verdade, não quero evitar. Todo mundo está contra mim, até mesmo Alex, meu adorado Alex. Eu deveria saber. Não é isso que acontece o tempo todo comigo? Eu me comprometo com outro ser humano e, então, ele me decepciona. Lágrimas cobrem meu rosto. Eu as ignoro, assim como ignoro Alex, que se levanta depressa, de alguma forma sentindo que estou indo embora. Sua expressão tensa me diz que ele não quer que eu vá.

Pego minha bolsa e abro a porta. Então, suas palavras calmas me fazem parar.

– Você me lembra meu irmão. Por tanto tempo, ele recusou a nossa ajuda, a ajuda de pessoas de fora da família que podiam apoiá-lo, fazê-lo melhorar. Chegou ao ponto em que quase foi tarde demais. Se continuar assim, Lisa, tenho medo de que seja tarde demais para você, que não possa voltar atrás.

O horror de sua previsão me atinge com força. Eu me vejo entornando uma garrafa de vodca, enfiando comprimidos goela abaixo como uma criança descontrolada em seu aniversário de 5 anos. Eu me vejo em um quarto de hospital branco das paredes ao chão. Ouço o som dos soluços da minha mãe, um fantasma que não consegue encontrar o prometido descanso eterno. Vejo o Dr. Wilson, enfático em seu diagnóstico de que estou desmoronando. Vejo Martha com o pingente de Bette, exibindo-o como seu bem mais precioso. Eu me vejo criança na traseira de um carro, olhando para uma casa que tem uma chave dentro de um círculo enquanto a marca de pedreiro vai ficando cada vez menor.

Fecho a porta.

Trinta e dois

O ar frio do lado de fora me deixa instável mais uma vez. É como se eu estivesse bêbada. Estou desorientada, sem saber onde encontrar transporte de volta para casa. É isso que a casa se tornou? Meu lar? Não, lar é o lugar onde a gente se sente seguro e protegido, e não com medo de pegar no sono à noite. Com certeza não é o lugar onde as paredes do seu quarto sejam revestidas com o preto mais brilhante. A menos que seja gótico.

Paro no primeiro ponto de ônibus que vejo. O coletivo chega alguns minutos depois, e é só quando estou lá dentro que percebo que estou indo para o destino errado, na direção errada. Desço e fico vagando de qualquer lugar para lugar nenhum. Arrasto os pés, e os transeuntes me olham. Alguns são gentis e me perguntam se estou bem. Por que as pessoas perguntam se você está bem quando é óbvio que não está?

Viro uma esquina e reconheço onde estou. Camden High Street. Vejo a luz amarela de uma companhia de táxis. Uma mulher mastigando um hambúrguer atrás de uma grade metálica pergunta para onde quero ir. Depois que falo o endereço, ela diz para eu me sentar que alguém vai me buscar em cinco minutos.

Um corpulento motorista de meia-idade entra balançando as chaves do carro e sorri para mim. Ele me acompanha até o carro e me acomodo no banco de trás. Quando ele dá partida, caio de lado. Ele me olha por sobre os ombros e pergunta, preocupado:

– Você está bem?

– Não. Quero dizer, sim.

– Está bêbada?

Se o álcool fosse meu único problema, seria mais fácil de resolver.

– Não, não estou.

Ele deve estar preocupado que eu vomite no carro. Quando fica claro que não vou fazer sujeira, ele se anima e começa a tagarelar sem parar: o trânsito está terrível, os ciclistas são uns babacas, Londres está ficando violenta e, ah, ele está de saco cheio de clientes que saem correndo sem pagar ao chegar ao destino.

Quero que ele cale a boca, mas dizer isso seria tão cruel e ele é tão simpático que não falo nada. Estou reconhecendo as ruas pela janela. Sou tomada por uma imensa sensação de alívio. Ele vira na avenida e para.

— É um pouco mais para a frente, onde aquela van branca está parada — digo.

Estacionamos do lado de fora da casa com a marca de pedreiro. O motorista se vira para mim e diz:

— Dez libras e cinquenta. Fica por dez.

Procuro minha bolsa. Que inferno! Só tenho cinco e umas moedas. Devia ter pegado um Uber, e a corrida seria descontada no meu cartão de crédito.

— Você não tem dinheiro. — Não é bem uma pergunta, mas uma afirmação.

— Tenho, sim.

Seus lábios se contorcem de raiva, e ele estende a mão cheio de expectativa.

— Mas não aqui. Espere um minuto, vou lá dentro pegar.

Ele revira os olhos.

— Ah, não, mais uma...

Salto para fora do carro. Será que tenho dinheiro lá em cima? No final, não importa. Quando dou os primeiros passos vacilantes, ele vai embora sem o dinheiro.

Levo séculos para alcançar a porta. Fico parada na frente da casa observando-a, especialmente a marca de pedreiro na parede, que me trouxe até aqui, para começo de conversa. Há tantos segredos nesta casa. Tantas respostas. Mas, se eu estiver mentalmente arrasada e destruída, posso não descobrir quais são, e estou ficando sem tempo. Só preciso aguentar mais um pouco, e vou chegar lá. Estou convencida disso. Não posso me dar ao luxo de desmoronar agora. Esta é minha última chance de descobrir a verdade, e nada vai me impedir.

Quando entro em casa, percebo que Martha e Jack estão fora. Tudo está silencioso. Chamo por eles só para garantir, então vou até a cozinha. A geladeira está dividida entre a minha seção e a deles. A minha parte está vazia; depois do que Martha fez com Bette, vai saber o que ela pode fazer com a minha comida. Pego a comida deles. Não quero comer – só de pensar já fico enjoada –, mas faço um sanduíche gigante de presunto, adiciono maionese, picles e outras coisinhas. Sento na sala de jantar, onde as cadeiras e os armários estavam saltitando durante o episódio de ontem, e enfio o lanche goela abaixo. Fico meio zonza, mas recupero um pouco do juízo. Faz tempo desde que comi alguma coisa, e isso não me fez nada bem. Pego uma cerveja de Jack, o que também ajuda.

Então, me dou conta de que Jack e Martha não estão aqui. Posso aproveitar a oportunidade. Talvez eles estejam à espreita, mas vou aproveitar mesmo assim.

Com a cerveja na mão, vou até a sala de estar e fico parada em um canto tentando absorver as vibrações, ou como queira chamar, não ligo. Fecho os olhos com força, me esforçando para sentir o passado. Abro os olhos. Lembro-me do "armário" vindo para cá com a "mulher da porta". É uma maluquice, claro. Mas também é verdade. A mulher estava gritando no meu aniversário de 5 anos bem *aqui*. Tenho certeza. Saio da sala de estar e testo a porta da sala matinal. Está trancada. Penso em arrombá-la com um chute, mas nem sei se tenho força suficiente para isso.

Vou até o andar de cima e começo a checar as portas. A do escritório de Jack está aberta e eu entro. Antes mesmo de cruzar a soleira e me deparar com a bagunça dele, já sei que não há nada para mim ali. A porta ao lado, a do quarto deles, está trancada. Martha tem seu próprio quarto e, surpreendentemente, ele não está trancado.

As cortinas estão fechadas. O cômodo é um baú de tesouros de roupas, perucas, perfumes, maquiagens e fotos de uma jovem Martha incrivelmente glamorosa cercada por homens que a veneravam. Ela exala poder nessas imagens. São hipnóticas e fascinantes, mesmo as mais simples, quem dirá as cuidadosamente montadas. Não sei por qual motivo, mas dou uma olhada embaixo da cama, e me arrependo no mesmo instante. Sei que não é real, mas os olhos de um rato morto estão me encarando. E estou ouvindo gritos. Tem uma mulher gritando aqui? Crianças? Um homem?

De repente, o quarto fede a esgoto. Sinto um estrangulamento invisível. Estou sufocando. Não consigo respirar. Minha visão está oscilando. Desbotando. Isso não é real. Nada disso é real. Eu me levanto e saio dali. No corredor, me encosto na parede, ofegando pesadamente enquanto sou dominada por um calafrio. O que aconteceu ali? Será que o reino privado de Martha está conectado ao meu passado? Talvez eu deva voltar... Eu me aproximo da porta de novo, apreensiva. Toco na maçaneta... E afasto a mão trêmula. Estou com medo. Morrendo de medo.

Tenho uma ideia. Depressa, desço para a sala de jantar. Tento reconstituir a cena das cadeiras saltitantes da noite anterior. Então, imagino alguém batendo na porta e o armário indo atender. Ouço os gritos na sala de estar e corro de volta para o quarto de Martha. Encolho-me mais uma vez apavorada. Fecho os olhos.

Lembre. Lembre. Lembre.

Olhos de rato. Mulher. Mulher na porta. Crianças. Homem. Gritos. Quase fico enjoada desta vez. Saio correndo do quarto e bato a porta. Algo ruim aconteceu neste quarto. Algo terrível. Não consigo entender, mas sei que algo aconteceu ali. Algo tão terrível que destruiu a minha vida antes mesmo que ela começasse. Sento-me na escada que leva ao meu quarto e tento pensar. Mas estou sem munição.

Ouço uma chave girando na porta da frente. Passos firmes no corredor. Sinto o perfume de maçã com especiarias de Martha enquanto os rangidos e gemidos baixos da madeira velha sinalizam que ela está subindo as escadas. Fico rígida, como uma ladra pega no flagra.

Ela está usando calça jeans; é a primeira vez que a vejo de jeans. A calça é preta, provavelmente de algum estilista, e bem justa, ressaltando cada linha, curva e músculo. Não consigo ver se ela está usando o pingente de Bette porque sua blusa é de gola alta. Será que ela sabe que eu sei?

– Espero que você tenha tido a chance de consultar um médico sobre... – Ela não termina a frase. Não é necessário; nós duas sabemos do que ela está falando.

– Tive a chance de pensar sobre a cena que vi lá embaixo, na sala de jantar. – Seus olhos verdes se estreitam enquanto falo. – Na porta da frente.

– Estou preocupada com a sua sanidade – ela diz, cheia de pena.

Estou acabada; ainda assim, consigo reunir forças de algum lugar e fico de pé no degrau olhando para ela.

– Durante o que quer que tenha acontecido ontem – falo cheia de emoção –, nada parecia real, exceto uma coisa.

Ela fica curiosa.

– Do que você está falando?

– Eu me lembrei. Tinha uma pessoa na porta. Sabe quem era?

Martha tenta repassar o roteiro da piedade novamente, mas desta vez não vai colar.

– Você está vendo coisas. Precisa de ajuda.

Balanço a cabeça contra as suas acusações.

– Você. Eu vi você na porta, Martha.

* * *

Naquela noite, amarro minha perna com três nós porque temo o que vai acontecer se eu sonhar acordada e sair do quarto. Temo onde vou parar. A tinta preta faz com que as paredes e o chão se misturem. Estou em uma nuvem de escuridão. Durante a noite, sinto que estou levitando na cama. Quero dormir, mas estou com medo de fechar os olhos, com medo dos gritos nos meus pesadelos, que vão acabar se transformando em meus próprios gritos, tenho certeza.

Martha não está apenas tentando me expulsar de sua casa; de alguma forma, ela está conectada ao meu passado. Conectada aos meus pesadelos.

Não tenho nada a temer. A corrente está no lugar; a cadeira está segura contra a porta. Fecho os olhos. Faço meus exercícios de respiração com um novo conjunto de palavras:

"Era você. Eu vi você na porta, Martha."

"Era você. Eu vi você na porta, Martha."

Trinta e três

Acordo com o barulho de carros parando na entrada da casa apressadamente. A luz da manhã irradia forte através da claraboia. Fico me perguntando quem pode ser. Os únicos visitantes que meus senhorios receberam desde que vim para cá foram meus pais, tentando me levar de volta para casa. Talvez em outras circunstâncias eu me levantasse para ver quem é. Mas essas não são outras circunstâncias e eu não poderia me importar menos. A porta de um carro bate. Ouço vozes dispersas. Reconheço uma: é meu pai.

Deus, me dê forças.

Não posso deixar isso para lá? Estou exausta, destruída, acabada. Viro de lado para cochilar um pouco mais. Mas sou interrompida por uma batida na porta.

– Acorde, você tem visita. – É Jack.

– Diga para irem embora. – *E você vá se ferrar.*

Mas ele não vai, então sou obrigada a desamarrar a perna, me levantar e abrir a porta.

Ele está sério. E estranhamente perturbado.

– É melhor você descer antes que eles venham buscá-la. Eu levaria a mala se fosse você.

Por que preciso da minha mala? Sou tomada pelo medo. Meu pai trouxe a polícia. Ansiosa, tento me lembrar se fiz algo ilegal nos últimos dias, quando as coisas desandaram, mas não consigo pensar direito. Se fiz, vou precisar da ajuda de Alex, mas não quero ligar para ele porque pode achar que essa é a prova final de que preciso de ajuda profissional de verdade.

Visto qualquer roupa, sem me importar com a presença de Jack. Sigo seu conselho e coloco a mochila no ombro. Meus pés estão instáveis, então ele me oferece o braço. Eu devia mandá-lo catar coquinho, mas aceito com gratidão. Jack bancando o cavalheiro é algo que não posso recusar.

Ele me conduz para fora e vou me arrastando, como se fosse uma prisioneira com grilhões nos pés. Então, me ocorre que não pode ser a polícia, porque Jack estaria tremendo como uma folha de maconha no meio de uma ventania, temendo que seu jardim secreto fosse descoberto. É outra coisa. Meu pai e outra pessoa.

– Quem é?

– Você vai ver.

Meu pai está parado no corredor. Martha está lendo um documento. Ao lado dela, está o Dr. Wilson. Martha encolhe os ombros e devolve os papéis para o meu terapeuta, que os guarda em uma pasta. Minha mente trabalha furiosamente. O que são esses papéis? O que está escrito ali? De repente, a ficha cai, e sinto um pavor imenso. Compreendo tudo.

Não me lembro de me mover, mas ataco o Dr. Wilson, tentando chutá-lo. Jack me segura.

Fico surpresa com a violência da minha revolta.

– Não vou a lugar algum, vocês não podem me obrigar.

Meu pai entoa sua melhor voz paternal:

– Olha, Lisa, é só por alguns dias, até você se sentir melhor. – Ele se vira para o Dr. Wilson. – É um lugar legal, não é?

Livro-me dos braços de Jack e cruzo os meus.

– Está desperdiçando seu tempo. Não vou a lugar nenhum.

Meu pai suaviza o tom, na tentativa de me persuadir.

– Bem, receio que você não tenha escolha. Vamos, não há tempo a perder.

– Não vou. Não podem me obrigar.

É Martha quem explica:

– Ele está certo, você realmente não tem escolha. Eles vão interná-la. Dr. Wilson assinou a papelada. Acabei de ler em seu nome.

Viro para ela com os olhos brilhando de ódio.

– Sei que você é parte disso. Vi você na porta.

– Claro que você me viu na porta – ela devolve. – Esta é a minha maldita casa.

A movimentação do lado de fora chama a minha atenção. Dois carros e uma ambulância particular estão estacionados na entrada. Perto da ambulância, há dois homens com roupas verdes de paramédico.

Explodo. A raiva me traz de volta à vida.

– Está internando a própria filha? É isso mesmo? Confiando no Dr. Frankenstein aqui?

Meu pai faz o seu melhor:

– Todos nós vimos evidências da sua condição, querida, e sei que seus senhorios também. Não precisa ter vergonha; você não está bem, só isso. – Ele olha para fora. – Senhores, podem ajudar, por favor?

Os dois capangas de verde entram. Tento brigar, mas é uma luta desigual. Jack os ajuda. O que era de se esperar. Ele não parece muito entusiasmado. Um dos paramédicos me pega pelos pulsos, enquanto o outro agarra meus tornozelos e sou carregada para fora e colocada com cuidado na parte de trás da ambulância. Há alças para me prender no lugar, mas ainda bem que eles não as usam.

Dr. Wilson, o desgraçado, foge para seu carro, enquanto meu pai grita para o motorista da ambulância:

– Vou seguir no meu carro.

As portas são fechadas. Não posso ir. Estão me levando embora desta casa. Estou indo embora. Fico desesperada por não poder erguer a cabeça e ver a casa desaparecendo. Não posso ver meu talismã da sorte: a marca de pedreiro com a minha chave especial.

– Quer algo para ajudá-la a se acalmar? – um dos homens me pergunta.

– Vá se ferrar.

Ele leva numa boa. Suponho que esteja acostumado.

A ambulância segue por muito tempo, não sei quanto. Quando estacionamos e as portas se abrem, estou em algum lugar no campo. Paramos do lado de fora do que parece ser um hotel-fazenda, mas é óbvio o que é este lugar. Há funcionários da equipe médica rondando pacientes sentados ao sol. Decidi ser uma prisioneira cooperativa por enquanto, porque isso vai me dar mais oportunidades de fugir mais tarde, embora ainda não saiba como. Não me trouxeram para um lugar de onde eu simplesmente posso sair andando. Não são estúpidos. Mas quem realmente são "eles"?

Mantenho a raiva acesa dentro de mim. É o que me dá a energia necessária para pensar. Com certeza foi ideia do meu pai. Ele me quer fora daquela casa de uma vez por todas, para me impedir de descobrir o que aconteceu ali. Mas por quê?

Será que ele só está preocupado com a minha saúde? Tentando me salvar da terrível verdade? Odeio a última pergunta; não quero acreditar. Obrigo-me a pensar.

Ou ele está envolvido em tudo isso?

Não há sinal da minha mãe, então suponho que a consciência dela não lhe permitiu se envolver nessa intervenção. No entanto, sua consciência não está desenvolvida o suficiente para contar à filha o que sabe. Dr. Wilson é o prestativo parceiro do meu pai. Será que ele está fazendo isso como um favor infame a um velho amigo? Ou também está envolvido? Ele mudou de atitude em relação a mim quando contei que estava morando no quarto de hóspedes daquela casa.

Faço o cadastro na recepção e sou levada para o meu "quarto", que é um pouco melhor que uma cela de prisão bem decorada. Uma enfermeira sorridente me diz que posso considerar o lugar um hotel e ir e vir como bem quiser. Mentiras absurdas. Há uma fechadura eletrônica na porta, e uma olhada na janela me mostra que, embora não existam grades, poderiam muito bem existir. O vidro parece blindado, e as fechaduras são tão seguras que o melhor ladrão não conseguiria arrombá-las.

– É um ótimo lugar para descansar – meu pai discursa, com as mãos atrás das costas. Ele mal consegue olhar para mim. – Você tem a sua própria TV com vários canais...

– Por que está fazendo isso comigo? – corto suas palavras estúpidas. Quem é que liga para quantos canais tem essa TV? – Pare de falar como se este fosse um *resort* cinco estrelas.

Ele continua sem me olhar nos olhos. Pessoas culpadas têm dificuldade de fazer isso.

– Quero ir embora daqui. Agora.

É como se não tivesse falado nada. Agora sou invisível também?

– Você vai ficar aqui até melhorar.

– Olhe para mim – vocifero, como se fosse uma mãe falando com o filho.

Queria não ter pedido isso, porque a expressão que ele me lança é a de um homem que acabou de receber a notícia de que está morrendo.

– Eu amo você. Tudo que fiz por você foi por amor.

E se dirige para a porta, me deixando atônita. Não é que eu não acredite em suas palavras doloridas, que não acredite na verdade dele. Mas é a minha verdade que ele está negando. Ele prefere me internar a me ajudar. Como pode fazer isso? Ele perdeu todo o direito de ser chamado de meu pai.

Quando ele vai embora, "os guardas", como gosto de chamar, fazem sua primeira tentativa de me drogar. Devem ser apenas sedativos, então resisto pela metade. Aceito a bebida turva, mas mantenho os comprimidos debaixo da língua para cuspir quando forem embora. Não culpo os funcionários. Para ser sincera, em circunstâncias normais, não culparia nem meu pai nem o Dr. Wilson. Sei que meu comportamento tem sido instável desde que descobri a localização da casa. Ou mesmo antes disso. Mas não estou aqui por conta do meu comportamento instável. Estou aqui porque eles querem me impedir de descobrir a verdade. Quando a enfermeira sai, fico sonolenta e me deito. Na verdade, estou me sentindo muito feliz. Os conspiradores não teriam ido tão longe se não estivessem seriamente preocupados que eu esteja chegando perto da verdade.

Então, me dou conta de uma coisa que devia ter percebido antes. Fico sem fôlego. Lembro-me da primeira vez que meus pais tentaram me levar embora da casa.

Como meu pai sabia onde fica o meu quarto dentro da casa de Martha e Jack?

* * *

Acordo com uma forte batida na porta. Minha boca tem um gosto azedo. O que quer que fosse aquela bebida turva, ela fez seu trabalho. Suspeito que a função do comprimido que fingi tomar era entorpecer meus sentidos, me transformando em um zumbi cooperativo e dopado. Ainda bem que não o tomei.

Comprimido nenhum pode obliterar a única pergunta que ainda agita minha mente esgotada. Como meu pai sabia onde era o meu quarto? Fiquei repassando-a várias vezes, de todos os ângulos possíveis. Martha contou? Jack indicou? Eu falei? Não. Não. Eu me lembraria se tivesse dito, não?

Enquanto jogo as pernas para o lado da cama, uma mulher de 30 e poucos anos traz um carrinho de comida e chá. Acho que não é uma enfermeira; ela não está usando uniforme. Ela está de jeans preto e uma camiseta larga. Seu cabelo castanho quebradiço está preso em um rabo de cavalo apertado. Quando ela se aproxima, sinto o cheiro de nicotina emanando dela.

– Quer alguma coisa do carrinho? – ela parece entediada.

Este lugar é caro, e o carrinho está cheio de guloseimas saborosas. Frutas exóticas, sanduíches chiques e uma variedade de chás e infusões, claro. Também há um pequeno menu.

Não estou a fim de comer nada.

– Estou bem, obrigada – falo com uma voz rouca.

Ela me lança um olhar especulativo sob os cílios abaixados.

– Você é nova?

– Cheguei hoje mais cedo.

– Estou aqui há quase três meses. Eles dizem que estou melhorando. – Ela dá de ombros. – Acho que não quero mais me jogar de prédios.

Engulo em seco, nervosa. Por mais que tenha empatia com a situação dela, não vou ficar aqui o tempo suficiente para fazer amigos. Ela empurra o carrinho na direção da porta quando uma ideia me ocorre.

– Você tem um celular?

Ela aperta as mãos contra a alça do carrinho e se vira para mim. Seus olhos se arregalam enquanto avalia meu pedido.

– Acho que celulares não são permitidos nesta unidade.

Fico de pé. Meus pés estão surpreendentemente firmes.

– Só quero saber do meu gato. Sabe, ver se meu amigo está dando comida para ele. Pobre Henry, ele vai morrer sem mim e depois não sei o que vou fazer. Não vou ter mais motivos para viver.

Talvez não devesse ter falado a última frase, já que esta mulher obviamente tem um problema com a vida, mas animais de estimação sempre tocam o coração das pessoas.

Ela cruza os braços.

– O que eu ganho com isso?

Não sei o que dizer, então ela continua:

– Você tem algum perfume? Não me sinto decente desde que cheguei. O sabonete aqui deixa a pessoa cheirando a motor de carro.

Puta merda! Não tenho nada disso. Mas não posso deixar minha chance de sair daqui escapar pela porta com o carrinho de chá.

– Acabei de chegar, como você sabe, mas posso conseguir um perfume para você. É só me dizer qual – insisto.

Ela fica pensando.

– Como você vai fazer isso?

Tamborilo o dedo no nariz. Ela gosta disso.

– Deixe comigo. Posso usar seu celular?

– Tenho que pegar no meu quarto, do outro lado da unidade.

Assumo a posição de guarda do carrinho.

– Eu cuido disso enquanto você cuida de mim.

Ela vai e volta em três minutos, mas, quando me oferece o celular, fica segurando com força.

– Tem que ser o Eternity. – No início, fico um pouco perdida, sem entender do que ela está falando, então compreendo. – Nada daquela merda de Chanel.

Ela solta o celular.

– Seja rápida. Se descobrirem, vai ser um problemão.

Eu me atrapalho digitando o número, consciente de seu olhar observando cada movimento que faço.

A ligação cai na caixa postal. Que inferno!

Deixo uma mensagem fingindo que estou conversando com ele.

– Alex! Oi, querido. Olha, tive que vir ao hospital por uns dias e não tenho ninguém para cuidar do Henry... Não, não é nada sério, só rotina... Olha, você poderia dar um pulo na casa ao lado para garantir que meu pequeno não está muito chateado?

Dou a Alex uma lista fictícia das restrições alimentares de Henry, me esforçando para soar como a louca dos gatos. Por fim, chego ao objetivo da ligação. Pego o cardápio do carrinho de chá.

– Ah, é um hospital maravilhoso. Preciso de um perfume Eternity, querido. É... – Dou a ele o nome e o código postal que vejo no menu antes de acrescentar com minha voz mais casual: – *Au secours, Alex! Au secours! Maintenant! Au secours!*

Alex fala russo e traduziu o texto da parede. Só posso torcer para que ele consiga entender meu francês de escola, e minha colega, não. Devolvo o telefone para a minha nova amiga, que está sorrindo como se fosse seu aniversário.

– Eu não estou louca, sabe – ela anuncia, séria. – Meu bebê morreu no ano passado e eu fiquei mal. Quando eu usava Eternity, ele sorria.

Respiro fundo, atordoada. Ela não espera um "sinto muito", um sorriso amigável ou um tapinha nas costas. Apenas vai embora do quarto com seu carrinho de chá.

Eu me deito e tento relaxar. Não toco no sanduíche porque acho que podem tê-lo envenenado.

Trinta e quatro

Estou meio grogue, meio consciente, naquele mundo do quase sono, quando a porta do meu quarto começa a se abrir. Meu coração salta de esperança; Alex finalmente chegou. Ele é um amor mesmo, apesar de eu ter dado o fora nele sem vergonha nenhuma. Enfim, serei libertada deste quarto. Vou sentir o sol na minha pele, o vento no meu cabelo, o gosto da liberdade, todas as coisas que sempre dei como certas.

Meu coração afunda em um buraco na minha barriga quando percebo que não é Alex. Atrás da enfermeira alta, há uma mulher. Meus olhos se focam nela, e entendo por que não consegui distinguir quem era de imediato. É a última pessoa que espero ver aqui: minha mãe.

A voz da enfermeira é suave e firme enquanto ela explica:

— Como está vendo, Lisa está muito cansada, então, se puder limitar a visita a quinze minutos, agradeço.

Minha mãe não responde. Ela parece nem ouvir. Pálida e abatida, parece mais uma paciente que uma visitante. O que mais chama a minha atenção, além de seu olhar perdido, é seu cabelo. Ela nunca disse, mas sei que se orgulha de como seu cabelo sempre está ótimo sem esforço. É brilhante e forte, como se cada fio soubesse seu lugar. Agora está sem vida, bagunçado e sujo, ao que parece. Quando a enfermeira sai, ela vasculha o quarto antes de pousar os olhos em mim.

— Então aqui está você. — Sua voz está tão sem vida quanto seu cabelo. Ela entrelaça os dedos, pressionando-os contra a barriga, como se estivesse desesperada para conter sua agitação interna.

— Pois é, aqui estou eu. — Recuso-me levantar. Um sarcasmo ácido reveste minhas palavras. — Uma grande salva de palmas para papai e seu incrível amigo Dr. Wilson. Que dupla dinâmica eles formam.

Suponho que vá me dizer que não fazia ideia do que eles estavam planejando. Pode poupar o fôlego. Não estou interessada.

Minha mãe se senta na poltrona com as costas eretas.

– Não, eu não fazia ideia do que eles estavam planejando. Seu pai mencionou casualmente no almoço, como se não fosse nada. – Ela abaixa os olhos cansados para as mãos unidas. – Ele acha que é para o seu bem.

Recosto-me no travesseiro. Minha resposta rápida transborda de raiva:

– E o que você acha? Acha que me trancar aqui vai me fazer bem? Acha que esta cela vai me fazer bem?

Minha mãe fecha os olhos por um momento.

– Ouça, Lisa, quero que saiba que tudo o que fizemos por você foi pensando no seu bem.

"Meu bem." Estou começando a detestar essas palavras. "Bem" não significa excelente, excepcional, supremo? Isso por acaso parece bem para ela? Então me lembro de que são só daquelas palavras de fachada por trás das quais famílias de classe média como a minha se escondem para não ter que lidar com as emoções.

Ela olha o jardim pela janela reforçada. Não consigo identificar o que é, mas há algo enervante em seu comportamento.

Aperto os lábios.

– Bem, bom saber. Obrigada pela visita.

Ela não desvia o olhar dos jardins bem-cuidados.

– Mas não penso mais assim.

O quê? Será que ouvi...? Ela tem minha total e estarrecida atenção agora.

– Talvez, quando você era pequena, fosse o melhor. Mas agora não mais. – Sua voz traz um novo silêncio para um quarto que o conhece tão bem. – Você tem que entender que, quando se escolhe um caminho como esse que escolhemos, depois de um tempo acaba se tornando impossível mudar a rota. Uma mentira leva à outra, e a gente fica preso. – Seu tom endurece ao dizer "preso". – Não se pode simplesmente virar tudo de cabeça para baixo de uma hora para outra. Você entende, não é?

Do que ela está falando? Mentiras? Será que ela quer dizer...?

Ela olha para mim. Sua pele se contrai de tensão, mas, meu Deus, seus olhos estão acesos com determinação.

– A verdade é que você estava certa. Não houve nenhum acidente em Sussex. Nunca houve.

Será que ela espera que eu fique impressionada ou dê um pulo de comemoração, dando socos no ar e gritando "Isso aí"? Já sei que não aconteceu acidente nenhum em Sussex; já passei dessa fase.

– Você está um pouco atrasada, infelizmente. Ainda assim, obrigada. – Minha boca tem um gosto azedo.

Minha mãe parece não me ouvir e não percebeu o sarcasmo escorrendo da minha fala. Ou talvez tenha percebido e não se importe.

Suas palavras estão distantes, e ela prossegue:

– Levamos você para um hospital particular. Só deveríamos cuidar de você por um tempo...

Afasto as cobertas com um golpe, me levanto da cama e agacho com urgência ao lado de sua cadeira.

– Como assim, cuidar de mim?

Minha mãe não me olha, cravando as unhas nos braços acolchoados da cadeira. É como se o jardim fosse um tribunal e ela estivesse dando um testemunho, depois de fazer um juramento. Quero virar o rosto dela para mim. Fazê-la olhar para *mim*. Mas deixo que mergulhe no passado, porque as portas da verdade até que enfim estão se abrindo.

– Mas um mês levou a outro. – Sua voz comedida vacila, trêmula. As palavras saem de sua boca como pedras quentes que ela não consegue expelir depressa o suficiente. – Até que pareceu mais simples para todos os envolvidos que nós adotássemos você. Quando fizemos isso, precisamos inventar uma história para encobrir o que tinha acontecido e contamos sobre o acidente. Queríamos contar a verdade mais tarde, quando você tivesse idade suficiente para entender, mas nunca contamos. Isso foi imperdoável, e eu realmente sinto muito.

Esperei tanto tempo por isso. Agora que está acontecendo, não estou preparada. Não sei como reagir.

– Então, o que aconteceu de verdade?

Ela fecha os olhos com força enquanto luta contra seus demônios.

– Não sei. Seu pai sabe e acho que o Dr. Wilson também. Mas eu não sei.

– Como assim você não sabe? – Estou inclinada sobre ela, indignada, açoitando-a com a minha respiração curta e feroz.

Seus olhos se abrem carregando tanta tristeza que tropeço para trás.

– Eu. Não. Sei. – Seu sofrimento ressoa pelo quarto.

Uma imobilidade terrível quase me sufoca da cabeça aos pés enquanto meu cérebro retrocede. Suas palavras vão devagar dos meus ouvidos até o coração.

– Vocês me adotaram? Sou adotada? – solto, como se estivesse praticando uma língua estrangeira.

A mulher cujo coração bate na cadeira perto de mim não é minha mãe? Alguém deve ter acertado meu peito com uma marreta, porque essa dor é diferente de tudo que já experimentei antes.

– Você não é nossa filha de sangue. Nós adotamos você. Eu a amei de coração desde a primeira vez que vi você.

Ela se balança na cadeira, as lágrimas escorrendo pelo rosto. Não consigo falar. Não consigo chorar. Apenas uma fúria cega tem lugar dentro de mim. Não pelas pessoas que chamei de mãe e pai, mas por mim mesma. Por que nunca me ocorreu que isso poderia ser parte do quebra-cabeça?

Desde o dia em que você entrou na nossa vida. Não foi isso que ela falou quando eles vieram me visitar? Eu não questionei isso? Por que não levei até o fim para descobrir ou os pressionei mais? E onde está minha certidão de nascimento? Por que nunca pensei em perguntar? Verifiquei tantos documentos e nunca pensei nisso?

Tenho tantas perguntas, mas elas estão todas embaralhadas na minha cabeça. Não consigo visualizar um caminho por elas. Minha mãe tenta ajudar. Só que ela não é minha mãe, claro.

– Não sei onde estão seus pais biológicos. Ou se você tem irmãos e irmãs. Seu pai sabe mais; ele pode lhe contar.

Ela se encolhe quando cravo os dedos em desespero no seu joelho trêmulo.

– Ele sabe o que aconteceu naquela casa? No meu aniversário de 5 anos?

– Não adianta mais fingir. – Ela está afundada em um torpor, não sei nem se está me vendo.

Eu me sinto completamente perdida, furiosa, indignada, mas não sei mais com quem. Estou muito confusa, mas, ao mesmo tempo, sinto que, pela primeira vez, estou olhando para um mundo que faz sentido. Só que não faz. Ainda não sei o que aconteceu naquela casa. Preciso saber.

Acho que sei a resposta para esta pergunta, mas já me enganei ao presumir coisas antes.

– Quem é ele?

A mulher que me chama de filha está no próprio pesadelo particular.

– Você entende por que fizemos isso, não entende?

Ela está implorando, suplicando, juntando as mãos para pedir perdão. Bem, ela vai ter que esperar um bom tempo.

– Quem é ele? Meu pai biológico?

Minha mãe – que não é minha mãe; nossa, que confusão – pula para fora da cadeira, que fica se balançando enquanto caio sentada. Ela já está na porta, mas eu a alcanço antes que vá embora. Eu a viro, forçando-a a me encarar.

Rosno:

– Quem é meu pai?

Minha mãe tenta se soltar.

– Lisa, me deixe ir.

– Não até você me responder.

Começamos a lutar. Que ela me perdoe, mas eu a atiro contra a parede. Ofegante, ela coloca as mãos contra o meu peito para me empurrar. Mas não vou desistir, não agora. Outras mãos agarram meus ombros e minha cintura e me afastam dela.

– Me soltem. Me soltem.

Eles não me soltam.

Minha mãe vai embora. Não. Não. Não posso deixá-la ir.

Ela já foi, mas eu grito:

– Quem é meu pai?

E minha mãe? Quem me abraçou e me segurou antes de Barbara Kendal?

* * *

Peguei no sono de novo. Estou deprimida e derrubada pela bomba terrível que minha mãe detonou neste quarto. Adotada. Uma palavra que mudou minha vida para sempre. De onde eu vim? Quem me deu à luz? Tenho minhas suspeitas, é claro, mas minha jornada já deu tantas voltas que não posso ter certeza de nada. Pelo menos minha mãe me disse a verdade. Eu deveria ser grata por isso. Mãe? Será que continuo a chamando assim?

Ouço vozes fora do meu quarto. A luz exterior carrega a sombra do início da noite. A porta se abre e um médico entra e a fecha atrás de si.

– Lisa?

Meu coração afunda. Estava esperando Alex.

– Olhe, queremos que você melhore o mais rápido possível – ele continua –, mas precisamos da sua ajuda e da ajuda da sua família. Você entende?

– Claro.

– E isso significa que todos temos que seguir as regras. – Meus ânimos se agitam ainda mais; ele descobriu sobre o celular.

– Avisei seu pai que não é bom para você receber visitas por esses dias – ele continua –, além dele e de sua mãe. Infelizmente, ele se esqueceu de dizer isso ao seu irmão, que parece ser um jovem muito confiante e não aceita não como resposta. Nessas circunstâncias, estou disposto a permitir que ele faça uma breve visita, mas temo que deva ser supervisionada, e eu ficaria grato se você pudesse explicar a ele que no futuro esperamos que nossas regras sejam respeitadas.

Irmão? Perdi uma mãe e ganhei um irmão?

Antes que eu consiga entender o que diabos está acontecendo, o médico abre a porta e deixa Alex entrar. Ah, esse irmão. Resisto à vontade de sorrir em triunfo.

Ele parece descontente. Senta-se na cadeira perto da cama enquanto o médico fica para trás de braços cruzados.

Alex se vira para ele.

– Podemos ter um pouco de privacidade, por favor?

– Receio que isso não seja possível. Lisa não está nada bem.

Alex é curto e grosso:

– Sou advogado. Estou familiarizado com as leis de direitos humanos que tratam sobre família e privacidade. E você?

As narinas do médico se dilatam enquanto ele ferve de raiva. Ele espera um momento antes de erguer uma mão no ar.

– Cinco minutos apenas.

Ele sai, mas suspeito que esteja com o ouvido pressionado contra a porta.

Dou a Alex um sorriso presunçoso.

– Achei que você trabalhava com direito comercial e cuidava de acordos duvidosos com a Europa Oriental, e não com leis de direitos humanos.

Alex encolhe os ombros.

– Ele não sabe disso. – Ele pega minha mão. – O que aconteceu, Lisa?

– Eles... – Estou prestes a discorrer sobre uma conspiração envolvendo meus pais, Wilson e Martha para me prender em um hospício, mas percebo como isso pode soar, então mudo de abordagem. – Fui internada.

Alex aperta os lábios.

– Entendi. E o que acha disso?

Quase dou um grito, mas consigo manter a voz baixa.

– Está falando sério? Não vê o que está acontecendo aqui?

Ele procura as palavras certas.

– Bem, para ser sincero, considerando o que aconteceu, talvez seja para o seu bem.

Para o meu bem! Alguém devia interditar essa expressão.

Afasto minha mão e recuo. Não estou pronta para dividir as notícias bombásticas da minha mãe com ele.

– Você também? Você também está envolvido nisso? Com aqueles canalhas?

Ele permanece calmo.

– Não estou envolvido em nada. Só quero que você fique segura, e, agora, este parece o lugar mais seguro para você.

A fúria envolve cada palavra enquanto me sento:

– Eles me querem fora daquela casa porque estou chegando perto da verdade. Não consegue ver isso?

Ele fala com aquele tom de advogado:

– Quem quer você fora daquela casa?

– Meu pai sabia onde era o meu quarto.

Ele fica confuso.

– Não entendo o que está dizendo.

– Admito que estava preocupada, mas não me lembro de Martha e Jack contando ou mostrando a ele onde ficava o quarto. Posso estar errada, mas ele subiu as escadas sabendo onde era o meu quarto.

– O que está dizendo?

Balanço a cabeça latejante.

– Não sei. O que sei é que as peças do quebra-cabeça estão começando a se revelar, e a casa é a única coisa que vai me ajudar a ordenar tudo isso. Olha, não preciso de uma consulta jurídica a cem libras por hora. Se não puder ajudar, a porta da rua é a serventia da casa.

Ele olha ao redor do quarto, suspira e me encara.

– Sim, provavelmente está certa, eles querem você fora daquela casa. Mas vou ser sincero: eu também quero você fora daquela casa. Sempre fui claro e direto sobre isso. É perigoso. Coisas terríveis aconteceram ali e podem acontecer de novo. Enquanto isso, enquanto está aqui, nada vai acontecer. É por isso que acho que você devia se deitar e relaxar. Esqueça a casa por um tempo. Ainda vai estar lá quando você sair.

– Sem chance. Vou voltar para lá, com a sua ajuda ou não.

Ele enfia a mão no bolso, pega um frasco de Eternity e o joga para mim.

– Me pedindo para comprar perfume? Se isso não é um sinal de que você não está bem, não sei o que é.

– É um presente para alguém que me fez um favor aqui. – Lembro-me da história triste da mulher. – Isso vai fazer maravilhas por ela, mais do que qualquer medicamento.

Ele fica pensativo.

– Lembra quando encontrei você na rua agindo estranho?

Assinto com relutância.

– O que exatamente você estava vendo?

Não quero voltar nisso, mas de alguma forma consigo descrever as imagens que estavam povoando a minha mente: as sombras, as formas, a escuridão e o lado oposto da beleza e do mundo como o lugar mais incrível que existe. E descrevo o que vi na sala de jantar.

Agora ele parece abalado.

– Olha, tenho conversado com algumas pessoas. O que você está descrevendo se encaixa nos sintomas clássicos de uma mente que está alucinando. E viagem de ácido.

– O q... quê? Ácido? – Dizer que estou chocada é o eufemismo do ano.

– Você tomou ácido de propósito para expandir sua consciência e entender melhor as coisas? Preciso dizer que essa é uma coisa muito perigosa para se fazer.

Estou muito mais que ofendida.

– Não tomei nada, caramba. Não sou uma drogada, se é isso que está querendo dizer.

Ele é prático.

– Há outra possibilidade. Jack ou Martha ou ambos podem ter colocado coisas na sua comida para levar você ao limite e colocá-la aqui. Você acha que é uma possibilidade?

Fico horrorizada e alarmada com a sugestão.

– Não, acho que não. Não toco em nada naquela casa.

Ele assente.

– Nada mesmo?

Quebro minha cabeça tentando me lembrar.

– Tenho água no meu quarto.

De repente, desperto. Vem à minha mente Martha parada no pé da escada do meu quarto depois do meu confronto com Jack no jardim. É isso que ela estava fazendo? Saindo do meu quarto depois de batizar minhas garrafas de água com drogas? Eu me lembro de beber aquela água pouco antes de encontrar Alex na casa de Patsy, quando voltei para o quarto antes do incidente na sala de jantar... e todas as vezes senti aquela sensação estranha e assustadora depois.

– Você acha que Martha pode ter feito isso? Colocado LSD na minha água? Jack é um traficante...

– Ele é o quê? – Alex explode.

Dispenso sua pergunta com a mão; podemos pensar nisso depois.

– Jack poderia ter fácil acesso a isso. – Se Martha e Jack estivessem aqui, eu os estrangularia ao mesmo tempo bem devagar. Como puderam fazer isso comigo? Ou talvez Martha tenha pedido para ele sem revelar o que estava planejando? – Ela me fez tomar...

– Não, é só uma possibilidade – Alex me interrompe depressa. – A questão é que pessoas dispostas a fazer algo assim não vão parar por nada. Entende? Você não pode voltar para aquela casa. Não sabe o que eles podem fazer da próxima vez.

Jogo as cobertas para o lado como uma declaração da minha intenção.

– Não me importo. Vou voltar. Agora me ajude.

Ele parece aflito.

– Sabe, Lisa, na faculdade de Direito, tive um colega brilhante, o melhor da turma, uma futura estrela do tribunal e tal. Só que ele gostava de tomar umas coisas de vez em quando. Nada muito sério, mas ele estava convencido de que poderia abrir portas da percepção com drogas alucinógenas. Ele dizia que os objetos ganhavam vida e falavam com ele.

Assim como as cadeiras e o armário na sala de jantar.

Alex continua:

– Sabe, davam respostas para as questões da vida e tudo mais. Bem, ele estava errado. É uma longa história, mas ele entra e sai de lugares como este desde então. Ele trabalha em um bazar de caridade agora, dois dias por semana. Você já estava na beira do precipício antes de tudo isso; agora está quase pendurada. Se eles aprontarem mais coisas com você naquela casa, vai cair e nunca mais voltar. Não consegue perceber? Não pode voltar lá.

É claro que ele tem razão. Mas o que ele não entende é que tenho vivido meu próprio inferno particular desde os 5 anos de idade. E vou continuar vivendo nele para sempre caso não descubra a verdade. Entrar e sair de lugares como este ou trabalhar em bazares de caridade não fazem diferença para mim. Se pelo menos eu conseguir voltar para aquela casa, tenho uma chance de escapar disso e ser livre. Ou talvez não. Mas tenho que tentar.

Encontro uma maneira de satisfazer sua consciência e sua preocupação com meu bem-estar.

— Se eu voltar para a *minha* casa e prometer ficar lá, você me ajuda a sair daqui?

Ele se ilumina um pouco.

— Sério?

— Sério. Vou fazer isso, mas você precisa me ajudar a sair daqui.

Ele espera um longo tempo antes de se levantar.

— Certo. Vou pedir para ver a documentação do seu caso. Deve ter uma brecha, sempre tem. E, se não tiver, vou em frente e finjo que tem.

Quando ele se dirige para a porta, algo me ocorre.

— Alex?

— Sim?

— Como assim "coisas terríveis aconteceram naquela casa"?

Ele desvia o olhar.

— Ah, nada. Estava pensando nas suas possíveis viagens de ácido e em Bette, só isso.

Trinta e cinco

rinta minutos mais tarde, há um verdadeiro pelotão no meu quarto. Um homem de terno está segurando uns documentos. Uma secretária, um médico e uma enfermeira estão de prontidão. Alex está de pé perto da minha cama com uma cópia da papelada na mão. Ele circulou as partes importantes com caneta vermelha.

O homem de terno está furioso.

— Seu irmão parece achar que estamos mantendo você aqui contra a sua vontade. Expliquei que, apesar de quaisquer discrepâncias que ele afirma ter encontrado nos documentos, você está aqui como uma paciente voluntária. Faria a gentileza de explicar isso a ele?

Sinto um grande prazer em lhe dizer:

— Não, não é verdade. Estou aqui totalmente contra a minha vontade. Sou uma prisioneira.

O homem de terno não fala nada. Alex diz:

— Mesmo que ela estivesse aqui por vontade própria, não foi feita nenhuma avaliação, o que significa que não têm o direito de tomar seus pertences, de lhe negar acesso ao celular, e direito nenhum de interná-la.

Alex aumenta a pressão:

— Vou conseguir uma liminar contra vocês pela manhã. E quem sabe a história de como este hospital está passando por cima da lei acabe nos jornais. Tenho certeza de que vai concordar que, para um hospital com uma reputação de excelência tão merecida, isso teria consequências muito ruins.

O homem de terno hesita. Então, ele sai do quarto sem pronunciar uma palavra e é seguido pelos outros. Alex e eu ficamos sozinhos.

Mas deixaram a porta aberta para nós.

* * *

– Você realmente acha que Martha batizou minha água?

Estamos sentados no carro dele perto da M25. Já percorremos cerca de cinquenta quilômetros, e ainda restam vinte ou mais até chegarmos em casa.

Ele olha pela janela.

– Bem, existem três possibilidades. Uma é que você mesma tomou, mas isso seria tanta maluquice que não acredito que foi o que aconteceu. Outra é que seu estado mental provocou alucinações exatamente iguais às de LSD. Ou Martha batizou sua água. É a única explicação.

– É, deve ser isso.

– Você acha que Jack está envolvido?

Os carros estão correndo tanto que lixo e copos de plástico voam pelo acostamento. O som dos motores zumbe baixo a distância, aumentando quando eles se aproximam e desaparecendo novamente. Estão com as lanternas acesas para iluminar o início da noite. É como se estivéssemos no fim do mundo.

– Não sei – admito. – Não consigo deixar de pensar que ele é estúpido demais para participar de uma conspiração. Além disso, ele meio que disse que só me queria fora porque pensou que eu fosse uma policial disfarçada ou estivesse trabalhando para um concorrente. – Solto um grunhido do fundo da garganta. – Não me surpreenderia se Martha colocasse essas ideias na cabeça dele. É ela quem está orquestrando tudo. De algum jeito, ela sabe o que estou procurando desde o começo. Ela usa o pingente de Bette no pescoço.

Alex joga a cabeça para trás, enojado.

– Você está de brincadeira.

– Sei que ela quer que eu vá embora, mas tem algo de muito errado naquela mulher.

Alex faz uma careta, inclinando a cabeça para o lado.

– Que diferença faz para ela? Não pode estar envolvida no que aconteceu no seu aniversário; ela não estava lá. Qual é o interesse dela nesse negócio infeliz?

– Ela bateu na porta no dia do meu aniversário. Tenho certeza.

Alex dá um sorriso descontente.

– Você confia mais na sua viagem de ácido que no censo e no registro eleitoral?

Não tenho escolha a não ser dizer:

– Sim, confio.

– Não faz sentido nenhum.

Não. Mas vai fazer.

– Então, acha que eles estão todos juntos? Martha, seu pai e Dr. Wilson?

– Qual é a explicação? – Minha dor de cabeça se multiplicou. – Descobri a conexão entre meu pai e o Dr. Wilson. Eles são velhos amigos e estão trabalhando juntos. Mas não sei por quê. Wilson diz que Martha é paciente dele. O que é coincidência demais para o meu gosto. Olha, realmente preciso voltar para casa.

– Precisa mesmo? O problema é que vai levar cinco minutos para que Wilson e seu pai descubram que tirei você do hospital. Eles provavelmente estão trabalhando duro para conseguir um novo pedido para botar você de volta lá. Por que não vai para a minha casa e fica quieta por alguns dias? Eles não vão encontrá-la lá.

Ele está tão esperançoso que não tenho coragem de dizer não.

– Vou pensar. Preciso ir para casa. Você pode fazer uma coisa antes?

Ele fica desconfiado de novo.

– O quê?

– Só me abrace. Por favor, me abrace.

Ele me envolve em seus braços no mesmo instante. Soluços terríveis explodem de mim com tanta força que fazem meu corpo todo tremer e tenho certeza de que vou partir ao meio. O horror do que meu pai fez comigo, do que ele permitiu que o Dr. Wilson fizesse comigo, é o pior tipo de horror que já senti. É muito pior que os pesadelos, o dormir-acordada, os gritos, as facas, as agulhas gigantes. É o pior tipo de traição. Não, o pior é eles nunca terem me contado que não sou filha deles de verdade. Eu era parte de outra família, minha família de sangue. Por que não me contaram?

Ainda não consigo contar a Alex.

– Aquele lugar era horrível.

– Eu sei. – Ele esfrega a mão nas minhas costas com gentileza para me acalmar. – Sabe o que me atraiu em você?

Não consigo responder. Estou tão emocionada que balançar a cabeça tem que ser o suficiente.

– Seu rosto.

– Pare de tirar sarro. Parece que acabei de ser expulsa de um ninho de pássaros.

Ele ri de leve. Então, recua e coloca as palmas das mãos sobre o meu rosto. Não consigo encará-lo.

– Você tenta esconder, mas seu rosto está tão cheio de vida. Ele brilha tanto que não precisa nem de maquiagem. Reparei em você no primeiro dia que fui ao seu escritório. Você chamou a minha atenção. – Ele faz uma pausa, como se tivesse dificuldade para dizer as próximas palavras. – Algumas pessoas têm isso. Chame de aura, não sei, mas você tem. Não quero nunca ver isso desaparecer ou ser destruído.

Meu rosto está tão quente que seria possível fritar uns ovos nele. Não acredito no que ele está dizendo – que tenho algo de especial. Que sou especial.

A única maneira que encontro de expressar minha gratidão eterna é erguer os olhos e beijá-lo. Logo estamos dando uns amassos dentro do carro.

Sou eu quem interrompo as coisas, me afastando ofegante. A verdade é que não consigo lidar com mais emoções, então simplesmente digo:

– Só quero ir para casa. Minha casa de verdade.

Alex entende, como eu sabia que ele entenderia. Ele dá partida e vamos embora do fim do mundo. A viagem até a minha casa é tranquila. Quando chegamos, ele sai do carro e tenta me acompanhar, mas não o deixo.

– Está tudo bem. Já me ajudou bastante por hoje. Só quero ficar sozinha. Têm sido dias difíceis. Vou tomar um banho e ir para cama. Te ligo de manhã.

Ele está muito preocupado. Eu lhe dou um abraço e um beijo demorado.

– Não consigo lhe agradecer o suficiente.

Ele se vira. Seu tom parece o de um agente funerário quando diz:

– Me ligue de manhã.

Entro em casa, que tem um cheiro velho e mofado. Espero que ele vá embora antes de ir para o chuveiro. Não ouço seu carro. Em vez disso, escuto uma batida na porta. É Alex de novo.

Ele pega algo no bolso.

– Acho que é melhor você ficar com isso – ele diz, me entregando um envelope.

Eu o viro e o observo.

– O que é?

– A terceira parte da escrita na parede. Traduzi para você. Eu ia rasgar, mas acho que é melhor você ficar com isso.

– Como conseguiu isso?

Ele dá uma tossida nervosa e desvia os olhos de mim.

– Acontece que Patsy tem uma chave da casa, dos tempos de quando a família Peters morava lá. Sabe, deixaram umas cópias com a vizinha para caso perdessem a deles...

– Mas quando? Como? – solto.

Outra tossida. Ele me olha.

– Antes que eles pintassem o quarto de preto. Na verdade, foi bem fácil. Esperei que eles saíssem, entrei e encontrei o restante da história de John Peters embaixo do papel de parede atrás do armário.

– Que cretino, Alex. – Estou furiosa. – Por que não me contou?

– Eu tentei, depois que contei pra você sobre o registro eleitoral e o censo. Mas você foi embora brava porque insisti para que dormisse e descansasse.

– Mas você me viu depois disso! – grito.

– Estava preocupado com o seu bem-estar. Tive que decidir se mostrava ou não a você. – Seu tom é tão severo quanto a expressão em seu rosto. – Leia por sua própria conta e risco.

Então, ele repete as palavras que disse no quarto do hospital, desta vez com sinceridade:

– Coisas terríveis aconteceram naquela casa.

Trinta e seis

Ele vai embora, deixando-me agarrada ao que sei que será a peça mais importante do quebra-cabeça do meu passado. Começo a abrir o envelope, mas, então, paro, com medo de ficar perturbada demais para voltar para aquela casa. Tomo um banho e me visto para a batalha: calça cargo, pulôver preto, saltos e boina. Vou para a cozinha e pego uma faca comprida, que afio na pedra e guardo em um bolso lateral da calça. Depois, chamo um táxi.

Dez minutos mais tarde, um carro estaciona do lado de fora. Pergunto-me se estou deixando minha casa pela última vez. Alex está certo. Não há como saber o que Martha pode fazer, mas desta vez estarei preparada para ela. Entro no táxi e seguimos pela minha rua. No cruzamento com a rua principal, paramos para esperar o semáforo. Olho pela janela e vejo Alex estacionado no final da rua. Esperando por mim. Ele balança a cabeça. Não se deixou enganar; ele sabia que eu pretendia voltar direto para a casa. Estou desesperada para que o carro se mova. Porque, no fundo, quero sair deste táxi e entrar no carro acolhedor de Alex para ser levada para longe de tudo isso. Coloco a mão na maçaneta e estou prestes a sair quando o táxi se move. Tarde demais. Mas fico satisfeita.

No caminho, mando um beijo no ar para Alex.

* * *

Caminho pela entrada da casa com a postura e os movimentos de uma mulher que exala confiança. Minha sorte está segura e firme no lugar. Ninguém pode me impedir agora. A casa parece imponente, com as chaminés assomando acima, as janelas projetando-se para fora, o cascalho do chão afiado e pontiagudo com a intenção de machucar. Até mesmo minha chave especial da marca de pedreiro está meio escondida nas sombras. É um aviso para não entrar, a menos que se esteja preparado para ser engolido.

Dê o seu pior. Uma coisa ela não pode fazer: me cuspir para fora.

Fico tensa. Sinto que estou sendo observada. O ronronar baixo de um gato me diz que não é Martha nem Jack, mas outra pessoa. O olhar perspicaz de Patsy acompanha cada passo até que me aproximo dela. Davis está tão confortável em seus braços quanto um marisco em sua concha. Seus dedos artríticos alisam o pelo.

Ela pula ferozmente e diz:

– Você podia se dar pior do que Alex, sabe.

Dou um suspiro. Esta não seria uma conversa normal com Patsy se ela não estivesse apontando o dedo para mim de alguma forma.

– Eu sei. – Ela é bem-intencionada em seu jeito rude, mas meu foco está em outro lugar.

Tia Patsy chega mais perto.

– Vi a ambulância levando você embora. Uma confusão daquelas. Espero que esteja bem agora.

– Sim, estou ótima.

De repente, minha mente volta para o último dia em que a vi com Alex. Lembro-me de como ela ficou chateada falando sobre John Peters e sua família. Como ela abaixou a cabeça e saiu da sala. Tanto naquele dia quanto hoje, fiquei com a impressão de que ela não me contou tudo o que sabia. De que ela estava, ou melhor, está escondendo um segredo.

Pergunto de uma vez:

– Que tipo de homem era John Peters? Ele era cirurgião, não era?

Agora parece que anunciei sua sentença de morte. Em um piscar de olhos, sua mão para de acariciar o gato e passa a agarrá-lo.

Patsy rapidamente se dirige para a porta.

– Bem, tenho que ir...

– Eu morei naquela casa. Ou costumava visitar. – Alongo meu peito enquanto expiro. Dizer isso em voz alta está ficando mais fácil, mais natural.

Patsy para abruptamente e se vira, de boca aberta. Em seguida, suas sobrancelhas se franzem enquanto ela olha fixamente para mim.

– Eu me lembro de todo mundo desta rua. Não me lembro de bater os olhos em você.

– Vai me dizer o que aconteceu com John e sua família em 1998?

– Mil novecentos e noventa e oito? – sua voz soa quase como um guincho. Ela balança a cabeça com tanta força que é um milagre ela continuar presa aos ombros. – Não me lembro desse ano. Sim, eu estava visitando minha filha no Canadá...

– Por que não me conta a verdade?

Ela se vira para me encarar, com o rosto corado e a expressão sombria.

– Porque não posso.

A expectativa vibra pelo meu corpo. Meu coração bate forte com o poder e a força de uma labareda.

– Só estamos nós duas aqui. Ninguém mais precisa saber.

O olhar nervoso de Patsy vai até a casa de Martha e Jack. É quando percebo que algo está aterrorizando aquela mulher.

Sussurro:

– Do que você tem medo? Eles estão ameaçando você?

Minha mente volta para a cena que se desenrolou depois da morte de Bette. Jack ficou furioso quando pensou que Patsy tinha chamado a polícia, e ela jurou que não tinha sido ela. Naquele momento, ela ficou morrendo de medo de Jack. O que está acontecendo?

O olhar dela pousa em mim enquanto sua língua corre nervosamente ao longo do lábio inferior. Davis esfrega a cabeça contra o peito dela. Enfim, ela diz:

– Não quero acabar na prisão.

– Prisão? – Estou confusa, atordoada. – Não entendo.

Ela se aproxima de mim de novo. Para uma mulher mais velha, ela é bastante ágil.

– É... Ele disse que, se eu abrir a boca sobre qualquer assunto dela relacionado ao passado, vai me entregar à polícia.

– Jack?

Patsy revira os olhos dramaticamente.

– Bem, não estou falando do Papa – ela devolve. Seu rosto desmorona. – Só fiz isso por causa da dor.

Resisto à enorme vontade de me intrometer, sabendo que ela está finalmente se abrindo.

Patsy levanta uma das mãos com os dedos dobrados.

– O remédio que o médico me deu para a artrite às vezes não faz efeito. – Ela arfa com tristeza. – É por isso que sinto tanta falta da minha Bette. Ela sabia quando eu estava sentindo dor e pulava no meu colo para lamber minhas mãos, como se pudesse fazer a dor passar. A única coisa que aliviava a dor era aquela coisa que ele cultiva no jardim.

– Maconha?

Ela assente uma vez.

– Quando ainda estávamos conversando, contei sobre a minha doença. Ele disse que tinha algo que poderia me ajudar. – O rosto dela brilha de prazer. – Ah, funcionou muito bem. E me deixou feliz também.

A imagem de Patsy fumando um baseado em frente à lareira se instala em minha mente.

– Claro, ele me prendeu em sua teia porque sabia que era contra a lei. Quando eu disse que levaria o caso do jardim para o tribunal, ele ficou furioso. Falou que, se eu dissesse uma palavra sobre o que ele está cultivando, diria que eu era sua maior cliente. – Ela fala, melancólica: – Imagine a vergonha se minha família descobrisse.

– Você só estava tentando se ajudar. Fazer a sua dor parar. Os policiais não vão colocá-la atrás das grades por causa disso. Eles estão interessados em pegar os traficantes, não os usuários.

Ela segura Davis mais perto, me avaliando. E diz baixinho:

– Em 1998, a família de John sumiu. Em um minuto, estavam todos lá, e, no minuto seguinte, não estavam mais. Foi tão triste que ele tenha se separado de sua adorável esposa. Uma moça tão amável.

– Para onde eles foram? – pressiono.

– Pelo que ele contou, ela o largou por outra pessoa e levou as crianças com ela para a Austrália. Mas tem uma coisa, vou contar pra você. Eu conhecia as crianças e costumava escrever cartões no aniversário delas. Eram uma graça. Mas, quando pedi o novo endereço para John, em vez de se recusar ou dizer "Prefiro que não saiba" ou "Não tenho", ele sempre dizia que ia me dar, mas nunca me dava. Pedi umas cem vezes. Mas ele nunca me deu. Estranho.

– Como assim?

– É como se ele não quisesse que eu soubesse onde eles estavam morando. E, pensando bem, nunca vi nenhuma van de mudança aparecer quando a esposa e os filhos foram embora. Estavam aqui em um dia, e no outro não estavam mais.

* * *

Estavam aqui em um dia, e no outro não estavam mais.

Fico repassando as palavras assombrosas de Patsy enquanto coloco a chave na fechadura e abro a porta da casa. Temo que as fechaduras possam ter sido trocadas, mas, se essa era uma tarefa de Jack, ele nem se deu ao trabalho. Vou para o corredor. Não há nenhuma luz acesa, mas posso ver no final do corredor que a sala de jantar está toda iluminada por velas. Parece uma mistura de jantar romântico e velório. Jack emerge do armário sob a escada com uma tocha poderosa.

Ele ilumina meu rosto e desata a rir.

– Uau, olha só quem chegou! Martha! O passarinho louco escapou do hospício! Olá, querida, bem-vinda de volta. Pode segurar isto para mim? Parece que os fusíveis fundiram. E aí, eles drogaram você lá? Devia ter me procurado; podia ter ajudado você nesse quesito aí. Ha, ha, ha! Ouça, benzinho, não me importo com as suas maluquices, mas à noite não rola. Não quando estou tentando pregar o olho.

Não há sinal de Martha. Vou até debaixo das escadas, onde ele está. Pego a tocha e ilumino o quadro elétrico. Há uma chuva de faíscas azuis.

Jack suspira.

– A parte elétrica desta casa está em frangalhos. É melhor eu pegar umas velas para você, Lisa. Você não tem medo do escuro, não é?

Ele desaparece no corredor. Vou até a sala de jantar. Martha está sentada em uma cadeira vitoriana no canto. Ela me olha quando entro e, então, se levanta. Parece uma assombração à luz das velas, quase etérea.

– Então você voltou mesmo?

– Pois é.

– Acha que é o melhor? Considerando a sua condição?

Seu lindo rosto está a centímetros do meu. Seus olhos são como estrelas sob a luz. Mas eu não recuo.

– Estou ótima.

– Não acho. Dr. Wilson parece acreditar que você está muito doente. Você está tendo alucinações, imaginando todo tipo de coisas estranhas. Espero que o Dr. Wilson tenha incluído isso no relatório.

Eu me aproximo ainda mais dela, de forma que estamos quase nos tocando.

– Sim, bem, você sabe melhor que eu, já que é uma amiga tão próxima dele. Você o ajuda com as anotações, não é?

Martha sorri.

– Você é uma guerreira, Lisa, admito. Você é mais homem que muito homem que conheci.

– Como o Dr. Peters, por exemplo. Ele não era muito homem, era?

Ela me encara com um olhar firme.

– Doutor quem?

– Certo, meninas, vamos parar com os amassos. Não somos esse tipo de casa – Jack interrompe, rindo da própria piada sem graça.

Ele está segurando um candelabro em uma mão e um monte de velas na outra.

Martha sorri para mim e segue para a sala matinal, levando consigo seu próprio candelabro. Eu me pergunto se ela já foi atriz.

Jack acende umas velas e as coloca no castiçal.

– Aí está. Leve isso lá para cima com você por enquanto. A luz vai voltar em um minuto; só preciso arrumar os cabos.

Subo o segundo lance de escadas para o meu quarto. Jack e Martha estiveram ocupados, obviamente prevendo que eu não voltaria. Minhas coisas estão amontoadas na cama. Eles sem dúvida estavam esperando meu pai vir pegá-las no quarto que ele sabe exatamente onde fica.

Empurro meus pertences para o lado para me sentar. Pego minha mala, mas não a abro. Em vez disso, respiro fundo, reunindo forças para o que vou fazer em seguida. Finalmente, pego o envelope que

Alex me deu e retiro o papel de dentro. Abro-o e começo a ler. A luz pisca e apaga de novo. Nas profundezas da casa, posso ouvir Jack gritando e praguejando de frustração. Pego o candelabro, coloco-o perto de mim e continuo lendo a tradução de Alex do texto na parede.

* * *

Quanto tempo fico lá, imóvel e gelada como sangue incrustado na neve depois de ler as palavras finais de John Peters, não sei. Uma lágrima escorre pela minha bochecha. Não consigo ler de novo. Não posso. Quero urrar e bater os punhos contra a parede preta.

Trinta e sete

Vou até as garrafas d'água alinhadas no fundo do armário. Pego uma pequena e noto algo que devia ter notado antes: o lacre está rompido. Só uma mente diabólica poderia sonhar em drogar uma pessoa. Lembro que, uma manhã, a água estava rançosa – sem dúvida, era o sabor da droga. Alex me disse que, assim que eu tivesse a oportunidade, eu devia esvaziar cada garrafa na pia, no vaso sanitário, na janela, o que fosse, contanto que elas não representassem mais uma ameaça para mim.

Pego uma garrafa e atravesso o quarto até a janela. Escancaro-a e observo Londres. Pergunto-me quantas pessoas lá fora estão desesperadas procurando um lugar para morar, dispostas a alugar o quarto de hóspedes de alguém. Na casa de um desconhecido. Um desconhecido que tem as próprias regras.

Volto a atenção para a garrafa, lembrando que Alex me aconselhou a me livrar delas. Giro a tampa. E viro seu conteúdo... direto para a minha boca.

* * *

Bebo tudo. Até a última gota de água rançosa. Quase desisto. A primeira coisa que faço em seguida é me sentar na cama e logo me arrepender. Acho que não sou capaz de lidar com mais nada, não depois do que acabei de ler.

Quanto a Martha... fico enjoada só de pensar nela, sabendo o que sei agora. Depois que ela descobriu quem eu era, que eu era sonâmbula, que eu tinha pesadelos aterrorizantes, foi fácil me empurrar para o precipício. O LSD na água foi um belo truque. Mas ela me subestimou. Vou usar a arma que ela usou contra mim. Se funcionar.

Sei que é loucura. Na verdade, pode ser a mais pura idiotice, mas os detalhes do que li agora colocam em perspectiva o que a viagem de ácido me fez ver ontem. A droga me fez ver o começo do que realmente aconteceu tantos anos atrás. Agora só preciso refrescar a memória. As portas da percepção... não deveriam se abrir quando você toma ácido? Ou são as portas do inferno? Ou ambas ao mesmo tempo? Posso estar arriscando cair na mesma paranoia que experimentei quando Alex me encontrou perto do metrô, mas preciso tentar.

Deito na cama e espero.

Acho que posso ouvir as gotas d'água batendo no telhado. Será que o LSD bateu? Quando me levanto e olho pela janela, vejo que está chovendo e começo a rir. Talvez não houvesse o suficiente na garrafa, ou a droga perdeu o efeito ou algo assim. Mas então percebo que a chuva é uma chuva de purpurina prateada, com pequeninas estrelas caindo do céu, e então sei que os trabalhos começaram. No minuto seguinte, é só chuva de novo. Talvez não esteja funcionando, mas tanto faz, não tenho tempo a perder. Corro para a porta. Quando a abro, tomo um susto.

Martha está sentada no corredor com as costas apoiadas na parede.

Depois de me recuperar do choque, fico satisfeita. Melhor acabar com isso logo.

– Oi, Martha.

Seus fabulosos olhos verdes parecem os de uma cobra.

– Oi, Lisa.

– Martha, estava querendo fazer uma pergunta pra você.

– Sério?

– Como você sabia quem eu era?

Ela parece uma bruxa velha. Ou será que eu acho que essa mulher é uma bruxa velha e por isso ela se parece com uma?

– Você está errada, eu não sei quem você é.

– Filha do Dr. Peters.

– Ah, sei. – Ela me olha por um longo tempo. – Você não parece bem. Deve ser toda essa preocupação com o Dr. Peters, com o Dr. Wilson, com seus pais, com a escrita na parede. É o suficiente para levar uma garota à loucura. E você já chegou aqui bem louca, não é? Sejamos sinceras.

O sangue se esvai do meu rosto, deixando-me gelada.

— Sim, ouvi tudo isso do próprio Dr. Wilson. Seria de esperar que, depois da maneira como eu o tratei, ele bateria a porta na minha cara quando fui vê-lo para descobrir o que você estava fazendo. Mas não, ele mal podia esperar para me contar todos os detalhes obscenos. Mais um dos meus ex-amantes que não conseguiu largar o vício. Eu o manipulei da mesma forma que manipulei o Dr. Peters. Isso é o que faço para me divertir. Manipulo os homens. — Ela me olha nos olhos. — E, por falar em vício, Lisa, você não está viajando de novo como na outra noite? Isso não é muito prudente para uma garota em uma condição mental tão frágil.

Ela está confessando algo. Tento elaborar uma lista de perguntas que quero fazer, mas não consigo organizá-las de jeito nenhum, nem formular frases que façam sentido. Então, desisto e me dirijo para as escadas.

Ela pega minha mão, cravando as unhas na minha pele.

— Cuidado, você pode cair. Deixe-me te ajudar.

Sua mão quente desliza pelo meu braço conforme ela se levanta. Quero cortar o contato, mas não consigo.

— Para onde você quer ir? O que você quer saber?

Penso que ela pode tentar me matar me jogando pela escada e começo a me debater. Ao mesmo tempo, fico contente por ela estar ali, porque ela está certa. Perdi todo o senso de tempo e espaço e posso realmente cair.

Falo com indiferença:

— Assassina.

Seus dentes perfeitos lembram lápides recém-lavadas quando ela joga a cabeça para trás e ri.

— Eu? Ah, querida, você não é uma detetive muito boa, não é? Nunca matei ninguém. — Ela me puxa para perto e sussurra: — Foi seu pai, Lisa. Ele é o assassino. Leia as cartas suicidas. Você encontrou uma no primeiro dia. Vi na sua escrivaninha quando saiu apressada para o trabalho.

Burra! Burra! Burra! Por que não se lembrou de guardar a carta? Escondê-la?

Seu hálito é como um veneno contra o meu rosto.

– Seu pai confessou. Ele é o assassino. Ele matou sua mãe e seu irmão e sua irmã e tentou matar você também. E por quê? Porque, apesar de sermos amantes, eu não ia fugir com ele, e isso o enlouqueceu. Do mesmo jeito que isso enlouqueceu você. Imagine, matar a própria família porque a mulher amada não quer fugir com você?

Estou aterrorizada. Preciso manter a cabeça no lugar, mas minha cabeça está pesada. Preciso confiar nos meus olhos, ouvidos e em todos os meus sentidos, mas não posso. Eles desapareceram em um salão de espelhos, onde nada é real. Preciso confiar nesta mulher, que sabe o que aconteceu naquele dia, mas ela está tecendo uma teia de verdades, meias verdades e mentiras para finalmente terminar o trabalho que começou quando batizou minha garrafa d'água. Estou desesperada para voltar no tempo e despejar aquela água na pia. Quero voltar para aquele dia sinistro e alegre em que vi pela primeira vez a marca de pedreiro na parede desta casa e gritei "Achei!". Ou mesmo para o meu aniversário de 5 anos, quando podia ter gritado "Alguém vai nos matar! Vamos fugir!".

Quero uma saída. Mas não há saída nenhuma. Isso vai terminar de um jeito ou de outro, só não sei qual será esse fim.

De alguma forma, estamos no corredor, coladas uma na outra como duas amantes. Como chegamos aqui? Minha mente confusa tenta entender.

Ouço uma voz atrás de mim, mas não olho.

– Qual é o problema com ela?

É Jack. Martha se vira. Sua resposta é vaga:

– Ela tomou ácido de novo. Só estou ajudando para garantir que ela não faça nada estúpido. Não se preocupe, ela vai voltar para o hospital amanhã.

Jack não parece convencido.

– Sério? Onde ela conseguiu ácido?

— Como é que vou saber? O especialista é você.

Jack não fala nada. Estou gritando para que ele me ajude, mas o grito fica preso dentro da minha mente frenética. Ele se coloca na nossa frente. Levanta minhas pálpebras, examina minhas pupilas e aperta minha bochecha. Ele não acredita nela. Está desconfiado. Não só posso ver que ele está desconfiado, como também posso ler em seus olhos brilhantes demais.

— Ela precisa de um médico.

— Boa ideia. Ligue você. Aproveite e ligue para um bom advogado também. Vai precisar de um quando começarem a fazer perguntas. — Ela o provoca de um jeito sórdido e desrespeitoso.

— Conheço um médico discreto. — Ele me olha. — Você está bem?

Martha interrompe.

— Ela está bem. Por que não sai daqui e vai assistir à TV?

Por dentro, estou dizendo "Ela é uma assassina. Ela vai me matar".

Então, percebo que falei em voz alta.

Martha bate um dedo na lateral da cabeça e revira os olhos, indicando que estou viajando.

— Eu disse para você se mandar e ir assistir à porra do jogo — ela diz para Jack cruelmente, como se tivesse todo o poder sobre ele.

Ele me olha e, então, segue para o *hall* de entrada lenta e sorrateiramente. Martha, de repente, fica apressada e me conduz até a sala de jantar.

— Foi aqui que aconteceu. Seu pai me contou. Você, sua mãe e seus irmãos estavam aqui comemorando o seu aniversário de 5 anos. Seu pai estava atrasado porque estava transando comigo em um quarto de hotel.

Pare! Por favor, faça ela parar!

Ela não para.

— Enquanto estávamos deitados na cama depois do sexo, ele me implorou para que fugisse com ele e disse que não conseguia viver sem mim. Falei que não, claro. Ele tinha responsabilidades familiares. Além disso, eu era a melhor amiga da sua mãe, sabia disso?

Pare! Pare!

— Só imagine que, quando sua mãe reclamava que seu pai nunca voltava para casa e suspeitava que ele estava tendo um caso, era para mim que fazia essas confidências. Ela sentia que eu era a única pessoa em quem podia confiar. Ela até me convidou para a sua festinha de aniversário. Imagine! A amante do marido, a pessoa que ela pensava ser a única em quem podia confiar, sua melhor e adorada amiga.

Ela continua:

— Não é patético? Ela não tinha praticamente ninguém, sua mãe. Eu não podia fugir com o seu pai. Não podia fazer isso, mesmo que ele me adorasse, como o Dr. Wilson e todos os outros. Claro, eu devia tê-lo dispensado gentilmente, mas sou uma mulher cruel que gosta de maltratar os homens. E, quando ele saiu daquele hotel, um homem maltratado, ele tinha os olhos de um homicida.

Olho ao redor da sala de jantar. Tudo está silencioso e imóvel. As cadeiras e o armário estão estáticos.

Martha e seu canto de sereia não me deixam:

— Ele cruzou a porta, deu a você seu presente, pegou a faca do bolo e esfaqueou sua mãe até a morte na sua frente e perseguiu vocês até o andar de cima, balançando a faca. Você se lembra?

Eu me lembro. Ela está certa. Nesta sala silenciosa, eu me lembro. O braço de Martha em volta de mim me lembra de outra mulher colocando o braço em volta de mim naquele dia. Cantando "Um, dois, feijão com arroz" enquanto colocava meu vestido de festa. Minha querida mãe, que estava comemorando meu aniversário de 5 anos. Lembro-me das crianças sem rosto, meu irmão mais velho e minha irmã. Lembro-me da faca do bolo e me lembro de ser perseguida. Lembro-me do sangue e dos gritos das crianças. Lembro-me do horror. E me lembro de ter me escondido debaixo da cama. Exatamente como Martha está dizendo.

Exceto por uma coisa.

— Não, não foi isso que aconteceu. Você bateu na porta aquele dia, Martha. Uma mulher gritou e você não grita, não é? Não veio aqui para gritar. Veio para dizer algo para a minha mãe no dia do meu aniversário. Eu ouvi uma mulher gritando. — A verdade medonha e terrível se derrama. – E, depois que você falou com ela e foi embora, ela veio aqui e tentou nos matar. Ela nos perseguiu até o andar de cima e foi aí que as crianças gritaram. Nós gritamos. Eu gritei. Depois ela se matou... Meu pai voltou para casa mais tarde e gritou quando viu o que tinha acontecido. Foi isso.

Assinto como se estivesse bêbada, prestes a cair.

– Foi isso que aconteceu. O que você disse para a minha mãe que fez ela querer nos matar? Que coisas disse a ela? Contou sobre você e meu pai? Que você tinha acabado de sair de um hotel onde estava fazendo sexo com ele? Foi isso que disse a ela? Foi isso? Você sabia que ela era frágil. Você tentou impedi-la ou simplesmente abandonou sua querida amiga depois de ter concluído sua tarefa maldita?

Martha não diz nada. Não diz que estou certa. Também não diz que estou errada. Sinto-me desorientada, mas não parece efeito da droga agora. Talvez não houvesse LSD suficiente na água para me fazer voar direito.

Martha suspira.

– Por que não pergunta para eles?

– Para quem?

– Para o Dr. Peters, sua esposa perturbada ou seus irmãos? Por que não pergunta para eles?

Fico olhando para ela atônita. Essa mulher é maluca.

– Porque eles estão mortos, por isso.

– Você também está morta. Está morta desde aquele dia. Você é uma criança fora do tempo. É o que seu pai costumava dizer quando deixei que ficasse naquele quarto em sua própria casa: "Eu devia ter morrido com eles, e Lisa também, então tudo estaria resolvido".

Não acredito nela. Não. Não é verdade.

Ela agarra minha cintura com firmeza e me leva para fora da sala de jantar. Sigo pelo corredor voluntariamente e subo os dois lances de escada até o meu quarto. Fico olhando impassível enquanto ela empurra a mesinha de cabeceira para o outro lado do quarto, sobe nela e abre a trapeira. Ela se ergue para cima e para fora, para o peitoril onde Bette morreu. Na minha cabeça, estou em outro lugar, mas não sei onde. Acho que ela vai se matar, mas não me importo. Não me importo mais com a morte; já tive o suficiente disso na minha vida. Ela me oferece a mão pela janela. Vai matar nós duas, ou talvez só eu. Mas não me importo. Saio pela janela.

– Antes de largá-la com Edward e Barbara, seu pai contou a você que sua mãe e seus irmãos tinham ido para o céu para ficar com as estrelas. – Ela aponta para o céu escuro. – Vá em frente, pergunte a eles. Pergunte o que aconteceu. Por que não age como o homem que seu pai nunca foi? Vá perguntar para eles. Não seja fraca. A fraqueza me enoja. Você não pode fazer mais nada, a não ser ir e ficar com eles.

Claro que ela está certa. Olho para a escuridão além da borda do peitoril. Mas, agora que sei a verdade, quero viver. Não quero mais a escuridão.

Olho para trás. Estou pensando em voltar. Ela não vai me matar, sei disso. Mas, quando me viro, vejo Jack me observando.

Ele pergunta para Martha:

– O que diabos está fazendo aí? Volte para dentro agora.

Martha desdenha:

– Vá se foder, seu garoto idiota. Ela pensa que pode voar. Quer que eu a deixe aqui sozinha?

– Não, quero que vocês duas voltem para dentro. – Ele estica o braço para agarrar minha mão e tenta me puxar.

O que se segue é uma batalha de três pessoas. Não consigo dizer quem está puxando quem ou por quê. Martha está segurando meu braço; está tentando me puxar para fora ou me empurrar para dentro? Com Jack segurando firmemente minha mão, tento me agarrar à mão de Martha. Ou será que estou empurrando? Ou puxando?

Nossos rostos estão tão próximos que posso ver o medo em seus lindos olhos verdes. Jack me dá um puxão violento e, por sua vez, Martha cai e escorrega pelo telhado. Por um momento, seu pé se apoia em uma saliência e seu rosto fica congelado. Então, ela desaparece.

Jack me puxa para dentro. Está tremendo. Ele dá um salto e olha pela janela. Ele se impulsiona para fora, atravessa o telhado com cuidado e olha para baixo. Murmura algo com ferocidade antes de voltar para a janela e entrar.

Ele me agarra pelos ombros e me sacode.

– Certo. – Ele toma fôlego. – Ela está morta com certeza. Vamos ter que chamar a polícia. Mas, quando chegarem aqui, deixe que eu fale. Entendeu? – Ele me sacode. – Perguntei se você entendeu.

Não digo nada. Porque não há nada a dizer senão a verdade.

Trinta e oito

Estou despedaçada. Apoio a cabeça no ombro de Alex. Estamos na sala de Patsy. Davis está deitado no tapete ao nosso lado, como se sentisse minha angústia.

Alguém bate na porta. Fico tensa imediatamente. Torço para que não seja a polícia de novo. Já dei um depoimento sobre o que aconteceu e não tenho forças para falar mais. Vou deixar que Jack fale. Ele vai contar que a esposa pulou da janela. Ela andava tão perturbada... Dr. Wilson foi à delegacia para confirmar a história; sua paciente Martha Palmer era uma mulher muito perturbada mesmo.

Martha está morta. Não sei como me sinto. O fim de uma vida humana nunca deve ser celebrado, mas ela era cruel. E a crueldade não tem o direito de estar entre nós.

– Eu atendo – Patsy diz da cozinha.

Ela tem sido um amor, fazendo chás, sanduíches e bolos e, mais importante, não me fazendo perguntas.

Sua cabeça surge na porta da sala. Ela diz, melancólica:

– Tem um homem e uma mulher na porta dizendo que são seus pais.

Alex, indignado, responde por mim:

– Diga que eles podem ir embora. Eles deviam estar atrás das grades pelo que fizeram Lisa passar.

Meus pais apareceram quase ao mesmo tempo que a polícia na casa de Martha e Jack. Estão transtornados, querendo falar comigo. Eu me recusei. Agora que sei a verdade, estou com medo do que posso acabar falando para eles.

– Tudo bem, Alex. – Levanto a cabeça e digo para Patsy: – Peça para eles entrarem.

Sinto-me mais forte agora. Ainda há umas partes faltando na história, e suspeito que eles sejam os únicos que podem me contar.

Meus pais estão em um estado lamentável. Meu pai parece ter envelhecido dez anos, e minha mãe está de cabeça baixa, devastada. Ela me olha nos olhos.

Meu pai tosse.

– Lisa, entendemos se não quiser falar com a gente. Mas gostaríamos que nos desse uma chance.

Sinto que Alex está se coçando para mandá-los darem o fora. Coloco a mão na coxa dele.

– Pode nos dar um minuto, Alex?

Ele se levanta de modo relutante.

– Se precisar de mim...

Dou um sorriso cansado.

– Eu sei.

Ele se recusa a olhar para os meus pais ao sair da sala. Fico de pé e me sento na poltrona. Davis me acompanha.

Gesticulo para o sofá.

– Por favor. – Mantenho meu tom cordial e sob controle.

Meu pai começa a falar assim que eles se sentam:

– Lisa, eu...

– Não. – Sou firme e me imponho. – Não vou brigar, gritar nem fazer um escândalo. Posso fazer isso depois. Mas não é importante agora. O que importa é que vocês me contem exatamente o que aconteceu no meu aniversário de 5 anos. Sei um pouco porque John Peters escreveu sua história na parede do meu quarto.

– O quê? – meu pai atira como um míssil.

Minha mãe solta um lamento estranho e começa a se balançar. Não consigo lidar com a dor dela agora; só tenho tempo para a minha própria dor.

– Quero começar lendo para vocês a última parte da história. – Pego a tradução de Alex em meu bolso e falo com uma voz firme e calma: – Seus textos sempre começam do mesmo jeito, com um verso de um poeta russo chamado Etienne Solanov. Cada verso foi escolhido a dedo para cada trecho. Este não é diferente: "Quando enterrei os outros, também me enterrei. Mas não havia descanso para mim".

Esforço-me para manter a voz calma enquanto continuo lendo...

Trinta e nove
Antes: 1998

Ele estava atrasado. De novo. Quando colocou a chave na fechadura, se perguntou quanto disso era proposital. Quanto era porque não gostava mais de voltar para casa. Não importava quais eram os motivos, ele se sentia dominado pela culpa. Um pai nunca deveria se atrasar para a celebração de mais um ano de vida da filha. Sua linda Marissa estava fazendo 5 anos. Debaixo de um braço, ele trazia um presente embrulhado com cuidado, e no outro sua maleta de médico. Mas, assim que cruzou a porta, soube que havia algo muito errado ali.

A casa estava estranhamente silenciosa, mas deveria estar preenchida com gargalhadas altas e alegres pela comemoração do aniversário de Marissa. Ela queria uma festa grande com todos os amigos, mas Alice decidira que só queria a família. Seria uma ocasião para fecharem a porta e se isolarem do resto do mundo. O mundo poderia se intrometer no dia seguinte; hoje seriam só eles.

Ele sabia que a esposa e os filhos estavam lá porque a porta da frente não estava trancada duas vezes, como sempre faziam quando saíam. E com certeza não teriam saído sem avisá-lo. Especialmente no aniversário de Marissa.

– Olá? Onde está minha aniversariante? – sua voz animada pareceu esquisita em meio ao silêncio da casa.

Não houve resposta. Seu coração começou a acelerar; havia algo muito errado ali. Apressou-se para a sala de jantar. A respiração se prendeu na garganta. Não conseguia acreditar no que estava vendo. Uma confusão total. Copinhos e pratinhos de festa esmagados. Sucos e refrigerantes derramados em poças no chão e em toda a mobília. Cadeiras tombadas. Balões murchos abandonados a esmo no chão. Faixas de "Feliz aniversário" dependuradas das paredes.

No centro da cena horrenda, estava o bolo de aniversário intocado. Parecia estar aguardando na mesa, implorando para ser cortado. Alice tinha feito a encomenda com tanto esmero: pão de ló com a imagem do personagem principal de *Bob, o Construtor*, programa de TV favorito de Marissa.

Então, ele notou algo na parede. Manchas vermelhas, gotas desiguais em padrões obscenos. Sangue. Ele reconhecia sangue assim que o via. Tinha se tornado quase seu melhor amigo no trabalho como cirurgião do trauma. Sua apreensão se transformou em puro medo. O presente de sua filha escorregou da mão e caiu no chão. Parecia que ia ter um ataque cardíaco.

Onde está minha família? Onde está minha família? E se ladrões...?

Enjoado até a alma e apavorado, disparou para a cozinha. A porta dos fundos estava trancada e protegida, assim como a porta da frente. Ficou ofegante e trêmulo, tentando desesperadamente entender o que tinha acontecido. Alice defenderia os filhos com a própria vida contra um agressor. Devia ter sido isso.

Ele correu da cozinha para a sala matinal e, depois, para a sala de estar. Não havia ninguém. Parou no coração da casa, no tapete vermelho e preto, e olhou para as escadas. Seus ossos pareciam estar tremendo. O que quer que tivesse acontecido ali o aguardava no andar de cima. Ele se curvou e soltou um grito. Não queria ir. Não era capaz de lidar com isso. Não se sentia forte o suficiente.

Esticou uma vértebra por vez enquanto engolia as lágrimas ameaçadoras. Ele via traumas quase todos os dias; podia lidar com isso. Tinha que lidar com isso. Subiu a escada com passos pesados, agarrando-se com força no corrimão. Quase caiu para trás quando viu o braço pendurado no topo do primeiro andar. Ele queria berrar. Não se permitiu. Ele se deparava com traumas o tempo todo. Corpos quebrados e vidas despedaçadas. A única maneira de superar a própria vida despedaçada – e não havia dúvida de que tinha se partido em mil pedaços – era vestir o jaleco impessoal do cirurgião que ele era. Subiu até o último degrau e examinou a cena.

O braço era de sua linda esposa, Alice. Seu corpo inerte e pálido estava caído no chão do corredor. Em seus pulsos, havia dois cortes ensanguentados, por onde sua vida foi drenada rapidamente, devido à perda de sangue. Ambas as mãos estavam moles sob a faca enfiada em seu coração.

No mesmo instante, ele soube o que estava vendo. Os cortes nos pulsos e a facada tinham sido autoinfligidos. Sua adorada Alice, com quem ele se casara em um dia perfeito de verão em junho, tinha tirado a própria vida. Tinha se matado. A polícia e os peritos concluiriam isso em alguns minutos.

Apesar da inacreditável dor que o rasgava por dentro, ele se recusou a chorar. Ainda não. Ainda havia mais. Muito mais.

Perto da entrada do banheiro, estava seu filho Leo. Morto. Tinha sido vítima de um ataque desvairado, e seu corpo exibia incontáveis cortes e feridas. Havia duas facadas em suas costas.

Ele caminhou com calma pelo primeiro andar e encontrou sua filha mais velha, Tina, em um quarto, perto da janela. A leve cortina voejava com a brisa sobre seu cadáver. Parecia ter tentado fugir, mas não conseguiu. Suas feridas eram as mesmas que as de Leo, mas havia apenas um golpe mortal em seu peito.

Ainda assim, mantendo um olhar profissional, ele se permitiu fazer um prognóstico do que tinha acontecido ali. Sua esposa tinha surtado. Matara os filhos enquanto sua mente perturbada estava fora de controle, e depois voltou a faca contra si mesma. Era isso o que o legista diria e era isso que os jornais da cidade divulgariam.

Ele levou as mãos à boca de uma vez e começou a gritar como se seus pulmões fossem explodir. Ele ia perder a cabeça, tinha certeza. Seus filhos estavam mortos. Mortos. Mortos. *Meu Deus, me ajude. Leo, Tina e...*

Sua mão caiu fracamente de sua boca. Onde estava Marissa? Correu para o último andar feito um maluco, mas não encontrou sua caçula. Notou marcas de sangue que não tinha visto antes no carpete, mas não pareciam levar a lugar nenhum. Então, começou a pensar que talvez ela tivesse escapado para a rua, onde um estranho a resgatara e a levara ao hospital, mas ela estava traumatizada demais para contar o que tinha acontecido. Ele tinha esperança, mas, ao mesmo tempo, estava tomado pelo medo diante da possibilidade de que ela tivesse sobrevivido. Porque ele não queria testemunha nenhuma do que sua esposa tinha feito.

Por fim, ele a encontrou debaixo da cama onde ele e Alice fizeram amor até um ano antes. Marissa estava toda encolhida, com seu vestido de aniversário encharcado de sangue e, oh, céus, com a sola de ambos os pés dilacerada. Ele imaginou a terrível cena. Marissa correndo para salvar sua vida, fugindo da mãe desvairada empunhando sua faca letal pronta para rasgar a pele de sua caçula. Mas a aniversariante foi corajosa e correu até encontrar um esconderijo debaixo da cama. Alice não conseguiu arrancá-la dali; a única parte do corpo de Marissa que conseguiu alcançar foram os pés. Assim que Alice soube que seu trabalho estava feito, foi para o corredor e tirou a própria vida.

Ele caiu de joelhos e apoiou a cabeça contra a parede. Sua vida estava acabada. Destruída.

– Papai?

Ele se virou para a cama. Agachou-se depressa. Marissa. Ela o encarou com seus olhos enormes, cheios de dor e lágrimas. Sua filha estava viva. A risada retumbou em seu peito.

– Sou eu, querida. Papai está aqui. Papai vai fazer você ficar melhor.

Ele rastejou para debaixo da cama de barriga para baixo e puxou sua filha ofegante com cuidado em sua direção. Ele a tomou gentilmente nos braços. A única coisa que restou debaixo da cama foi um rato morto com olhos enormes.

Quarenta

Termino de ler. Minha mãe está chorando copiosamente, em um ritmo triste e desesperado que ressoa pela sala. Meu pai está paralisado, com uma expressão fantasmagórica, como se alguém estivesse caminhando sobre seu túmulo. Suponho que alguém esteja. John Peters, meu pai biológico. E o resto da minha família, todos assassinados na casa ao lado.

— Por que não me contaram? — pergunto baixinho. Não tenho mais tempo nem energia para sentir raiva.

Ele está tomado pela angústia.

— Como é que eu poderia contar que sua mãe, a mulher que carregou você por nove meses, matou seu irmão e sua irmã e tentou matá-la também? Não podia lhe contar isso — ele fala com uma voz rouca, pouco mais que um sussurro. — Sua mãe, quer dizer, Barbara nunca soube o que aconteceu. Falei para ela que íamos cuidar da filha de um amigo por um tempo. Que acabou virando anos. E você se tornou nossa filha.

— Você ajudou meu pai biológico a encobrir essa história?

Meu pai leva um tempo para responder.

— Nós nos conhecemos na faculdade de Medicina, seu pai, eu e Tommy Wilson. Nos demos bem no mesmo instante. Os outros estudantes nos chamavam de "os três mosqueteiros médicos". — Um sorrisinho escapa de seus lábios diante da lembrança.

— Era meu pai na foto que você tirou da parede? A que tem Dr. Wilson?

Não preciso do aceno de cabeça dele para entender que sim.

— Escolhemos diferentes especialidades. John praticou muito para ser um cirurgião do trauma. Ele era o melhor. — Seu tom emana um orgulho feroz perante as conquistas do meu pai biológico. —

Continuamos próximos. Por isso, quando me ligou tão desesperado, tive que ajudar. Quando cheguei na casa... – Ele balança a cabeça, agora com uma expressão rígida. – Foi a cena mais horripilante que já vi. John disse que não precisava me envolver, porque, se a polícia descobrisse, eu poderia acabar na prisão. Mas ele não tinha feito nada. Não era justo. Só estava pensando na reputação de sua mãe. Se a história vazasse para a imprensa, ela estaria destruída.

– Me fale sobre a minha mãe – interrompo suavemente.

– Não sei onde eles se conheceram. Parece que tinha um passado difícil. Cresceu dependendo de programas de assistência social. Não sei como chegou aqui, mas não tinha família. Era tão linda, tão impressionante. – Faz uma pausa. – Mas tinha algo de frágil, como se não precisasse de muito para acabar à beira do precipício...

– O que me faz questionar por que uma mulher tão linda, com um marido tão carinhoso, mataria os próprios filhos. – Nossa, como dói dizer em voz alta.

Meu pai fica olhando para baixo. Então, levanta a cabeça para mim.

– Talvez isso não tivesse acontecido se não fosse por Martha. Martha Palmer era uma das pessoas mais sedutoras e narcisistas que já conheci. Tommy foi para a psiquiatria, e o imbecil começou a sair com uma de suas pacientes.

Minha mãe fala pela primeira vez, com um olhar vazando desprezo.

– Eu a conheci em uma das festas de Tommy. Ela fez questão de deixá-lo com ciúmes e flertou com vários homens ali. Era maravilhosa, admito, mas era óbvio que tinha um coração podre por dentro.

– Ouvi que eles terminaram – meu pai retoma a história. – Só mais tarde entendi o que tinha acontecido, porque, de repente, ela tinha virado a melhor amiga de Alice. Daí ela foi direto para John. Deve tê-lo enfeitiçado, e eles acabaram tendo um caso. Ele ficou obcecado, completamente na mão dela. – Assim como Jack. – Falei para ele terminar. Não era justo com Alice e as crianças. Mas ele não fez isso. Na verdade, ele queria abandonar a família por ela.

Termino o resto da história:

– Ela foi ver Alice no dia do meu aniversário. Por que ela faria isso?

Meu pai diz:

– Martha Palmer era uma mulher cruel e rancorosa. Não conseguia suportar a ideia de que John voltasse para Alice e os filhos todas as noites. Então, ela foi até lá. Alice a convidou para entrar na maior inocência, já que eram melhores amigas, e Martha lhe contou sobre o caso. E dilacerou seu mundo.

Ouço o grito no *hall* de entrada. Esfrego a têmpora para silenciá-lo.

Ele continua:

– Ela simplesmente foi embora depois de fazer sua maldade, largando Alice com seu mundo desmoronando sob os pés.

– Mas matar os próprios filhos, Edward, e depois se matar... – minha mãe diz com uma voz trêmula e atônita.

– Eu sei, eu sei – meu pai sussurra. – Ela não foi apenas traída pelo marido, mas também pela suposta melhor amiga. Era um fardo muito grande para carregar. Acho que ela não aguentou.

Faz-se um silêncio trágico. Então, pergunto:

– Como você o ajudou?

– Eu o aconselhei a ir à polícia, mas ele não quis. Ele queria que eu ficasse com você por um tempo, e concordei.

Eu me vejo pequena, olhando a marca de pedreiro pela janela do carro, vendo-a ficar cada vez menor até desaparecer.

– Ele deixou pra você uma coisa que pertenceu à sua mãe. Algo que ela sempre usava. Nós lhe demos no seu aniversário de 15 anos – meu pai diz baixinho.

– Meu lenço.

Que ironia, não? O lenço que me manteve segura de noite pertenceu à mulher que tentou me matar. Minha própria mãe. E percebo algo mais: Martha deve ter reconhecido o lenço de Alice, já que era sua melhor amiga. Ela o viu naquela noite em que me ajudou a voltar para o quarto depois de ter me encontrado sonâmbula. Por isso, me perguntou sobre ele. E quando falei que tinha sido de minha mãe... lembro que ela o largou na minha cama, amarrado em um nó dentro de um nó dentro de um nó.

– O que aconteceu com eles?

Meu pai balança a cabeça de novo.

– Não sei. Em nosso trabalho, temos acesso a todos os tipos de pessoas, incluindo agências funerárias, crematórios. Ou ele pode tê-los enterrado. Não sei.

Neste momento, entendo que jamais vou saber onde minha família está descansando.

Pessoas inocentes demais já se machucaram. É o que dizia a carta de despedida. Pessoas inocentes demais.

– Por que ele voltou para ficar na casa com Martha e Jack?

Meu pai solta uma risada sem humor nenhum.

– Aquela megera tinha as garras cravadas nele. Ele não conseguiu desapegar. Tommy me contou como ela agia. Ele disse que a principal coisa era tirar tudo de seus amantes, depois que a relação terminava. – Penso no pingente de Bette. – O que ela queria tomar de seu pai era a casa. Ela o teria torturado por anos com outros homens, e com o que aconteceu com sua esposa e seus filhos. Ela o culparia. Suspeito que, no fim das contas, tenha trazido um homem mais novo, este homem sendo Jack, e confinou John ao quarto do sótão.

– Deve ter sido insuportável para ele porque ele se matou há pouco tempo. Encontrei sua carta suicida – digo.

– Meu Deus – minha mãe diz, com um olhar feroz.

– Eu sei – meu pai diz.

– O quê? – Endireito a coluna. – Como você sabe?

– Eu estava lá.

Quarenta e um

O que está dizendo, Edward? – minha mãe grita. – Martha me ligou. Falou que John estava se comportando de um jeito estranho. – Ele a olha com desespero nos olhos. – O que você queria que eu fizesse? Deixasse o pai de Lisa com aquela mulher? Não. – Sua voz é dura. – Fui vê-lo. Ele me garantiu que estava bem. Eu o deixei para conversar com aquela mulher e acabamos discutindo no andar de baixo. Quando voltamos para o sótão, ele estava pendurado ali. – O horror da cena o faz cobrir a boca. O suor brilha em sua testa. – Levei John para uma agência funerária de confiança e dei a ele um enterro decente. – Uma torrente de lágrimas escorre pelo seu rosto. – Meu amigo não merecia nada disso. O mínimo que eu podia fazer era lhe garantir um túmulo. Tommy e eu fomos as únicas pessoas no enterro.

– E Jack? – Também quero chorar, mas não vou me permitir. Preciso ouvir essa história até o fim.

– Não estava. Tinha saído para fazer um trabalho na zona norte. Quando voltou, combinamos que Martha lhe contaria que John tinha ido embora. Ela pediria a Jack para nunca mais mencionar o nome de John. Fingir que ele nunca existiu.

Então é por isso que Jack disse que não houve nenhum inquilino antes de mim. Ele não tinha nada a ver com a história, apenas seguiu as instruções de Martha às cegas, como um cachorrinho obedecendo à sua dona.

Meu pai começa a chorar abertamente. Meu pai, tão forte e estoico, que sei que só fez seu melhor por mim. Não consigo apenas ficar sentada ali vendo-o desmoronar, atormentado por soluços sofridos. Vou até ele depressa e o abraço.

– Tudo bem, pai. Está tudo bem.

Ele levanta o rosto molhado para olhar para mim.

– Quando descobri que você estava morando debaixo do mesmo teto que aquela mulher doente e imoral, quase perdi a cabeça. Tive que tirá-la dali. Tommy concordou em ajudar.

– Tentar me levar à loucura não foi a melhor maneira de fazer isso, pai.

– Eu sei. Mas eu estava desesperado. Martha me contou que encontrou a carta de John na sua escrivaninha.

– Foi aí que ela descobriu que eu era filha dele?

– Não. Ela só suspeitou depois que soube pelo marido que você tinha sua própria casa. Ela a rastreou no cartório eleitoral. – Assim como Alex. Minha inimiga usou minha própria manobra contra mim. – Assim que conectou você a mim, ela me ameaçou e pediu para tirá-la da casa. Foi por isso que fui lá com sua mãe para convencê-la a sair. Sei que foi horrível internar você quando apareci com Tommy, mas eu faria *qualquer* coisa para mantê-la longe dela. Ela ia machucar você. A última filha de Alice.

Minha mãe põe a mão no meu ombro, e permanecemos unidos, como a família que tanto queremos ser.

Por fim, relaxo um pouco e retomo a história de John Peters de novo. Engraçado. Não o considero meu pai. Ele sempre será John Peters para mim.

– Agora que conversamos, me sinto forte o suficiente para ler o resto da história para vocês. É difícil porque me rendeu pesadelos terríveis por muito tempo. Não entendo como pôde ter feito isso comigo.

Quarenta e dois
Antes: 1998

Sua filha ferida explodiu em lágrimas agonizantes, em desespero, tentando encher os pulmões de ar enquanto seu pequeno peito ardia. Ele a deitou com o maior cuidado na cama. Não conseguia suportar o sofrimento dela. Era tudo culpa dele e das escolhas imprudentes que havia feito. Naquele momento, tomou uma decisão. Certo ou errado, era o que tinha decidido fazer.

Sorriu, passando a mão pelo cabelo dela, uma das únicas partes de seu corpo que não estava ensanguentada.

– Papai é médico, ele sabe consertar garotinhas que sofreram acidentes.

Ele a beijou suavemente na testa. Então, inspecionou as feridas. Os cortes nos braços e nas pernas eram feios, mas não muito profundos. Já o da barriga era grave, desferido com a intenção de matar. Como Alice pôde fazer isso? Os cortes na sola dos pés se curariam com o tempo. Ele não tinha certeza se desapareceriam; a pele do pé às vezes podia ter vontade própria. Há tantas terminações nervosas nos pés; essas feridas deviam estar machucando muito sua querida bebezinha.

Quando se virou para a porta, Marissa gritou com uma voz fraca e aterrorizada:

– Não me deixe aqui, papai. Por favor, não me deixe.

Ele voltou depressa e a tranquilizou com outro beijo.

– Volto rapidinho. Papai vai fazer você ficar boa.

* * *

Ele voltou com a maleta de médico que mantinha em casa. Ele sempre tinha um conjunto de instrumentos pronto, para caso surgisse alguma emergência. Deu a Marissa todos os analgésicos que tinha, e logo ficou evidente que não era o suficiente. Enquanto trabalhava em sua filha caçula, a única sobrevivente, pelas três horas seguintes, ela gritou de dor, mordendo a toalha que ele lhe deu. Ele se odiou. Mas o que podia fazer? Se a levasse ao hospital, teria que responder a perguntas. Não podia deixar que sua linda Alice fosse demonizada pela imprensa, como a mãe que matou os próprios filhos. Que Deus o perdoasse, mas sua amada filhinha teria que aguentar uma dor tremenda em nome de sua esposa. Era tudo culpa dele. Era ele o culpado.

Os segredos desta casa deviam permanecer enterrados para sempre.

Quarenta e três
Agora

— Quando estou sonhando, posso sentir a agulha e uma dor terrível se espalhando pelo meu corpo – conto aos meus pais, atônitos. – Dói demais. Nunca consegui entender como uma faca poderia se transformar em uma agulha. Como ele pôde fazer isso comigo?

Meu pai me puxa para si.

– Ele se culpava pelo que aconteceu. Conhecendo John, suspeito que ele queria curá-la sozinho com suas mãos amorosas.

– Não sei como não me lembrava de nada disso. Como é que pude esquecer?

Minha mãe fala:

– Criança nenhuma quer se lembrar da própria mãe tentando matá-la, matando seus irmãos. Seria terrível precisar viver com isso.

Meu pai acrescenta:

– Foi tão traumático que sua mente não conseguiu lidar. Mesmo que Barbara não soubesse o que aconteceu, decidimos inventar o acidente na fazenda para que você conseguisse seguir em frente. Pensamos que, se houvesse um incidente da vida real a que você pudesse se agarrar, talvez fosse capaz de superar.

– Só que não consegui.

– Está mais em paz agora?

Fico pensando nisso com uma mão no coração.

– Não tenho certeza. Mas sei que era importante saber a verdade. Não sinto mais que estou ficando louca.

Fixo o olhar no meu pai.

– Pode me levar ao túmulo de John Peters?

* * *

John
Pai

Marido
Amigo
Cirurgião
Amante da vida

Essas são as simples palavras gravadas na lápide do meu pai biológico, em um cemitério no norte de Londres. Meus pais ficam respeitosamente esperando no carro para me dar alguma privacidade, enquanto observo o túmulo de John Peters uma semana depois de descobrir os trágicos segredos da casa. O vento está forte, soprando em meu rosto com selvageria neste lugar triste. Não sei direito como me sinto em relação a ele. Ele era sangue do meu sangue, o homem que me ajudou a vir ao mundo. Mas também foi o homem que falhou com sua família, que se permitiu perder a cabeça por um rosto bonito. Nunca serei capaz de perdoá-lo por me negar a oportunidade de lamentar diante do túmulo do resto da minha família. Onde quer que estejam descansando, desejo-lhes paz, amor e o fim do sofrimento.

Não trouxe flores. Não estou de preto. O que trouxe comigo deixo em seu túmulo.

Sua carta de despedida.

* * *

Dentro do carro, meus pais me lançam um olhar preocupado.

– Estou bem – digo. – Me sinto pronta para olhar para o futuro.

Eles trocam um olhar demorado.

– O que está acontecendo?

É meu pai quem diz, hesitante:

– A casa nunca foi propriedade de Martha Palmer. Ela sempre pensou que fosse, mas seu pai riu por último. Ele a registrou no nome de uma empresa chamada MP.

Alex me disse quase a mesma coisa, assumindo que a empresa pertencia à Martha. Martha Palmer. MP.

– O que está tentando me dizer?

Minha mãe explica:

– A casa pertence ao familiar mais próximo de John: você. Marissa Peters.

Quarenta e quatro
Quatro meses mais tarde

Fico observando enquanto a transportadora embala os móveis da casa e os coloca no enorme caminhão estacionado do lado de fora. Não quero nada disso. O bazar de caridade local está muito grato por poder ficar com tudo. Coloquei a casa à venda, e uma jovem família está se mudando para cá daqui a uma semana. Estou feliz. Quero que esta casa seja um lar de novo, ressoando aquele som especial de crianças rindo e brincando.

Jack foi embora faz tempo. Qualquer evidência de que o jardim já foi uma plantação de maconha desapareceu. Ajudei-o a cortar e arrancar até a última folha verde de ilegalidade. Não sei onde ele está agora. Não quero saber.

– Lisa – Alex me chama, emoldurado na porta.

Ele tem se mantido presente sempre que preciso dele. Como um amigo, nada mais. E que amigo! Não poderia ter desejado um melhor.

Um sorriso enorme ilumina meu rosto enquanto vou em sua direção. Ele se dissipa quando vejo sua expressão sombria.

– Qual o problema?

Alex me puxa para dentro e para fora do caminho de um dos caras da transportadora saindo com uma cadeira. Ele se vira para o homem:

– Pode dizer ao seu pessoal para fazer uma pausa de meia hora?

– A gente recebe por hora – o homem observa.

– Adicione à conta o tempo extra, por favor.

O homem acena com a cabeça enquanto Alex fecha a porta com cuidado. Ele me puxa suavemente para o coração da casa, onde o elegante tapete preto e vermelho permanece no chão.

Olho para ele, não para o tapete.

– O que está acontecendo?

Ele hesita antes de dizer:

— Você já tinha prestado atenção neste tapete?

Não sinto vergonha ao explicar:

— Costumava ficar parada aqui. No coração da casa. Não consigo explicar, mas o tapete me ajudava a botar a cabeça no lugar. Meio que me aterrava.

Agora ele parece angustiado, como se não quisesse dizer mais nada. Mas ele aponta para baixo:

— Está vendo esses padrões nas pontas?

Assinto, completamente perplexa.

— Olhe mais de perto. Não são padrões, mas letras...

— Cirílicas — interrompo, com o coração aos pulos. Não me sinto firme em meus pés pela primeira vez em muito tempo.

— São nomes — ele continua, falando baixo. — Alice, Leo, Tina...

— Marissa. Eu. — Olho para ele com olhos cheios de lágrimas. — Você acha que meu pai, meu pai biológico, mandou fazer?

— Parece que sim.

Ficamos ali em um silêncio respeitoso e triste, como se estivéssemos olhando para o túmulo de minha família.

— Todos esses anos, passei por incontáveis terapeutas, que me deram todos os tipos de diagnóstico... obsessão, vítima de *bullying*, estresse pós-traumático, doida varrida... quando, durante todo esse tempo, estava enfrentando a doença mais humana de todas: um coração despedaçado. — Respiro fundo. — Pode me dar um minuto? — pergunto com uma voz distante.

Alex não responde. Alguns segundos mais tarde, ouço a porta se fechando.

Sinto lágrimas verterem de meus olhos enquanto me ajoelho e acaricio cada nome com reverência. Então, corro o dedo por cada letra lindamente bordada. É como se eu estivesse encarando a escrita na parede de novo. Como se tivesse encontrado minha família de novo. É por isso que sentia tanta atração por este tapete. Esse tempo todo, minha família esteve esperando por mim no coração da casa.

Eu me deito encolhida e choro.

Epílogo

Já é noite quando estou do outro lado da rua olhando para a casa com novos olhos. Todos os seus segredos foram desvendados. Bem, pelo menos todos os que estão relacionados a mim. A família que comprou a casa já se mudou. Suaves luzes amarelas emanam de uma janela no primeiro andar e na sala de estar abaixo. Vejo uma criancinha passar correndo e depois desaparecer. Eu a imagino brincando e rindo. É para isso que a casa foi feita: para abrigar felicidade e amor, para caminhar de braços dados, para se sentar à mesa de jantar ou no balcão do café da manhã, para dormir à noite.

A casa voltou a assomar alta e orgulhosa, e suas paredes retomaram a cor acolhedora. A trepadeira forma uma imagem de paz, em harmonia com as paredes de pedra. Quanto à marca de pedreiro, sua chave não é mais minha, nem nunca será. Ela agora pertence à outra pessoa. Outra família.

Lanço um último olhar ao meu quarto de hóspedes. A janela está fechada para o mundo, e a escuridão esconde a cor por trás dela. Espero que as paredes tenham voltado ao branco, que o piso tenha sido esfregado. Uma luz se acende. O rosto de um menino aparece. Espero que ele esteja feliz ali. Uma sombra de apreensão brota em mim; espero que John Peters não tenha deixado mais cartões de visita para trás.

Viro as costas para sempre e me afasto em silêncio.

* * *

Caminho na direção da mesa do restaurante, onde ele me espera. Estou usando uma blusa decotada e uma saia jeans curta que exibe com orgulho minhas cicatrizes. Ninguém olha para mim, ninguém me encara.

Alex pula de pé quando me aproximo.

– Muito prazer, Lisa – ele me cumprimenta, abrindo aquele seu sorriso largo.

– Muito prazer, Alex.

Tomamos a decisão de tentar o jogo do namoro mais uma vez. Voltar ao ponto de partida, como se nunca tivéssemos nos conhecido.

Assim que nos sentamos, digo:

– Tem uma coisa que você precisa saber. Tenho cicatrizes no corpo por causa de um acidente na minha infância. Tenho pesadelos de vez em quando, mas hoje em dia são menos frequentes. Gosto de amarrar minha perna na cama de noite, porque às vezes fico sonâmbula, que eu chamo de dormir-acordada porque sempre me lembro do que aconteceu.

– Tem uma coisa que você precisa saber sobre mim – ele responde. – Gosto de meias esquisitas.

– Sou um pouco obsessiva com Amy Winehouse.

– Adoro poesia russa.

Nós nos olhamos nos olhos e damos risada.

Agradecimentos

Obrigada!

Obrigada por ler *Quarto de hóspedes*. Espero que tenha gostado.

Para notícias e muito mais, visite o meu site e se inscreva: https://dredamitchell.com

Adoro falar com os meus leitores, então, por favor, dê um olá se quiser.

Meu site: https://dredamitchell.com

Facebook: Dreda Facebook

Twitter: Dreda Twitter

Leitores: eu escrevo para vocês!

Amo ouvir o que vocês pensam sobre os livros.

Então, por favor, deixem um comentário.

Tudo sobre Dreda

D reda escreveu cinco livros antes de se juntar a Tony Mason para seguir com sua carreira de escritora. Dreda ganhou o prêmio John Creasey Dagger da The Crime Writers' Association de melhor romance policial estreante em 2004. Desde então, escreveu onze romances policiais. Ela cresceu em um conjunto habitacional no East End e foi camareira e garçonete antes de realizar o sonho de se tornar professora. É ativista e palestrante apaixonada sobre questões sociais e artes. Dreda já participou de programas de televisão e rádio e escreveu para vários jornais importantes, incluindo o *The Guardian*. Foi nomeada uma das 50 mulheres notáveis da Grã-Bretanha pela Lady Geek em associação com a Nokia, e é embaixadora da The Reading Agency. Atualmente, alguns dos livros de Dreda e Tony estão sendo adaptados para a TV.

Este livro foi composto com tipografia Electra LT e impresso
em papel Off-White 80 g/m² na Formato Artes Gráficas.